3월의 마치

정한아 장편소설

3
원의
마
치

문학동네

차례

3월의 마치

작가의 말

1. 라파트멍

이마치는 매일 아침 눈을 뜨자마자 몸무게를 쟀다. 그녀의 몸무게는 55킬로그램이었다. 특별한 일이 있을 때를 제외하고는 변함없이 그 몸무게를 유지했다. 그녀는 배우였다. 몸무게가 1킬로그램만 늘어나도 얼굴 윤곽이 바뀌고 전체적인 인상이 달라져버린다는 것을 알고 있었다. 카메라는 언제나 한 치의 자비도 없이 엄격했다. 그 앞에서 자신을 지키려면 최소한의 항상성을 유지해야 했다. 스튜디오 조명 아래서 찍은 사진과 길에서 무방비 상태로 찍힌 사진 속 모습이 같아야 했다. 이마치는 아침마다 몸무게를 잰 다음 밥을 먹을지 굶을지 정했다. 그것은 일종의 직업적 원칙이었다. 그녀가 예순 살이 되기 전까지는.

생일날 아침 이마치는 평소대로 몸무게를 재고 깜짝 놀랐다. 59라는 숫자가 깜빡거리다가 사라졌다. 전날까지 분명 55킬로그램이었는데 하루아침에 이렇게 몸무게가 늘 수도 있는 걸까? 그녀가 스스로에게 무한정 허용하는 음식은 매일 밤 마시는 와인뿐이었다. 이마치는 체중계에 올라갔다 내려오길 반복했다. 숫자는 야속하게도 소수점 하나 바뀌지 않았다. 옆에 누군가 있다면 체중계가 고장난 게 아닌지 올라가보라고 했을 텐데, 아쉽게도 그녀는 혼자 살았다.

이마치는 물 한 잔만 마시고 오전 내내 전신운동을 했다. 땀을 한껏 흘린 후 반신욕을 하러 욕조에 들어갔고, 그 안에서 설핏 잠이 들었다. 따뜻하던 물에 서늘한 기운만 남았을 즈음, 그녀는 누군가 자신을 부르는 소리에 깜짝 놀라 잠에서 깼다. 차게 식은 몸이 부들부들 떨렸다. 욕조에서 나오는데 반대편 거울에 그녀의 알몸─작은 공이 들어 있는 천 주머니처럼 축 늘어진 유방과 쭈글쭈글한 배, 막대기 같은 두 팔과 다리─이 비쳤다. 그녀는 서둘러 샤워 가운을 걸쳤다. 그날은 일주일에 하루 병원에 가는 날이었다.

화장을 하다가 이마치는 다시금 자신을 부르는 소리를 들었다. 다소 딱딱한 어조의 남자 목소리였다. 그녀는 눈썹을 그리다 말고 일어나 집안 곳곳을 살펴봤다. 이사온 지 한참이 지났지만, 방마다 정리되지 않은 상자들이 드문드문 쌓여 있었다.

종종 그녀는 그 상자 안에 숨어 있던 누군가가 자신을 향해 달려드는 상상을 했다. 실제로 그런 일이 일어나기를 바라기도 했다. 그러면 자신이 미친 게 아니라는 사실이 증명될 테니까.

남자의 목소리가 들리기 시작한 것은 이사 직후부터였다. 처음에 이마치는 그 소리가 화장실 배수관을 통해 올라오는 아랫집 소리인 줄 알았다. 하지만 곧 아랫집에 엄마와 두 딸, 여자들만 산다는 사실을 알게 되었다. 목소리는 젊은 남자의 것이었다. 이십대 초반, 아니면 중반의 남자. 뭉개져 들리던 소리는 점차 분명하게 변했고, 얼마 지나지 않아 그녀의 이름을 불러대기 시작했다. 이마치는 그 목소리가 어디선가 들은 듯 익숙하다고 생각했다. 하지만 그게 누구인지는 알 수 없었다.

3월이지만 아직 겨울이 끝나지 않은 듯 쌀쌀한 날씨였다. 이마치는 집을 나오자마자 패딩점퍼를 입을 걸 그랬다고 후회했다. 병원 예약 시간이 다 되어 도로 들어갈 수는 없었다. 다행히 금세 택시가 잡혔다. 차가 출발하자마자 빗방울이 떨어지기 시작했다.

"이마치씨 맞죠?"

룸미러로 그녀를 흘금흘금 바라보던 택시 기사가 입을 열었다.

"아까 길에서부터 알아봤어요. 제가 오랜 팬이거든요."

이마치는 그를 향해 빙긋 웃어 보인 후, 선글라스를 찾으려 가방을 뒤졌다. 가방 안에는 아무것도 없었다. 선글라스는 물론이고 늘 가지고 다니는 지갑, 휴대폰, 물병, 수첩, 손수건, 물티슈, 핸드크림까지 하나도 없이 텅 비어 있었다. 언제 이 가방을 이렇게 탈탈 털어버렸던가. 기억나지 않았다. 집에서 병원까지는 차로 십오 분 거리였다. 목적지에 도착한 뒤 머뭇거리는 그녀를 보고, 택시 기사는 곤란한 사정을 눈치챘다. 그는 본디 택시비를 받지 않을 작정이었다고, 대신 사인을 한 장 해주면 가문의 영광으로 알겠다고 했다. 그가 내민 것은 황당하게도 만원짜리 지폐였다.

"여기다 사인을 하라고요?"

"그러면 늘 지갑에 넣어 가지고 다닐 수 있으니까요."

"뭐, 안 될 것 없죠."

이마치는 빳빳한 지폐 위에 둥글게 휘어진 글씨체로 자신의 이름을 써넣었다.

"고맙습니다. 늘 이마치씨가 행복하시길 바라왔어요."

이마치는 그제야 택시 기사의 얼굴을 제대로 바라보았다. 체격이 건장한 남자였다. 아직 자신에게 힘이 남아 있음을 알고, 어지간한 이삼십대 남자들을 애송이처럼 여기는 터프가이. 그는 소년처럼 수줍게 웃었다. 이마치도 고맙다고 말하며 미소를 지었다. 삼십여 년간 사람들을 향해 지어 보였던 미소였다.

　병원 입구에서 이마치는 목에 두른 스카프를 당겨올려 후드처럼 머리에 둘러썼다. 남편이 결혼 전에 사준 에르메스 스카프였다. 노란색 마차와 체인, 장미가 그려진 그 스카프는 너무 화려해서 젊은 그녀에게 잘 어울리지 않았다. 하지만 그녀는 말없이 미소 지으며 그 선물을 받았고, 옷장 속에 처박아둔 뒤 단 한 번도 착용하지 않았다. 남편은 십 년 전에 죽었다. 이마치는 얼마 전 이삿짐을 풀다가 그 스카프가 새것 그대로 상자 안에 들어 있는 것을 발견했다. 스카프는 놀라울 정도로 그녀에게 잘 어울렸다. 죽은 남편에게 선견지명이라도 있었던 것일까. 그녀가 그에 대해 일말의 감정을 느낀 것은 참으로 오랜만이었다.

　의사에게 그 이야기를 했을 때, 그는 스카프를 한번 가져와보겠느냐고 물었다. 그녀의 주치의는 사건의 증거물을 모으는 형사처럼 그녀가 언급하는 물건을 직접 가져오거나 사진을 찍어오게 했다. 만년필, 찻잔, 의자, 담요, 그녀의 이름이 실린 연극 팸플릿, 집 앞 화단과 거실 풍경, 베란다 새시 사진까지 마치 그녀의 삶을 구석구석 스캔하려는 것 같았다. 글쎄, 이렇게 해서 병을 고칠 수만 있다면 아파트를 통째로 들어서 진료실 안에 옮겨줄 수도 있다고 그녀는 말했다. 의사는 눈부신 노란 머리를 흔들며 웃었고, 그렇게 해준다면 일이 아주 쉬워질 거라고 했다.

"스카프 멋진데요."

병원 1층 접수 데스크에 이르자 직원이 그녀를 알아보고 반갑게 알은체를 했다.

"주치의 선생님 개인 사정으로 오후 스케줄이 다 밀렸어요. 한 시간 이상 대기해야 할 텐데, 괜찮으시겠어요?"

달리 어떤 수가 있으랴. 이마치는 작게 고개를 끄덕였다. 진료 대기석은 사람들로 가득차 있었다. 하나같이 어두운색 옷을 입은 나이든 사람들 틈에 도드라지게 하얀 환자복을 입은 어린아이가 눈에 띄었다. 일곱 살, 아니면 여덟 살쯤 되어 보이는 민머리의 아이. 이마치는 그 또래 아이들에게 면역이 없었다. 눈을 떼지 못했다. 그녀의 눈길을 알아챈 아이가 부끄러운 듯 제 부모의 등뒤로 숨었다. 아픈 아이의 부모들은 누구보다 평안한 얼굴이었고, 이마치는 그것이 삶이 멈춰버린 자의 얼굴임을 알았다.

삼 개월 전 그녀가 이 병원에 처음 왔을 때 의사는 최근 가장 큰 스트레스를 느낀 일이 무엇이냐고 물었다.

"스트레스요?"

"불면, 소화불량, 어지럼증 같은 불편감 말입니다."

"아, 그건 태어난 직후부터 느껴왔어요. 전 그때부터 알츠하이머였나보죠?"

이마치는 빈정거리는 투로 되물었다. 뇌의학 전문가라고 어렵게 소개받아 만난 의사가 그녀 나이의 절반이나 됐을까 싶어 영 미심쩍었다. 설상가상 의사 가운에 달린 명찰에는 '제제'라는 이름이 쓰여 있었다. 제제라니, 모든 게 어린애들 장난처럼 느껴졌다.

"선생님, 저는 스트레스 같은 걸 이야기하려고 여기 온 게 아니에요."

이마치는 차가운 목소리로 제제를 향해 말했다.

"제 머릿속이 이상해요. 자꾸 중요한 걸 잊어버리고, 헛소리가 들리고, 이제 헛것까지 보여요. 그래서 알츠하이머 검사까지 받았지만 이상이 없다고 하고요."

"이상이 없는 건 아니죠."

제제가 그녀의 차트를 보면서 말을 막았다.

"이전 병원에서 알츠하이머 전 단계 진단을 받으셨네요."

"맞아요. 빌어먹을 전 단계요. 그건 아무 의미도 없어요. 그것으로는 아무 도움도 받을 수 없다고요."

"제가 도와드릴게요."

제제는 차분한 얼굴로 말했다.

"그러니까 말씀해보세요. 최근에 무슨 일로 극심한 스트레스를 받았죠?"

모든 것은 이사와 함께 시작되었다. 팔 년 전 이마치가 살던 아파트는 재건축 공사를 시작했다. 남편이 죽은 후 딸이 독립해서 나가고, 그녀 홀로 지내던 집이었다. 이마치는 공사 기간 동안 단출하게 호텔에서 지내기로 했다. 재건축 공사가 이토록 오래 걸릴 줄 몰랐던 것이다. 건설사가 부도나고, 다시 다른 건설사가 채택되고, 건축설계에 처음부터 다시 들어가면서 애초에 삼 년 계획이었던 기간이 팔 년으로 늘어났다. 어쨌든 호텔 생활은 그럭저럭 만족스러웠다. 매일 교체되는 침구와 돈만 내면 문 앞으로 오는 갖은 서비스들. 그녀는 일중독이었다. 쉬는 날이 없을 만큼 많은 작품에 출연했고, 조연이나 짧은 특별출연도 마다하지 않았다. 쓰러질 때까지 일하고, 앉은 자리에서 짬짬이 수면을 보충하는 것. 그것이 그녀의 일상이었고, 그렇게 살기엔 호텔이 제격이었다.

이마치의 딸은 그사이 지방 도시에서 대학을 졸업한 뒤 그 지역 방송국 프로듀서로 자리를 잡았다. 남편의 기일이나 명절이면 딸은 서울에 올라와 호텔 라운지에서 그녀를 만났다. 그들은 대화가 많은 모녀는 아니었다. 주로 백화점에서 함께 쇼핑을 했고, 한두 끼 식사를 한 후 헤어졌다. 지난가을, 이마치는 호텔 중식당에서 딸을 만나 재건축 공사가 끝났다고 알렸다.

"그게 무슨 말이에요?"

"우리 아파트 말이야. 빠르면 12월부터 입주가 시작될 거래. 내가 제일 먼저 들어가려고. 호텔 생활도 이제 청산해야지."

"그 집에 다시 들어가려고요?"

딸은 이해할 수 없다는 얼굴로 물었다.

"엄마 혼자 살기엔 지나치게 넓은데다 너무 시끄러운 동네예요."

"어쩔 수 없잖니. 거기가 우리집인걸."

"우̇리̇집은 아니죠. 그 집은 진작 허물어졌잖아요. 전 그렇게 돼서 차라리 다행이라고 생각해요."

이마치는 젓가락을 내려놓고 가만히 딸을 바라보았다. 딸은 더이상 아무 말도 하고 싶지 않다는 듯 짜장면만 먹었다. 마지막에 만났을 때보다 눈에 띄게 얼굴이 붓고 푸석푸석했다. 딸은 얼마 전 애인과 헤어진 눈치였다. 이마치는 그들이 같은 방송국 동료였다는 것과 몇 년간 동거생활을 했다는 것을 알고 있었다.

"한 층을 한 집이 다 쓰고, 방이 다섯 개나 된단다. 이참에 너도 집에 들어와. 서울의 방송국으로 자리를 옮길 수도 있잖니."

딸은 이상한 말을 들었다는 듯이 이마치를 바라보았다.

"전 서울에 안 돌아와요."

"왜?"

"좋았던 기억이 없으니까요."

딸은 담담한 목소리로 말했다.

"그애도 안 돌아와요, 엄마. 그러니까 이제 그만해요."

이마치는 무릎에 놓인 냅킨을 움켜쥐었다. 그들은 말없이 서로를 바라보기만 했다. 먼저 시선을 피한 쪽은 이마치였다. 그녀는 겨우 들릴 만한 목소리로 중얼거리듯 말했다.

"다음에는 집에서 보자."

그들은 호텔 앞에서 헤어졌다. 뒤돌아 가는 딸의 막대기같이 마른 몸과 자루처럼 커다란 원피스, 느리게 걷는 걸음이 이마치의 가슴을 짓눌렀다. 하지만 그녀는 딸을 불러 세우지 않았다. 잘 돌아가라고, 또 연락하자고 외치지 않았다. 새집에 들어와 같이 살아도 좋다고 말한 것은 진심이었다. 하지만 딸이 그러지 않겠다고 말했을 때 그녀는 안도했다. 다시 누군가와 함께 살 자신이 없었다. 딸도 그 사실을 알고 있었을 것이었다.

대체 왜 그 집으로 돌아가느냐고 물은 사람은 딸뿐만이 아니었다. 수십 년간 알고 지낸 배우들, 작가들, 감독들, 오래전 그녀의 삶이 어떻게 부서졌는지 생생히 지켜본 사람 모두가 그녀 혼자 큰 집으로 이사하는 것을 말렸다. 지난 일을 까맣게 잊어버린 양, 청소며 정리며 다 일이라고, 노후에 혼자 살 만한 안전한 맨션이나 오피스텔을 소개해주겠다고 나섰다. 아들 때문이죠. 그애가 돌아오길 기다리고 있으니까요. 이마치가 그 집에 돌아가는 이유를 말하면 그제야 다들 기억을 떠올리고 아아, 얼굴을 일그러뜨렸다.

이마치의 아들은 이십일 년 전 실종되었다. 당시 일곱 살이었던 아이는 홀로 집을 나가서 돌아오지 않았다. 납치일 가능성이 높게 점쳐졌지만, 심증뿐이었고 협박 전화 따위도 걸려오지 않았다. 이마치는 아들을 찾기 위해 기자회견까지 열었다. 신문과 텔레비전 뉴스가 볼거리의 전부인 시절이었다. 온 국민이 그녀의 비탄에 젖은 얼굴을 지켜보았다. 어떤 사람들은 더이상 브라운관에서 그녀를 볼 수 없을 거라고 말했다. 아이를 잃고 드라마에 나와 웃고 떠드는 연기를 계속할 수 있는 여자는 없다고. 하지만 이마치는 계속했다. 일을 멈추면 온 식구가 길바닥에 나앉을 상황이었다. 어쩌면 그 일을 계속했기 때문에, 상대 배우를 향해 소리를 지르고, 깔깔거리며 웃고, 엄포를 놓고, 붙잡고 사정하는 연기를 했기 때문에 그녀는 살아남을 수 있었다. 그녀는 살아남아서, 아들을 기다렸다. 그 집에서 남편이 죽고 딸이 떠난 뒤에도 홀로 남아서 기다렸다. 아파트 재건축 소식을 들었을 때는 하늘이 무너져내리는 것 같았지만 다행히 예전 집과 가장 비슷한 위치로 들어오는 조건을 걸 수 있었다. 그 일에는 이마치의 이름, 조합원들의 연민, 그리고 꽤 많은 돈이 필요했다. 이마치는 조작된 추첨에서 최상층을 받았다. 60층이라니 말만 들어도 귀가 먹먹해지는 것 같았지만 상관없었다. 계속해서 아들을 기다릴 수만 있다면 나무 위의 집이라고 해도 군말 없이 받아들였을 것이었다.

이삿날에는 새벽부터 야외촬영이 있었다. 어차피 그녀가 할 일은 아무것도 없다고, 이사부터 정리까지 모든 것을 알아서 해준다던 이삿짐센터 소장이 아침부터 난감한 목소리로 전화를 걸어왔다. 가구와 살림 대부분이 망가진 것을 알고 있었느냐고 물었다. 이마치는 팔 년 전 호텔로 갈 때 가구와 물건을 컨테이너 대여 업체에 맡겨버렸다. 다시 꺼내기까지 그렇게 오랜 시간이 걸릴 줄 몰랐고, 알았다고 하더라도 짐을 어떻게 싸고 보관해야 되는지 기초적인 상식이 없었다. 말이 나왔으니 말이지만 그녀는 연기 외에 아는 것이 거의 없었다. 곰팡이와 먼지, 습기의 공격에 부식되고 상해버린 물건들을 어떻게 하면 좋을지 묻는 인부들에게 이마치는 전부 버려달라고 말했다. 단, 아들의 물건만 제외하고. 다른 일은 아무것도 할 필요 없이 아들의 방만 정리해달라고 했다.

그날 저녁 이마치는 새집으로 돌아왔다. 라파트멍. 요즘은 어려운 이름의 아파트가 많다지만 어지간히 우스운 이름이라고 이마치는 생각했다. 아파트 외벽을 장식한 로고는 ㄷ자를 구십 도로 돌린 모양이었다. 지붕 있는 집의 모양. 단지의 야외 조명이 모두 밝혀져 있었지만 인적은 전혀 없었다. 공동 현관 앞에 입주를 환영한다는 현수막이 무색하게 펄럭거렸다.

아직 번호판의 비닐도 떼지 않은 엘리베이터는 그녀를 순식간에 60층으로 쏘아올렸다. 현기증을 느낀 그녀는 안전 바를 꽉 붙잡았다. 아무도 마주칠 리 없었지만 덜덜 떠는 노파처럼 보이지 않으려고 애쓰며 의연하게 엘리베이터에서 내렸다. 현관문을 열고 들어가자 센서등이 켜졌고, 텅 빈 70평형 아파트가 그녀를 맞았다. 이마치는 제일 먼저 아들의 방을 찾았다. 인부들이 전부 들러붙어 총력을 기울인 덕분에 방은 최대한 예전 모습 그대로 복원되어 있었다. 새집 냄새와 쿰쿰한 곰팡냄새가 뒤엉켜 대번에 두통이 일었으나 이마치는 성큼성큼 그 방으로 들어섰다. 공룡이 그려진 낡은 침대보, 야구공들, 레고로 만든 배, 컬러 백과사전…… 이마치는 오랜만에 그것들을 마주했다. 아들이 사라졌다는 사실을 믿을 수 없었다. 가끔은 그 애가 뉴질랜드나 캐나다 같은 곳으로 유학을 떠난 것 같았다. 이 모든 고통, 실패, 유실이 진짜로 일어난 일이라는 것, 지금도 진행중이라는 사실이 놀라워 스스로 눈을 찌르고 싶었다.

냉기가 흐르는 텅 빈 거실은 난방을 최대로 가동해도 좀처럼 따뜻해지지 않았다. 이마치는 컨테이너에서 살아남은 옷 상자를 뒤져서 모피 코트를 꺼내 입었다. 요즘 사람들은 잘 입지 않는, 발목까지 오는 풀 밍크 모피였다. 먼지와 담배 냄새가 났지만, 그 옷을 입고서야 겨우 몸이 따뜻해졌다. 그녀는 대리석 바닥에 가방을 베고 누워 잠이 들었고, 이상한 꿈을 꿨다. 대중목욕탕에 가는 꿈이었다.

이십대 중반에 탤런트가 된 이후 그녀는 대중목욕탕에 간적이 한 번도 없었다. 하지만 꿈속에서 그녀는 아주 자연스럽게 여탕 문을 열고 들어가 옷을 벗고, 세신사를 찾아갔다. 세신사는 아담한 체구에 가무잡잡한 피부를 가진 여자였다. 여자는 아주 작은 삼각팬티만 입고 있었다. 탱탱한 피부에 송골송골 맺힌 물방울이 여자가 움직일 때마다 한 줄기씩 흘러내렸다. 뒤늦게 이마치는 여자에게 손이 없다는 것을 알아챘다. 여자의 긴 팔 끝이 뭉툭했다. 이마치가 놀라지 않은 척 애를 쓰는 모습을 보고 여자가 웃었다. 어차피 때를 미는 데 손가락은 필요 없지 않으냐고 말했다. 그런지도. 이마치는 고개를 끄덕이고 매끈한 침대에 누웠다. 여자가 그녀에게 다가와 몸을 숙였다. 그 여자의 벗은 두 가슴, 그 정점이 몸에 와닿는 것이 느껴졌다. 그 서늘함, 그 뾰족함. 이마치는 몸서리치며 잠에서 깼다. 모피 코트 안감이 땀에 푹 젖어 있었다. 이곳이 어딜까? 이마치는 순간 자기가 죽어 다른 세상에 와 있는 줄 알았다. 낯선 천장, 낯선 공기, 낯선 어둠. 이윽고 그녀는 그곳이 새집이라는 것을 깨달았다.

그날 이마치는 촬영장에서 대사 실수를 반복했다. 아들이 사랑하게 된 가난한 여자를 못마땅히 여기는 부호의 아내 역할이었는데, 중요한 장면에서 갑자기 머릿속이 하얗게 된 것처럼 대사가 떠오르지 않았다. 적당히 끼워넣을 말조차 떠오르지 않았다. 그녀 때문에 결국 그날 촬영이 취소되었다. 이마치는 좀 쉬면 나을 거라고 말했다. 하지만 다음날도 그다음날도 나아지지 않았다. 한 장면을 겨우 찍고 넘어가면 그다음 장면에서 입이 굳어버렸다.

"선생님 정말 왜 그러세요."

젊은 여자 감독은 울 것 같은 얼굴로 물었다. 왜인지는 이마치도 몰랐다. 이사 후 매일 악몽을 꾸고 좀처럼 잠을 이루지 못했지만, 불면은 그녀에겐 오래된 지병이라 오히려 친구같은 것이었다. 사나흘 밤을 꼬박 새우고 촬영할 때도 대사의 쉼표 하나 잊어버리지 않던 그녀였다. 이마치는 종일 작정하고 대본을 보았다. 보고, 또 보고, 다른 사람들의 대사까지 외울 정도로 보았다. 그러고도 현장에 가면 다시금 머릿속이 하얘졌다. 감독은 욕설을 뇌까리며 현장을 떠났다. 스태프 중 한 명이 조심스럽게 병원에 가보는 게 어떻겠냐고 권했다.

이마치는 국내에서 제일 유명한 뇌질환 권위자를 찾아갔다. 혈압을 재고, 뇌 사진을 찍고, 피를 뽑았다. 그림 카드를 보면서 사물의 이름을 말하고, 오늘 날짜와 계절을 말하고, 집주소를 말하고, 알파벳을 거꾸로 외어 보았다. 반나절이 걸린 검사

결과 그녀는 '알츠하이머 전 단계' 진단을 받았다.

"그래서 제가 알츠하이머라는 건가요, 아니라는 건가요?"

머리카락도 수염도 하얗게 센 의사는 아직 알츠하이머는 아니라고 했다. 뇌혈관에 지저분한 찌꺼기들이 눈에 띄지만 그것은 노화의 자연스러운 현상일 뿐 어떤 수치도 알츠하이머 진단의 기준점을 넘지 않는다고 했다. 해마도 정상, 유전자 검사도 정상, 알츠하이머라고 하기에는 아무런 해당 사항이 없었다.

"환자분 나이의 이십 퍼센트가 경도인지장애, 즉 알츠하이머 전 단계라고 볼 수 있습니다. 그중 누군가는 알츠하이머 환자가 되기도 하죠. 오 년, 십 년, 십오 년 후에요. 하지만 지금으로선 알 수 없어요. 단기 집중력이나 기억력은 같은 나이대에서 오히려 월등하게 높아 보입니다."

의사는 뇌 영양제를 처방해주면서 잘 먹고 푹 쉬라는 말만 했다. 약을 먹으면 잠이 쏟아졌다. 끈적거리는 잠을 겨우 떨치고 눈을 뜰 때마다 낯선 천장을 보고 놀랐다. 자신감이 떨어지면서 실수는 더욱 잦아졌다. 카메라 앞에서 무엇이든 가능하다는 느낌, 그 느낌이 사라졌다. 결국 드라마에서 하차할 수밖에 없었다. 촬영이 반 이상 진행되었는데 그녀의 녹화분을 통째로 들어내고 재촬영을 한다고 했다. 어디서 누가 그런 말을 했는지, 건강상의 이유로 그녀가 은퇴 수순을 밟는다는 기사가 났다. 딸이 그녀에게 전화를 걸어와 무슨 일이 있냐고 물었다. 그녀는 아무것도 아니라고, 스태프와 사이가 틀어져 손을 털고 물러난 거라고 둘러댔다. 그녀가 스스로 작품에서 하차한 일은 평생 단 한 번도 없다는 걸 딸은 알고 있었다. 그래도 더는 묻지 않았다. 그들 사이의 정해진 선을 넘지 않는다는 암묵적인 약속—보여주지 않는 것은 보려 하지 않는다—을 지켰다.

출연 예정이던 작품의 캐스팅까지 줄줄이 취소되고 나자 이마치는 뭘 어떻게 수습해야 할지 망연자실해졌다. 매니저 K라면 이럴 때 뭐라고 말했을까? 아무것도 하지 마, 라고 했을 것이다. 그것은 그가 주문처럼 그녀에게 각인시킨 말이었다. 그녀가 기지촌의 클럽 걸 출신이라는 소문이 돌았을 때도, 웬 대기업 총수의 아기를 낳았다는 루머가 돌았을 때도, 시기하는 후배들을 악의적으로 밀어내고 매장시킨다는 낭설이 돌았을 때도 K는 일절 대응하지 않도록 했다.

숨을 죽이고 기다려. 그리고 다음 작품을 시작하는 거야. 백지에서 다시 쓰는 거지.

K의 목소리가 귀에 쟁쟁했다. 그는 지금의 그녀를 만든 사람이었다. 그녀에게 필요한 모든 것을 가지고 있었고, 결국 그 모든 것과 함께 떠났다. 그후 그녀는 스스로 섭외와 스케줄 관리를 해왔다. 막연하지만 은퇴의 때를 점쳐보기도 하고, 커리어의 마지막을 어떻게 장식해야 할지 생각해보기도 했다. 하

지만 이렇게 갑작스럽게 때가 올 줄은 몰랐다. 일이 없는 삶은 상상해본 적 없었다. 그녀가 스스로를 인정하는 유일한 순간은 배우로서의 순간이었다. 그 외의 삶은 모조리 실패했고, 손아귀 사이로 빠져나갔다. 다른 사람의 가면을 쓰는 일, 그 일이 그녀를 살게 했다. 일은 그녀의 전부였다.

2. 연기 수업

　이마치는 스물네 살에 방송사 공채 탤런트로 데뷔했다. 첫 작품은 서울에 올라와 달동네에 정착한 서민 가구들의 이야기를 다룬 주말극이었는데, 그녀는 밝고 씩씩한 파출소 막내로 동네 깡패들을 맨손으로 때려잡는 김순경 역할을 맡았다. 조연 중에서도 작은 역할이었던 김순경이 특유의 명랑한 케릭터로 대폭 인기를 끌면서 그녀는 광고계의 샛별로 떠올랐다. 큰 키에 서구적인 마스크, 중성적인 이미지를 가진 여자 배우가 흔치 않은 시대였다. 그녀의 키는 170센티미터였다. 지금이야 보기 좋은 키라고 해도, 그때는 달랐다. 이마치는 자라는 내내 키가 너무 크다는 소리를 들었고, 소녀 거인이라는 별명으로 불렸다. 연극부에서도 큰 키 때문에 좀처럼 주연을 맡지 못했다. 상대 남자 배우와 밸런스가 맞지 않는다는 이유에서였다.

"그래서 이를 악물고 연기 연습을 했죠. 남자 배우보다 키가 큰 것이 눈에 거슬리지 않도록요. 무대에서 연기를 잘하면 대부분의 결점은 덮여요. 문제는 연기를 잘하기가 어렵다는 것이죠."

이것은 토크쇼나 여성지 인터뷰에서 이마치가 즐겨 하는 이야기였다. 하지만 솔직히 그녀는 연기 연습에 그리 애달프게 매진한 적이 없었다. 극장의 황홀이 그녀를 연기자로 만들었을 뿐이었다.

이마치는 여덟 살 때 교회 주일학교 단체 관람으로 처음 극장에 갔다. 거대한 스크린에서 쏟아지는 사람들과 풍경에 넋이 나간 그녀는 영화가 끝나고도 자리에서 일어나지 못했다. 같이 온 사람들이 전부 극장을 빠져나갈 때까지 몰래 숨어 있다가, 십 분 휴식 후 나오는 같은 영화를 세 번이나 되풀이해 보았다. 기지촌의 유일한 극장이었던 그곳의 주고객은 젊은 미군과 한국 여자 커플이었다. 밤이 다 되어 극장을 나온 이마치는 그들 중 제일 사이가 좋아 보이는 커플에게 도움을 청해서 겨우 집에 올 수 있었다. 어머니는 교회에서 이탈해 늦은 밤에야 돌아온 이마치의 종아리를 때렸다. 정말 걱정을 했거나 화가 났다기보다는 가족이라면 응당 이래야 한다는 표본을 만들고 싶은 것 같았다. 어머니가 패트릭 대위와 재혼하고 얼마 안 된 때였다. 이마치는 연극적으로 회초리를 때리는 어머니를 보면서 다시금 극장을 생각했다. 그곳의 어둠과 자유와 환락에 대해서. 유일한 광원이었던 영화에 대해서. 그녀는 다시 극장에 가고 싶었다.

이마치는 초등학교 삼학년이 되자마자 신문 배달을 시작했다. 큰 키와 더불어 조숙한 말투 때문에 아무도 그녀를 그 나이로 보지 않았다. 돈을 벌게 된 후로 그녀는 거의 극장에서 살다시피 했다. 그 극장은 소유주가 몇 번이나 바뀌면서 관리가 제대로 되지 않았다. 고전과 최신작을 번갈아가며 상영했고, 일단 표를 끊고 안에 들어가기만 하면 하루종일 죽치고 영화를 봐도 뭐라는 사람이 없었다. 이마치는 그곳에서 〈로마의 휴일〉〈시민 케인〉〈그랜드 호텔〉〈길〉〈레베카〉〈카사블랑카〉 같은 클래식 영화를 섭렵했다. 종일 영화를 보고 집에는 밤늦게 잠만 자러 들어갔다. 어머니도 더이상 종아리를 때리는 식의 연극은 하지 않았다. 가족에 대한 환상, 그건 짧은 기간에 끝났다. 어머니와 패트릭 대위는 날마다 요란하게 싸웠고, 싸움이 끝난 후엔 요란하게 섹스했다. 이마치는 베개로 귀를 막고 선잠에 들었다가 새벽이 되면 곧바로 집을 뛰쳐나갔다.

극장에서 먹고 자는 것이 일상이었으니 연극부에 들어가는 것은 자연스러운 수순이었다. 이마치는 연극부의 팀워크가 좋았다. 공연이 있을 때마다 다 같이 집에 들어가지 않아도 되는 게 좋았다. 하지만 무엇보다 좋은 것은 연기였다. 다른 사람이 되는 것, 자기 자신에게서 벗어나는 것, 사람들의 눈을 속이는 것. 연극은 십대 시절 그녀가 경험한 유일한 환희였다. 그녀가 맡은 역할은 악인이든 선인이든 신선한 에너지가 넘쳤다. 사람들은 이마치에게 타고난 재능이 있다고, 한 세대에 한 명 나오는 대체 불가의 배우라고 말했다. 이마치는 그런 달콤한 말을 믿지 않았다. 재능 있는 사람이란 얼마나 많은가. 그들은 모래사장의 반짝이는 모래처럼 발에 채었다. 그중 돋보일 기회를 얻고, 좋은 배역을 맡고, 업계의 유망한 이들과 친분을 쌓게 된 것은 이상한 운의 연속이었다고밖에 말할 수 없었다.

항간에는 그녀가 너무 많은 감독의 손을 탔다는, 잠자리 오디션으로 여기까지 왔다는 수군거림도 있었다. 포도가 떨어져 밟히면 단번에 포도주가 되는 줄 아는 사람들. 인생이 그렇게 간단치 않다는 것을 정말 모르는 것일까? 그녀는 그런 말들에 상처받지 않았다. 불행한 삶의 여건 속에서도 정말 좋아하는 일을 했고, 물론 대부분은 돈 때문이었지만, 진심으로 즐긴 순간들도 있으니 감사한 마음이었다. 삶의 정수는 무대 위에 있었다. 다른 사람들은 어떻게 이것을 모르고 살까, 이것도 없이 살까 싶었다. 비슷한 시절 데뷔한 동년배들은 이미 오래전에 촬영장을 떠났다. 이마치는 자신에게도 은퇴의 때가 오리라는 것을 알았다. 하지만 실제로 그런 일이 일어날 거라고는 믿지 않았다. 누구나 자신이 언젠가 죽는다는 걸 알지만, 실제로 그런 괴상한 일이 벌어지리라고는 믿지 않는 것처럼.

은퇴 기사가 나간 후, 이마치는 서울의 한 대학 연극영화과 교수로 있는 후배에게 강의 제안을 받았다. 일주일에 두 번, 각각 세 시간씩 진행되는 일학년 연기 실습 수업이었다. 정해진 커리큘럼은 없으니 자유롭게 학생들을 가르치면 된다고 했다.

"마음 편히 하세요. 배우의 아우라를 직접 경험하는 것 자체가 수업의 일환이니까요."

이전에도 강의 제안은 있었지만 스케줄을 핑계로 한 번도 수락한 적이 없었다. 대학이라니. 이마치는 교수에게 연기를 배운 사람이 아니었다. 연기는 단지 그녀가 평생 입은 코트 같은 것이었다. 그게 어떻게 만들어지는지는 알지 못하지만, 적어도 어떤 게 좋은 코트이고 어떤 게 나쁜 코트인지 눈 감고 만저만 봐도 알았다. 이마치는 그것을 감별할 줄 알았다. 이제 시간은 남아돌았고, 잘 아는 것에 대해 말하기는 어렵지 않다고 생각했다.

결론부터 말하자면 그것은 대단한 착오였다. 이마치는 이십대 초반의 배우 지망생들에 대한 경험치가 전혀 없었다. 물론 그녀는 평생을 연예계에 있었고, 그 안에는 젊고 아름다운 아이들이 들끓었다. 매일 새로운 피가 수혈됐다. 하지만 그들은 이미 누군가의 눈에 들어 가능성을 한 줌이라도 인정받은 아이들이었다. 레이스에 들어와 전력으로 뛰고 있는 아이들이었다. 대학 강의실에서 만난 아이들은 아직 출발선에도 서지 못했고, 이게 대체 무슨 경기인지도 알지 못했으며, 뛰거나 빨리 걸을 마음은 더더욱 없었다. 그들은 이마치에게 관심이 없었다. 그녀가 하는 말이 무슨 뜻인지 알고 싶어하지도 않았다. 코트라니, 그들은 수치를 모르고 벌거벗은 갓난아기나 다름없었다. 이마치는 첫 수업을 마치기도 전에 기운이 빠졌다. 밝고 화사하기만 한 젊음에 질려버렸다.

이마치는 수업시간에 연기 비슷한 것을 하는 아이들에게 독설을 날렸다. 눈에 보이는 약점이 아닌, 그 약점을 감추기 위해 필사적으로 몸부림치는 개개인의 잔꾀와 눈속임을 잔인하게 짚어냈다. 어떤 아이들은 수업 도중 울면서 뛰쳐나갔다.

"운다고 뭐가 달라지니? 보여줄 게 없으면 여기까지 떠밀려 오지 말았어야지. 분수에 맞게 돈벌이되는 일을 찾아. 남들 다 그렇게 사니까."

이마치는 쓰게 웃으며 중얼거렸고, 그 냉소가 순진한 아이들의 분을 샀다. 아이들이 수업 거부에 나서면서 한 학기를 다 마치지도 못하고 교단에서 내려와야 했다. 안 그래도 수업일수를 채우는 일이 고역이던 차에, 아쉬움은 조금도 없었다.

그렇게 그녀는 완전히 집에 들어앉았다. 느지막이 일어나 아파트 주변의 천변을 걷고, 카페에서 간단한 요기를 하고, 늦은 밤까지 늘어져 텔레비전을 보는 나날이 이어졌다. 늘 일에 쫓기며 살았던 그녀에게 그런 시간은 처음이었다. 처음엔 이것도 나쁘지 않다고 생각했다. 왜 진작 이런 시간을 갖지 않았을까 후회가 될 정도였다. 그런데 너무 느슨해진 생활이 문제였을까. 이마치의 깜빡거림은 점점 더 정도가 심해졌다. 냉장고를 열고 멍하니 서 있거나, 마트에 차를 몰고 갔다가 걸어오거나, 비밀번호가 뭔지 몰라 집 앞에 한참을 서 있는 일이 늘어났다. 낮잠을 자고 일어나면 여기가 어딘지, 자신이 왜 이러고 있는지 어리둥절하여 한동안 멍하니 있었다.

그날도 이마치는 혼곤히 낮잠이 들었다가 전화벨소리에 깼다. 실종 아동 찾기 협회의 연말 집회 날인 것을 깜빡했던 것이다. 남편이 죽은 후 그녀는 그를 대신해서 협회 행사에 참석해왔다. 남편의 유언은 그것 하나였다. 아들을 찾는 일을 계속해달라는 것. 아이가 실종되기 전, 그들의 관계는 이미 파탄 상태였다. 이혼 이야기가 나오면서 그들은 꽤 구체적인 논의―아이는 누가 맡을 것인지, 그 많은 부채는 어떻게 상환할 것인지, 아파트는 어떻게 처분할 것인지―까지 나누었다. 하지만 아들이 사라진 후에는 누구도 이혼 이야기를 꺼내지 않았다. 그들의 삶은 수용소나 병원에서의 그것과 같이 변했다. 당면한 하루하루의 삶을 살아내기도 버거웠다. 이혼도 삶의 고급 기술이었다. 그들은 그것을 감당할 수 없었다.

협회 일에 이마치가 조금도 개입하지 않은 것은 그곳이 그의 영역이기 때문이었다. 진저리나게 사업 실패를 반복했던 남편은 뜻밖에도 실종 아동 찾기 협회에서 두각을 드러냈다. 그가 오고 나서 시스템이 재정비되고 실종 아동들에 대한 사회적 관심도 높아졌다는 평가가 들렸다. 남편의 장례 때는 전국에서 회원들이 조문을 왔다. 그중에는 그와 특별한 관계였던 여자도 있었다. 그들과 비슷한 시기에 딸이 실종된 여자. 남편이 그 여자의 일로 늘 분주하고, 밤새 뒤척이던 것을 그녀는 알고 있었다. 하지만 그 여자와 그런 이야기를 할 필요는 없었다. 정말 그럴 필요는 없었다. 여자는 남편의 장례식에 와서 밤새 운 듯 퉁퉁 부은 얼굴로 한두 마디 위로의 말을 건넨 뒤 떠났다. 그게 다였다.

남편의 유언을 따라 이마치는 그다음해부터 매 계절 집회에 참여했다. 다른 부모들과 함께 아이들의 실종 당시 사진과 컴퓨터 그래픽으로 예측해 만든 현재 모습—어린 시절 이목구비를 그대로 늘여 겉늙은 어린이처럼 변한 얼굴—을 전단으로 만들어 행인들에게 나눠주었다. 대부분 전단을 받지도 않고 지나갔지만 개중에는 한참을 들여다보는 사람도 있었고, 실제로 아이를 본 것 같다고 말하는 사람도 있었다. 수십 년간 그랬듯 사실이 아닌 경우가 태반이었다. 집회에 나오는 사람들 모두 그 일의 무용함을 알았다. 하지만 누군가 자신의 잃어버린 아이 사진을 잠시 봐주는 것, 그리고 비슷한 상처를 가진―아이를 찾기 전에는 죽을 수도 살 수도 없는― 이들과 만나 커피를 마시고 빵을 먹는 것만으로 작은 위로를 받았다.

알고 보니 이마치는 그날 간식 담당이었다. 다짜고짜 대체 왜 안 오는 거냐고 묻는 말에, 이마치는 말없이 전화를 끊어버렸다. 장난전화인 줄 알았던 것이다. 곧 다시 전화가 걸려와 "정민 엄마 아니에요?"라고 물었지만, 잘못 거셨다고 답하고 역시 전화를 끊어버렸다. 그녀는 텔레비전을 틀었고, 닭볶음탕 맛집 기행을 한 시간 동안 봤다. 멍하니 텔레비전을 보다가 갑자기 정민 엄마, 그게 누군지 알아차렸다. 뒤늦은 깨달음이 벼락처럼 그녀를 후려쳤다.

그날 밤 이마치는 유령을 봤다. 한밤중에 침대에 누워 있는데 이상한 소리가 들렸다. 쾅, 쾅, 쾅, 문이 닫히는 소리. 이마치는 자리에서 일어나 집안 곳곳을 살피고 다녔다. 모든 문이 굳게 닫혀 있었다. 다시 침대로 돌아오자 이번에는 발걸음소리가 들렸다. 그리고 다시금 문이 닫히는 소리. 쾅, 쾅, 쾅. 저벅, 저벅, 저벅. 쾅, 쾅, 쾅. 저벅, 저벅, 저벅. 천둥이 울리는 것 같았다. 지독한 냄새, 부패의 냄새가 방안을 뒤덮었다. 이마치는 극심한 공포로 얼어붙었다. 침대맡에 누군가 서 있는 것이 보였다. 길고 뾰족한 얼굴을 가진 그것, 축 늘어진 몸으로 젖은 옷을 질질 끌고 다니는 그것, 손발이 썩어 흘러내리는 그것. 그것이 웃고 있었다. 이마치는 벌레만하게 변해버린 느낌이었다. 누구든 발로 밟고 지나가면 내장이 툭툭 터져 죽어버리고 마는 하찮은 존재가 된 것 같았다. 벌레처럼 침대에 들러붙어 벌벌 떨다가 해가 뜨자마자 집을 뛰쳐나왔다.

이마치는 '자연스러운 노화'를 운운하면서 뇌 영양제 따위를 처방해줬던 노의사를 찾아갔다. 난동을 부리다시피 진료실로 뛰어들어가 자신에게 일어난 일들을 차례로 읊었다. 직업을 잃고, 자신의 이름을 잊고, 망상을 보는 지경까지 이르렀다. 그런데도 자신이 '전 단계'라면 다음 단계로 진입하기 위해서는 삶이 어디까지 더 망가져야 하는지, 추락을 승인받을 방법은 뭔지 물었다. 의사는 다시금 그녀를 진단했고, 전과 같이 흔들림 없는 태도로 그녀의 상태가 그때와 다를 바 없다고 말했다.

"알츠하이머는 급진적인 병이 아니에요. 말씀하신 대로 가파른 증상 악화를 보인다면 그것은 정신적인 문제일 가능성이 큽니다. 원하신다면 정신과 진료를 받을 수 있게 도와드릴 수 있습니다."

의사는 그것 말고 더 해줄 이야기가 없다는 듯 몸을 돌렸다. 진료실 안에 침묵이 가득찼다. 이마치는 비틀거리며 의자에서 일어났다. 그때, 의사가 입을 열었다.

"그게 아니라면 좀더 개인적인, 대안 치료를 받아야 할 겁니다."

노의사는 그녀를 가늠하듯 위아래로 훑어보았다. 마치 그녀가 그 치료에 적합한지, 아니 감당할 수 있는지 확인이 필요하다는 듯이.

"대안 치료는 그리 효율이 좋은 의료 서비스가 아닙니다. 요즘 말로 가성비가 없을 수 있어요. 보험도 적용되지 않아 꽤나 비싼 비용을 지불하셔야 될 겁니다. 그래도 상관없다면, 이곳을 찾아가보세요."

의사는 서랍에서 메모지를 꺼내더니, 그곳에 새로운 병원과 의사의 이름을 적어주었다.

"이마치씨는 얼굴과 이름이 알려진 분이죠. 아마도 다른 사람들이 경험해보지 못한 삶을 살아오셨을 겁니다. 그러니 어쩌면 이런 방식이 맞을지도 모르겠어요."

노의사는 자신의 아내가 이마치의 팬이라고 전했다. 은퇴 기사를 보면서 무척 안타까워했다고, 치료를 받고 상태가 호전되어 복귀하면 참 좋겠다고 했다는 말을 덧붙였다. 이마치는 그가 주는 메모지를 낚아채다시피 해서 진료실을 나왔다. 정답게 나이든 노부부의 이야기를 들어줄 마음의 여유가 없었다.

이마치는 다음날 곧장 새로운 병원을 찾아갔다. 병원이라기보다 카페나 디자인 하우스에 어울릴 것 같은 노란색 5층 건물에 사람이 바글바글했다. 예약을 하고 갔는데도 빈 진료실에서 의사를 한참 기다려야 했다. 책상과 의자가 전부일 뿐 아무런 의료 장비도 보이지 않는 하얀 방이 인상적이었다. 전면의 벽에는 이상하게 눈길을 끄는 커다란 유화가 걸려 있었다. 옥색 빛이 도는 좁고 기다란 건물과 그 주변을 둘러싸고 웃자란 풀, 지평선까지 연결되는 야생의 거친 초원, 그 끝에 뿌옇게 번지는 안개. 이마치는 그 앞에 한참 서 있었다.

"그림이 마음에 드세요?"

뒤늦게 병실에 들어온 젊은 의사가 물었다.

"유명한 그림인가요?"

"아뇨. 동료가 그린 거예요. 아마추어 화가죠. 본업은 따로 있으니까요."

"동료 의사의 작품이군요?"

"그런 셈이죠."

제제는 노의사의 제자였다. 이마치는 나중에야 제제가 알츠하이머 관련 연구로 학계에서 이단아 취급을 받는 의사라는 것을 알게 되었다. 그는 열다섯 살에 의대에 들어간 수재였고, 한국과 프랑스에서 관련 학위를 받고도 아직 서른 살이 되지 않은 어린애였다. 노란 탈색 머리에 구부정하니 큰 키, 두꺼운 뿔테 안경을 낀 하얀 얼굴이 전문의라기보다는 카페 아르바이트생 같았다. 그는 이마치가 누군지 몰랐다. 그녀뿐만 아니라 병원 밖 세상 대개의 일들에 대해서 몰랐다. 하지만 그녀의 머릿속에서 일어나는 일이 뭔지는 알았고, 그 소요를 잠재울 방법도 알고 있었다. 그간 이마치가 겪은 일을 유심히 들은 그는 눈을 반짝이며 고개를 끄덕였다.

"우리 몸은 재생되지 않고 폐기되는 쪽으로 만들어졌어요. 노화가 진행될수록 세포에 작은 구멍이 하나둘 생기고, 점점 커지다가 마지막에 그 구멍으로 전부 빨려들어가버리는 거죠. 알츠하이머도 그 구멍 중의 하나예요."

제제는 허공에 작은 소용돌이를 그려 보였다.

"제가 구멍이 생기는 걸 막을 수는 없지만 그 구멍이 커지는 건 막을 수 있어요. 죽어가는 것들을 살리는 게 아니라, 살아남은 것들을 지키는 방식으로요. 저는 알츠하이머가 치료 가능한 질병이라고 생각해요."

제제는 이마치의 남은 기억을 토대로 일종의 뇌 지도를 만들 거라고 했다. 그녀가 기억하고 있는 것들로 가상현실 프로그램을 구축하고, 이에 노출되었을 때 뇌가 활성화되는 지점을 찾은 뒤, 그 위치에 지속적으로 자기장을 흘려보내는 것이다. 그렇게 남은 기억을 유지하는 것이 가능하다고 했다. 집중 상담 12회, 개인 맞춤식 VR 프로그램 제작에 어마어마한 비용이 청구되었다. 이마치는 금액을 일시불로 지불했다. 그녀에겐 달리 기댈 데가 없었다. 힘없이 병원 로비를 빠져나가는데, 누군가 옆으로 다가와 알은척을 했다.

"선배, 이마치 선배 맞죠? 저 미희예요."

이마치는 그 여자가 오래전 영화를 같이 찍은 후배 연기자라는 사실을 한눈에 알아차렸다. 그들은 당시 한창 붐이었던 호스티스 영화에서 각자 마담과 아가씨 역할을 맡았었다. 미희는 그 작품이 끝나자마자 결혼과 은퇴의 수순을 밟았다. 남편이 유명 제과업체 후계자였는데, 시댁의 반대를 딛고 꽤나 떠들썩한 식을 올렸다.

"그동안 잘 지내셨어요? 세상에, 삼십 년 만인데 선배는 그대로네요."

그대로인 건 미희 본인이었다. 그녀는 예전에 즐겨 입던 재클린 스타일의 투피스 차림이었다. 세월을 건너뛴 것 같았다. 작고 예쁜 얼굴이 어디 한 군데 허물어진 곳이 없었다.

"선배도 이 병원 다니세요? 저도요. 알츠하이머 때문에…… 벌써 일 년이나 됐어요."

미희는 그곳이 병원이 아니라 미용실이나 되는 듯 떠들어댔다. 원래도 밝은 성격에 말투가 통통 튀는 편이었다.

"전 종종 선배 보고 싶었거든요. 예전에 신인인 저에게 참 잘해주셨어요. 작품 마치자마자 전 결혼하고, 선배는 할리우드 진출하면서 연락이 끊겼잖아요."

미희는 앞으로 종종 연락하자면서 자신의 연락처를 알려주었다. 이마치도 자신의 번호를 알려주었다. 멀찌감치서 고급 양복을 입은 노년의 남자가 이마치를 향해 고개를 까딱해 보였다. 오래전 그를 촬영장에서 봤던 기억이 어렴풋이 났다. 미희의 촬영이 있는 날이면 박스째로 배달되어 오던 신제품 쿠키들도. 그 달달한 냄새가 불현듯 떠올라 허기가 돌았다.

이마치는 할리우드에 진출한 적이 없었다. 진출할 뻔한 적이 있을 뿐이었다. 1980년대에 그녀의 영화를 본 미국인 감독에게서 오디션을 보러 오라는 연락을 받은 것이다. 세계적으로 거장 반열에 오른 감독이었다. 그는 그녀에게 〈도둑맞은 세탁소〉라는 영화의 세탁소 종업원 역할을 제안했다. 주연급은 아니지만 인상적인 조연 이상은 되는 역할이었다. 그녀가 승낙하자, 곧 오디션을 위한 시나리오와 왕복 일등석 비행기표가 배송되어 왔다. 그녀는 LA에 있는 영화사 스튜디오에서 감독을 만나 시나리오의 첫 장면—세탁물이 뒤바뀌었다고 불평하는 손님을 참을성 있게 상대하는—을 연기했다. 그 자신이 배우라 해도 손색없을 듯한 금발 미남자인 감독은 이마치의 연기가 무척 인상 깊었다고 말했다. 계약을 하게 될 경우 만 달러의 개런티를 받게 될 거라고, 늦어도 내일까지는 연락을 주겠다고 했다. 다음날 이마치는 종일 LA 관광을 했다. 기다리던 연락은 끝내 오지 않았다. 해 질 무렵 이마치는 그리피스

천문대의 전망대에서 희미하게 보이는 할리우드 입간판을 배경으로 사진을 찍었다. 샤넬의 잠자리 선글라스를 쓴 이마치는 당시 스물아홉 살이었다. 그 사진은 지금도 그녀의 거실 한쪽에 놓여 있었다.

본격적인 상담이 시작되고 나서도 이마치가 제제의 방식에 익숙해지는 데는 한참이 더 걸렸다. 제제는 매번 진료실에 없었다. 늘 이마치가 먼저 와서 흰 벽의 그림을 보며 그를 기다렸다. 정식 상담 첫날 그는 수업시간에 늦은 학생처럼 허둥지둥 진료실에 들어와 미안하다고 말한 뒤 이마치의 앞에 앉았다. 그리고 그녀에게 이야기를 시작하라고 했다.

"무슨 이야기를 하라는 거예요?"

"아무거나, 무엇이든. 지금 이 순간 떠오르는 것들요."

이마치는 말없이 제제를 바라봤다. 둘은 한참 동안 서로를 바라만 봤다. 마침내 제제가 입을 열었다.

"이렇게 그냥 마주보고 있기에는 진료비가 너무 비싸다고 생각 안 하세요?"

"그렇게 생각해요. 하지만 뭘 말해야 할지 모르겠어요. 그냥 저에게 궁금한 걸 물어봐주셨으면 좋겠는데요."

"스스로 이야기를 시작해야 돼요. 그게 원칙이죠. 정 어려우시면 카테고리를 정해놓고 거기서부터 시작해보세요. 이마치씨가 좋아하는 것, 싫어하는 것, 저에게 하고 싶은 말, 감추고 싶은 말, 선명한 기억, 흐릿한 기억……"

이마치는 곰곰이 생각에 잠겼다가 입을 열었다.

"제 이름은 아버지가 지어주셨어요."

제제는 녹음기를 켜고, 그녀가 하는 말을 받아 적기 시작했다.

"언니는 6월에 태어나서 준, 저는 3월에 태어나서 마치가 되었어요. 8월이나 10월에 태어난 자매가 있었다면 오거스트나 옥토버가 되었겠죠. 그렇게 우스꽝스러운 이름을 지어준 아버지는 제가 태어나고 얼마 안 되어 지병으로 돌아가셨어요. 제가 태어났을 때 아버지는 아기가 너무 예뻐서 병원 간호사들에게 바나나를 한 다발씩 돌렸대요. 그때 바나나가 정말 귀한 시절이었거든요. 언니는 내게 아버지에 대한 이야기를 많이 해주었어요. 나보다 고작 네 살 많으면서, 그래봤자 네다섯 살에 보고 겪은 게 다일 텐데 뭘 기억한다고요. 지금 생각해보면 아마도 그런 이야기가 우리에게 필요하다고 여겼던 게 아닐까 싶어요."

이마치는 쓸쓸하게 웃으며 고향을 떠올렸다. 미군 클럽이 늘어선 동두천 뒷골목, 그곳이 그녀의 고향이었다. 아버지가 세상을 떠난 뒤, 어머니는 클럽을 이어받아 운영했다. 어머니는 불행한 여자였다. 누구라도 잠시만 같은 공간에 있으면, 그 여자가 얼마나 불행한지 느낄 수 있었다. 빛밖에 없는 클럽을 남기고 죽은 남편에 대한 원망, 평생을 떨쳐내지 못한 가난에 대한 피로, 단 한 번도 충족된 적 없는 애정에 대한 허기, 입 벌리고 자기만 기다리는 자식들에 대한 분노…… 그 모든 것이 보란듯이 공기 중에 떠다녔다. 이마치는 숨을 참고 살아야 했다. 집안 어디에도 쉴 곳이 없었고, 마음 편히 발 뻗을 곳이 없었다. 다들 그렇게 사는 줄 알았다. 그렇지 않다는 것을 알게 된 후, 그녀가 힘을 가질 만큼 자라게 된 후에야 증오가 시작됐다.

이마치는 어머니가 죽기를 오랫동안 기도해왔다. 열여덟 살에 집을 나온 후에도 해가 질 때면 어머니가 있는 쪽을 바라보며 맹렬히 빌었다. 그 여자가 죽기를, 죽어 없어지기를. 이슬람 교도들이 성전을 향해 기도하듯 매일매일 집을 향해 기도했다.

"지금도 기도하시나요?"

"어머니는 십여 년 전에 돌아가셨어요."

"혹시 어머니 사진 가진 거 있으세요?"

이마치는 제제를 가만히 바라보다가 웃음을 터뜨렸다. 그 여자의 사진을 갖고 있을 리가 없지 않으냐는 뜻이었다. 하지만 웃음 끝에 뭔가가 퍼뜩 떠올랐다. 동두천 신문에 났던 부고 기사였다. 기사를 쓴 사람은 이마치의 이부동생이었다. 어머니와 계부 사이에서 난 아들 제이슨. 지역 신문사의 기자가 된 그는 어머니의 부고 기사에 사진을 첨부했다. 여섯 살 이마치와 어머니가 함께 찍힌 사진이었다. 생일 케이크와 선물 상자 옆에 앉은 다정한 모녀 사진 밑에 '국민배우 이마치와 본지 기자 제이슨 리의 어머니가 별세했다'는 캡션이 달려 있었다. 이마치는 보자마자 신문사로 전화를 걸어 사진과 기사를 내려주기를 요구했으나 담당자가 퇴사해서 빠른 처리가 어렵다는 말만 들었다.

이마치는 휴대폰으로 그 부고 기사를 찾았다. 제제는 묘한 표정으로 사진을 들여다보았다. 그가 말하지 않아도 무슨 말을 하려는지 알 것 같았다. 이마치는 어머니와 닮았다. 평생 그 사실을 모르는 척해왔고 누군가 지적하면 화를 냈으나, 둘을 보면 알아차릴 수밖에 없었다. 또렷한 이목구비가 뭉개지고 희미한 인상만 남는 노년으로 접어들수록 그녀는 어머니와 비슷해졌다. 하지만 제제가 지적한 것은 다른 것이었다.

"기사에 언니분 이야기는 없네요."

"언니는 열한 살에 죽었어요. 언니 이야기를 하는 것은 집안의 금기였죠."

"왜요?"

"죄책감 때문이죠. 금기란 그런 거잖아요."

이마치가 언니 이야기를 하려고 할 때, 제제가 손을 들어 막았다.

"그건 다음에 듣죠. 하루에 한 시간씩만. 그게 원칙이에요."

그는 부고 기사의 사진을 프린트해도 되겠느냐고 물었다. 이마치는 고개를 끄덕였다. 사실 그 사진은 원본이 아니었다. 그녀와 언니, 어머니 셋이 같이 찍은 사진에서 언니만 잘려나갔다. 잘 보면 작은 손이 이마치의 팔꿈치를 잡고 있었다. 선물 상자에 들어 있는 2층짜리 인형의 집도 언니 것이었다. 그 날은 언니의 생일이었다.

어머니는 다른 날은 몰라도 그들 자매의 생일만은 잊지 않고 제대로 챙겼다. 고아로 자란 자신의 한을 풀기 위해서였을 것이다. 매해 생일마다 이마치와 언니는 평소에 꿈도 꿀 수 없는 값비싼 장난감과 원피스, 벨벳 구두를 생일 선물로 받았다. 그 사진을 찍던 날 언니는 선물은 필요 없으니 학교 소풍을 허락해달라고 말했다. 어머니는 언니의 청을 단칼에 잘랐다. 소풍은 생일과 무관하고, 그날은 아침부터 집을 비울 계획이라 이마치를 돌볼 사람이 없다는 이유였다. 언니는 한마디 말대꾸 없이 고개를 숙였다. 이마치는 언니가 자신을 짐처럼 짊어진 것이 싫었다. 하지만 언니 없이 집에 혼자 있기는 더 싫었다. 그녀에게 언니는 엄마 대신이었다. 네 살 많은 언니는 매일 그녀를 돌봐주었다. 순하고 화를 낼 줄 모르는 성정이라 늘 그녀에게 당했고, 어쩌다 토라져도 금세 마음을 풀고 그녀의 얼굴에 묻은 얼룩을 닦아주었다.

어머니는 미군 클럽을 운영하느라 매일 저녁부터 새벽까지 집을 비웠다. 아침이면 남은 안주를 싸 들고 집에 들어왔고, 술이 덜 깬 채 멍든 오렌지를 게걸스럽게 까먹은 뒤 방으로 잠을 자러 들어갔다. 당시 어머니는 자신보다 열 살 어린 미군 장교 패트릭과 사귀고 있었다. 그가 전역하면서 이대로 관계가 끝나나 했지만, 깜짝 결혼 발표로 모두를 놀라게 했다. 기세등등하게 혼인신고를 마친 어머니는 새 남편과 함께 미국에 다녀올 계획을 세웠다. 아이 둘 딸린 과부로 그의 부모를 만날 수는 없으니 일단은 혼자 가서 상황을 보겠다고. 나중에 두 딸을 데리러 올 거라고 말했다. 어머니가 자리를 비운 사이 자매는 순옥이 이모라는 사람의 집에 맡겨졌다. 비슷한 처지의 고아들이 우글거리는 집이었다. 그 집에는 군대처럼 시간표와 규율이 있었다. 조금이라도 이를 어기는 아이들은 밥을 굶기거나 옷을 벗겨 내쫓는 일이 예사였다. 어리숙한 아이들은 하루가 멀다 하고 매질을 당했다. 언니는 이마치를 대신해서 여러 번 매를 맞았다.

"하루는 언니와 제가 내복 바람으로 쫓겨났는데, 그날 기온이 영하 십 도에 가까웠어요."

일주일 뒤, 진료실에서 제제를 다시 만난 이마치는 언니의 이야기를 시작했다.

"동두천의 겨울은 물그릇을 잠시 밖에 내놓아도 얼어붙을 정도로 매서워요. 언니와 제가 이를 딱딱 부딪치며 떨고 있는

데, 한 십 분 뒤에 그 집 불이 다 꺼지더라고요. 다들 잠을 자러 들어간 거예요. 바람이 불 때마다 살이 에이게 추운 밤이었어요. 언니가 제 손을 잡더니, 우리집으로 가자고 하더라고요. 어머니와 살던 옛날 집이요. 못해도 이십 리가 넘는 거리였는데, 그 길을 그 겨울에 둘이서 걸어갔어요. 마주치는 어른들 누구 하나 겉옷도 입지 않은 어린애들에게 어딜 가느냐고 묻지 않았죠."

언니는 처음 가는 길을 미리 연습이라도 한 사람처럼 잘 찾아갔다. 비슷비슷하게 생긴 판잣집들 사이에서 용케도 그들의 집을 찾아냈다. 자물쇠도 달리지 않은 나무문을 밀고 들어가자, 모든 게 그 자리에 있었다. 어머니가 정신없이 떠나면서 남긴 살림들, 흩어진 옷가지들과 더러운 냄비와 그릇들, 둘둘 말린 이불이 그대로 남겨져 있었다. 언니는 곱아든 손으로 장작에 불을 붙여 난로를 피웠다. 찬장에는 미군 부대에서 흘러나온 통조림과 분말 우유가 쌓여 있었다.

"언니와 나는 물을 끓여 우유를 타 먹었어요. 좀처럼 허기를 달랠 수 없어서 우유를 마시고 또 마셨죠. 차디찬 바닥에 이불을 깔고 누워 달게 잤어요."

"이모라는 사람이 찾아오진 않았나요?"

"아니요. 그 겨울이 지나도록 아무도 우리를 찾아오지 않았어요. 순옥이 이모도, 학교 선생님도, 집주인조차도요. 다들 우리라는 존재를 까맣게 잊어버린 것 같았죠. 아니면 저 위의 누군가가 우리의 존재를 숨겨줬든지요."

"그런데 언니는 왜 죽었죠?"

간결한 제제의 질문에 이마치는 말없이 그를 바라보았다. 그리고 잠시 후, 입을 열었다.

"언니는 그 겨울 내내 아팠어요. 순옥이 이모네는 감기나 폐렴을 앓는 아이들이 끊이지 않았어요. 위생 상태가 엉망인데다 영양 공급도 좋지 않으니 아이들이 돌아가며 아팠죠. 언니는 온몸에 열이 펄펄 끓는 상태로 나를 데리고 그 길을 걸어온 거였어요. 나는 최선을 다했지만 언니를 간호하기엔 너무 어렸죠."

언니는 좀처럼 자리에서 일어나지 못했다. 어떤 날은 괜찮아 보였지만 또 다음날이면 까무룩 쓰러져 물 한 모금도 못 마시고 앓았다. 마지막에 언니는 심한 고열 때문에 온몸에 붉게 열꽃까지 번졌다. 언니의 숨이 멎었다는 사실을 알아챈 아침, 이마치는 그 아침을 기억했다. 언니의 발치에서 잠들었던 이마치는 눈을 뜨자마자 알았다. 언니가 죽었다는 것. 그때 그녀의 눈에 비친 것은 단지 언니의 발―때가 끼고 해진 버선을 신은―뿐이었는데 그 발의 무엇이 달라 보였던 걸까. 어쨌든 이마치는 알았다. 언니의 얼굴은 이미 파랗게 굳어 있었다. 뭔가를 말하려는 것처럼 입이 살짝 벌어져 있었다. 아주 놀라운

것을 본 사람 같은 표정. 작은 손으로 아무리 힘을 줘도 그 입은 다물어지지 않았다. 이마치는 두꺼운 이불로 언니의 얼굴을 덮었다.

마침내 누군가 집에 찾아온 것은 봄이 시작될 무렵이었다. 순옥이 이모도, 학교 선생님도, 집주인도 아닌, 옆집에 사는 하우스보이 오빠. 미군 부대에서 허드렛일을 거들던 그 오빠가 냄새를 참지 못하고 찾아왔다. 문을 연 청년은 한 발 들어서지도 못하고 손으로 입을 막으며 헛구역질을 했다. 주변 사람들이 몰려들어 한차례 소란이 일었고, 얼마 뒤 경찰이 도착했다. 수납장 뒤 구석에 숨어 있던 이마치는 뒤늦게 발견되었다. 그녀는 그곳에서 나오려고 하지 않았다. 경찰들이 하얗게 질린 손을 벽에서 뜯어내다시피 해야 했다. 이마치는 영양실조에 오물 범벅이었고, 경찰이 뭐라 말을 시켜도 대답하지 않았다. 심한 충격으로 말을 잃어버린 듯하다는 것이 당시 그녀를 진찰한 의사의 소견이었다.

이야기를 마쳤을 때 제제는 시뻘게진 눈으로 그녀를 보고 있었다.

"정말…… 아, 죄송합니다. 제가 이러면 안 되는데."

그는 목이 메는지 새된 목소리로 말했다.

"괜찮아요, 선생님. 인간적이고 보기 좋은데요."

"엄청난 일을 겪으셨는데, 남의 일을 이야기하듯 하시네요."

"시간이 너무 많이 지났어요. 꼭 전생의 일처럼 느껴진달까요. 그때의 감정도 생각도 까마득하기만 해요. 어머니가 돌아왔을 때 저는 다 늙어버린 아이가 되어 있었죠."

"어머니는 언제 돌아오신 거죠?"

"그 일이 있고 한 달쯤 지나서요. 미국에서 어머니는 패트릭의 가족들에게 모욕에 가까운 냉대를 받았다고 했어요. 혼인신고를 마쳤다고 말하자마자 집에서 쫓겨났다고 하더군요. 패트릭이 일을 구해보려 했지만 그것도 마땅치 않았던 모양이에요. 가지고 간 돈이 바닥날 즈음 임신 사실을 알게 됐다고 하더군요. 그게 마치 한국으로 돌아가라는 신호 같았대요."

이마치는 피식 웃었다.

"쭉 입을 다물고 지냈던 저는 어머니를 보자마자 소리쳤어요. 언니가 죽었다고요. 그 여자는 비통한 얼굴로 저를 내려다보더니, 슬프고 안타까운 일이라고 대꾸했어요. 자기 잘못은 하나도 없다는 듯이 말이에요."

어머니는 과거를 보지 말고 미래로 나아가야 한다고 말했다. 더이상 언니에 대해 언급하지 말라는 뜻이었다. 어머니와 패트릭은 미군 부대 안의 작은 레스토랑 운영권을 따냈다. 제이슨이 태어난 후, 그들은 기지촌에서 보기 드물게 번듯한 사인 가족을 이뤘다. 언니는 처음부터 없던 사람이 되었다. 이마치는 언니의 사진이나 유품 한 점 가질 수 없었다. 어머니가 허락하지 않았다.

제제가 언니의 모습을 그림으로 그려볼 수 있겠냐고 물었을 때 이마치는 흔쾌히 고개를 끄덕였다. 하지만 막상 흰 종이와 크레파스를 받아들자 두 팔이 굳어버린 듯 느껴졌다. 그녀는 결국 아무것도 그려내지 못했다. 하얀 종이 위에 손을 하릴없이 움직이다 작은 점만 그리고 말았다.

"됐습니다. 여기까지 하죠. 힘들 텐데 너무 애쓰지 않으셔도 돼요."

제제의 목소리는 여전히 잠겨 있었다. 이마치는 다 큰 남자가 참 주책이라고 생각했다. 하지만 그녀가 제제에게 진심으로 마음을 연 것도 바로 그 순간이었다. 이마치는 원래 우는 남자에게 약했다. 그녀 앞에서 운 마지막 남자는 K였다.

그다음주에 이마치는 K에 대해 이야기했다. K에 관해서라면 이마치는 수십 장의 그림도 그려낼 수 있었다. 수백 장의 사진도 보여줄 수 있었다. 촬영 현장에서, 행사장에서, 각종 시사회에서 함께 찍은 사진이 한 무더기였다. 대부분은 그들도 모르게 찍힌 사진이었지만, 어쨌든 아이들과 찍은 것보다 그와 찍은 것이 더 많았다. 그녀에게 그는 인생에서 가장 많은 시간을 함께한 사람이었다.

매니저 K는 업계에선 드물게 경찰 출신이라는 이력을 가지고 있었다. 고등학교를 졸업하고 고향 파출소에서 근무하던 그는 일 년 만에 퇴직하고 친한 친구의 소개로 무작정 서울에 올라와 연예계 일에 발을 들였다. 안정적인 공무원 생활을 그만둔 것은 박봉으로는 어찌할 도리가 없을 만큼 가난한 부모와 형제들 때문이었다. 그는 일확천금을 꿈꾸며 쇼 비즈니스 사업에 뛰어들었지만 곧 이 일의 구 할이 거품이라는 사실을 깨달았다. 어쨌든 돌아가기엔 늦은 터라 다른 사업을 기웃거리며 간신히 연예인 로드매니저 생활을 해나갔다. 그가 세번째로 맡은 배우가 이마치였다. 그전의 두 명은 활동의 절정기에 결혼으로 커리어를 접었다. 그는 여자 배우가 지구상에서 가장 까다로운 존재라고 생각했다. 그들에 비해 이마치는 놀라우리만치 단순했다. 가리는 것이 없었다. 돈이 되고 부끄럽지 않은 일이라면 무엇이든 했다.

K는 이마치가 밥보다 빵을 더 좋아하고, 조수석에 타면 산길을 달려도 멀미를 안 하고, 낮잠을 자면 밤새 잠을 못 잔다는 사실을 알았지만, 사생활의 영역에서는 아무것도 아는 게 없었다. 시시콜콜한 이야기는 한마디도 나누지 않았다. 이마치의 결혼 소식도 다른 사람을 통해서 들을 정도였다. 그만큼의 거리감이 늘 있었기에, K가 사채빚과 다단계 연체금으로 파산할 지경이라는 사실을 알게 된 그녀가 아무 담보 없이 큰돈을 내놓았을 때 그는 무척 놀랐다. 그 돈이 아니었다면 K는 교도소에 가야 했을 것이다. 그는 그 돈에 대해 늘 이마치에

게 고마워했고, 몇 년 뒤 자기 기획사를 차려서 성공한 뒤 높은 이자를 더해 갚았다. 이마치는 그의 회사 1호 배우였다. 사장이 직접 로드매니저 일을 한다고 수군대는 사람도 있었지만 그는 신경쓰지 않고 줄곧 그녀를 보좌했다. 이마치의 남편은 결혼 전부터 그들의 관계를 의심했다. 젊은 시절부터 낮과 밤을 함께 보냈고, 가장 많은 대화를 했고, 나중에는 말을 하지 않아도 서로의 마음을 알았으니까. 하지만 그들은 남편이 생각하는 그런 사이가 아니었다. 그 일은 한참 뒤에야 일어났다. 그들의 젊음이 다 지나간 뒤에, 그녀가 아들을 잃고 난 뒤에, 남편과 무심한 타인이 되고 난 뒤에.

"아들이 사라졌을 때, 저는 도저히 카메라와 사람들 앞에 설 자신이 없었어요. 당시 개화기 배경의 사극을 찍고 있었는데, 저는 한국인 독립운동가를 사랑하는 게이샤 역할이었죠. 기모노를 입고 입술을 빨갛게 칠하고 분장실에 앉아 있는데 갑자기 속이 울렁거리면서 실내가 기우뚱하는 느낌이었어요. 내가 지금 뭘 하고 있는가, 아이가 시궁창에 박혀 있을지도 모르는데. 그때 문득 차라리 그애가 죽은 것을 확인하면 지금보다 나을 거라는 생각이 들더군요. 다음 순간 저는 저도 모르게 눈앞의 거울을 향해서 돌진했어요. 거울에 머리를 짓찧는 저를 K가 붙잡았죠. 그는 저를 힘으로 제압하고, 꼼짝할 수 없게 끌어안고서, 소리 없이 울었어요. 기모노 위로 뜨거운 것이 뚝뚝 떨어졌죠. 붉은 천이 더 붉게 물들어가서 순간 피인가 했는데 눈물이었어요."

이마치는 제제에게 속삭이듯 말했다.

"그날 그가 저에게 선물을 하나 줬어요."

"뭐였는데요?"

"권총이요. 촬영장에서 몰래 훔쳐온, 일본 순사용 소품이었죠. 반질반질 윤이 나고 제법 진짜 같아 보였지만 공포탄도 발사하지 못하는 가짜였어요. 하지만 뜻하는 바는 명확했죠. 원치 않으면 일을 계속하지 않아도 된다는, 여기서 그만해도 된다는 뜻이었어요. 하지만 제가 일을 계속하지 않으면 온 식구가 살기를 그만둬야 될 지경이었어요. 남편의 사업 실패로 당시 저에게는 누구도 손쓸 수 없는 부채가 있었거든요. 거의 매일 채권자들에게 시달려야 했죠."

"혹시 아직도 그 총 가지고 있나요? 직접 보고 싶은데."

이마치는 고개를 기울여 보였다.

"모르겠어요, 어디로 갔는지. 부적처럼 지니고 다닌 세월이 길었는데…… 그러고 보니 그걸 잃어버렸다는 사실조차 잊고 있었네요."

"어쨌든 그분 덕분에 힘든 시간을 이겨내신 거군요."

"네, 정말 좋은 사람이었어요. 특히 저에게."

이마치는 순순히 말했다.

"그래도 결국 사이가 멀어졌죠. 마지막에 그는 저를 나쁜 년이라고 욕하고 한국을 떠났어요. 그러고도 상처받은 쪽은 그 사람이었어요. 저는 정말로 아무렇지 않았거든요. 벌써 오래전의 일이죠."

"그분을 사랑하셨나요?"

이마치는 어린아이를 보듯 제제를 바라보고 부드럽게 웃었다.

"하루에 한 시간씩, 오늘은 여기까지만 해요."

이마치는 미희와 종종 만나서 식사와 차를 함께했다. 미희는 늘 완벽하게 세팅된 C컬 헤어스타일에 파스텔톤 투피스를 입었다. 알츠하이머가 취향까지 지우지는 않는가보다고 이마치는 생각했다. 항상 인형 같은 맞춤복을 입고 촬영장에 나타나던 이십대의 미희가 떠올랐다. 영화 한 편을 찍고 스타덤에 올라 기업가와 결혼한 여자. 그 여자와 이마치 사이에는 알츠하이머라는 병증 말고 별다른 공감대가 없었지만, 그것만으로도 할 얘기는 차고 넘쳤다. 삶이 순식간에 바뀌고 완전히 다른 존재가 되는 경험은 흔치 않았으니까.

미희가 진단을 받은 건 이 년 전이라고 했다. 가족 여행을 떠나기 전날 짐을 싸는데 갑자기 가려고 하는 나라와 도시의 이름이 생각이 안 나더니, 남편과 아이들의 이름이 생각이 안 나고, 급기야 자신의 이름도 생각이 안 났다고. 그날 남편이 집에 돌아왔을 때 그녀는 화들짝 놀라 비명을 질렀다. 그가 누군지 순간적으로 기억나지 않았던 것이다.

"애들은 이제 다 독립해서 남편이랑 둘만 사는데, 어쩌다 그 사람 그림자만 봐도 그렇게 놀라는 거예요. 남편도 처음엔 어이없어하더니 나중엔 화를 내더라고요."

미희는 여기저기 수소문한 끝에 이 병원을 찾았다고 했다. 돈깨나 있는 사람들 사이에서 얼마 전부터 알음알음으로 유명해졌는데 처음 와보면 다들 의사가 너무 젊어 놀란다고. 그다음에는 효과가 금세 나타나 놀란다고 했다. 미희 역시 치료를 시작한 지 반년 만에 증상이 완화되었다고 했다. 적어도 집에 돌아온 남편을 보고 더이상 비명을 지르지는 않는다는 것이었다. 이마치는 그 말을 듣고 희망을 가졌다. 그녀는 복귀에 대한 기대를 놓지 않고 있었다. 하지만 증상은 점점 더 악화되기만 했다. 제제는 이제 막 지도를 그리기 시작한 단계니 조급해하지 말고 치료에 대해 잊어버리라고 했다. 병원과 진료 외의 다른 것들로 일상을 채우라는 것이었다. 그것은 말처럼 쉬운 일이 아니었다. 종일 집안에 있다보면 다른 누가 있다는 느낌, 환청과 환시에 시시각각 괴롭도록 시달려야 했다. 조용히 귀를 기울이면 누군가의 허밍이 들렸다. 뒤에서 빤히 자신을 바라보는 시선이 느껴졌다.

"원하는 게 뭐야?"

어느 날 그녀는 허공을 향해 물었다. 순간 시야가 기우뚱하면서 바닥이 기울었다.

이 집에서 나가. 작게 중얼거리는 남자 목소리가 들렸다.

"나가라니? 이 집이 네 집이라도 된다는 거야?"

아니, 이 집은 내 집이 아니야. 남자는 순순히 인정했다. 하지만 당신 집도 아니지.

이마치는 코웃음을 쳤다.

"이 집은 내 집이야. 나를 내쫓으려면 군대를 데려와야 될걸?"

군대는 이미 여기 있어.

도무지 무슨 말인지 이해할 수가 없었다. 목소리는 더이상 들리지 않았지만, 이마치는 길을 잃은 사람처럼 멍하니 앉아 있다가 주춤주춤 일어나 와인을 가져왔다. 달리 할일이 없었다. 창밖은 새카만 허공이었다. 하늘에서 불빛이, 멀리 있는 건물의 불빛이 반짝거렸다. 그녀는 와인을 잔에 가득 따랐다. 그리고 그를 향해 말했다.

"예전에 언니랑 그런 이야길 한 적 있지. 둘 중 누군가 한 사람이 죽어서 떠나면, 남은 사람의 수호신이 되어주기로. 죽은 사람의 입장에선 세상을 내려다보는 게 너무나 간단한 일일 테니까. 이를테면 복권의 당첨 숫자를 알려준다든가, 곧 있을 사고를 예견해준다거나, 좋은 사람과 나쁜 사람을 가까이 혹은 멀리하게 해준다든가 말이야. 나는 언니가 죽은 후에도 줄곧 내 옆에 있다고 믿었어. 그래서 배우 일이 이렇게 잘 풀린 거라고. 나보다 잘난 사람이 수도 없이 많았지만, 나만큼 배역이나 작품 운이 좋은 사람은 없었거든. 유령이든 천사든 수호신이든, 아무튼 언니가 내 옆에 있다고 믿었지. 이를테면 미국에서 캐스팅 제안이 왔을 때처럼 말이야."

이마치는 와인을 마셨다. 한 잔을 다 비우고, 또 한 잔을 따랐다. 발끝까지 퍼지는 취기가 느껴졌다. 그녀는 소파에 느긋하게 등을 기대고 말을 이었다.

"오디션을 보러 갔을 때 현지 코디네이터가 있었는데, 그 사람이 LA에 아주 유명한 사이킥이 있다고 말해줬어. 오디션 결과를 미리 알 수도 있다는 거였지. 밑져야 본전이니 한번 가보겠느냐고 물어서 좋다고 했지. 사이킥 하우스라고 해서 무슨 귀신의 집 같은 곳인 줄 알았는데, 웬걸 카페나 레스토랑처럼 멀끔했어. 사이킥이라는 남자는 멕시코인이었는데, 나무를 통해 영혼을 부른다고 하더군. 방안에 아주 큰 나무, 살아 있는 나무가 있었어. 남자가 눈을 감고 잠시 집중하더니, 언니가 왔다고 하더라고."

이마치는 그때 느낀 공포를 지금도 생생히 기억했다. 나뭇가지가 부르르 떨리더니, 한순간 잎사귀가 우수수 떨어졌다. 시스터, 시스터, 남자는 이마치를 보고 속삭였다. 시스터, 돈고 어웨이, 룩 앳 미, 시스터. 여자처럼 간드러지는 목소리였다. 이마치는 갑자기 참을 수 없는 요의를 느꼈다. 달음질치다시피 그 방에서 빠져나가 화장실을 찾았다. 시간을 들여 천천히 소변을 보고, 손을 씻고, 거울을 봤다. 마음을 다잡고 다시 방으로 돌아가는데 복도 끝에 문 하나가 열려 있었다. 조용히 그곳으로 다가간 이마치는 벽에 매달린 남자들을 보았다. 그들은 작은 구멍을 통해 끈과 막대기로 옆방의 나무를 지휘하고 있었다.

그것은 쇼였다. 쇼에 임하는 사람들 모두 진지했다. 그들은 프로였다. 다시 방으로 들어가니 어둑한 조명을 받은 실과 끈이 보였다. 눈이 밝은 사람이라면 단번에 알아볼 속임수였다. 심령술은 코웃음이 나올 정도로 조악한 가짜였지만 나무만은 진짜였다. 성인 남자가 타고 올라도 끄떡없을 만큼 튼튼하고, 사람들의 눈이 쏠릴 만큼 아름답고, 몇 가지 비밀은 숨길 수 있을 만큼 커다란 나무.

"정말 살아 있는 나무였어. 그런 게 대단한 거지. 사람들을 속여보겠다고 그 큰 나무를 방안에 넣는 거 말이야."

이마치는 허공을 향해 말했다.

"유령이든 귀신이든 천사든, 난 그런 거 믿지 않아. 죽으면 썩기 시작하고, 그것으로 끝이지. 그게 아니라면, 정말 영적인 세계가 있는 거라면, 정민이에게 그런 일이 일어났을 리 없잖

아. 언니가 내게 귀띔이라도 해줬을 거 아니야. 나뭇가지를 흔들든, 발바닥을 간지럽히든, 변기 속 물을 솟구치게 하든, 무슨 수를 써서라도 말이야."

이마치는 눈이 점점 감기는 것을 느꼈다.

"그러니까 포기해. 이 집은 내 거고, 그애가 오기 전에 난 안 나가."

이마치는 자신이 점점 미쳐간다는 것을 알고 있었다. 물건을 잃어버리고, 잠옷 바람으로 외출하고, 늘 다니던 길에서 헤매는 것도 모자라 이제 망상과 대화하는 버릇까지 더해진 것이다. 그도 그럴 것이 이마치는 정말 무료했다. 그녀의 삶을 채웠던 그 수많은 말—대본의 대사, 지문과 독백들—이 사라졌다. 그녀는 혼자서라도 떠들 수밖에 없었다. 망상 속 유령은 그녀의 유일한 관객이었다.

이마치는 매주 성실하게 진료에 임했으나 중간에 딱 한 번 병원 예약을 취소했다. 딸의 출산 때문이었다. 딸이 아이를 낳았다고 전화했을 때, 이마치는 그애가 고약한 농담을 하는 줄 알았다. 딸은 임신 기간 내내 그 사실을 숨겼다. 워낙 마른 체형이라 임신 초중기에는 티가 거의 나지 않았고, 출산 직전이던 설 명절에는 출장 운운하는 거짓말로 집에 들르지 않았다. 딸은 혼자 병원에 가서 아이를 낳았고, 조리원에서조차 그녀에게 연락하지 않았다. 아이를 데리고 집에 가는 날이 되어서야 비로소 전화를 걸어왔다. 아이를 낳았다는 말이 마치 길에서 고양이를 데려왔다고 하듯 심상했다.

이마치는 조리원으로 당장 달려갔다. 산모복을 입고 퉁퉁 부은 다리를 주무르고 있는 딸을 보니 기가 막혔다. 딸은 지난해 헤어진 남자친구와의 사이에서 아기가 생겼고, 혼자 낳아 키우기로 결심했다고 말했다. 막달까지 일한 뒤 방송국에 사직서를 냈으며 모아놓은 돈으로 당분간 아이만 돌볼 작정이라고 했다.

"무슨 수로 아이를 키우려고? 다시 직장에 복귀할 수 있을 것 같니?"

"몸 좀 추스르면 빵집을 열어볼까 싶어요."

"길 건너 하나씩 빵집이야."

"사람들은 다 제가 만드는 빵이 맛있다고 해요."

이마치는 한숨을 쉬었다.

"애아버지는 뭐라고 해?"

"그 친구는 이 일과 상관없어요. 헤어진 뒤에 임신 사실을 알았고, 우린 이미 남보다 못한 사이예요."

"나한테는 왜 진작 말 안 했어?"

"축하받지 못할 것 같아서요."

이마치는 아무 말도 하지 않았다. 진작 알았다면 물론 아이

60

를 낳지 않도록 설득했을 것이다. 아이를 혼자 키우는 일, 그게 어떤 일인지 아느냐고 되물었을 것이다. 그래도 이제 막 눈을 뜬 아기, 깨끗이 씻겨 천에 싸맨 아기는 말도 못하게 예뻤다. 이마치는 조심스럽게 아기를 안아보았다. 아기는 입술을 벙긋거리며 그녀의 품안으로 파고들었다. 이마치는 얼른 딸에게 아기를 건네주고 물러났다.

"얘 배고픈가보다."

이마치는 그날 오전 딸과 함께 조리원 퇴소 절차를 밟고 딸의 집으로 갔다. 16평짜리 아파트가 살뜰하게 아기 용품으로 채워져 있었다. 그녀가 그 집에 방문한 것은 처음이었다. 딸이 초대한 적도, 그녀가 그러길 바란 적도 없었다. 아파트를 다 돌아보기도 전에 딸이 진작 예약해뒀다는 산후도우미가 도착했다. 여자는 집에 들어오자마자 아기를 맡았다. 자기는 손자가 넷이나 된다고, 며느리 네 명의 산후조리를 직접 해줬다고 자신 있게 얘기하던 그 여자는 과연 손이 빠르고 야무졌다. 아기를 보면서 미역국을 끓이고, 젖병을 삶고, 먼지 한 톨 없는 바닥을 닦고 또 닦았다. 딸은 끝도 없이 잠을 잤고, 이마치는 무료했다. 여자는 아기에게 온갖 이야기를 하고, 자장가를 불러주고, 똑딱 똑딱, 입으로 소리를 내며 놀아줬다. 이마치는 멀찌감치서 그들을 지켜보기만 했다. 여자가 가까이 와서 아기 예쁜 짓 하는 것 좀 보라고 해도 손을 내저었다.

다음날 아침 이마치는 근방의 유명한 빵집에 가서 빵을 한 가득 사왔다. 산후도우미는 젖 물리는 산모에게 이런 걸 먹이면 되겠느냐고 중얼거렸다. 딸은 한마디도 하지 않고 그녀가 짐을 싸는 것을 지켜보았다.

"어차피 난 자리만 차지하지 별 도움도 안 되잖니. 좁은 집에서 복닥거리는 것도 서로 피곤하고. 이쯤에서 내가 가주는 게 맞아."

딸이 유일하게 반응을 보인 것은 집을 나서기 전에 이마치가 돈이 든 봉투를 건넸을 때였다. 딸은 끝끝내 받지 않으려고 했다. 두 사람은 잠시 실랑이를 벌였다. 결국 이마치가 포기했고, 대신 산후도우미에게 봉투를 줬다. 도우미는 얼른 받아들었다.

"너무 누워만 있지 마라. 자꾸 움직여야 부기도 빠지고 활력이 생겨."

"알아서 할게요."

딸은 그녀를 보지도 않고 말했다. 돌아오는 길에 이마치는 버스를 잘못 탔다는 것을 뒤늦게야 알게 되었다.

"결국 낯선 곳에 내려 다시 시외버스 터미널을 찾아가야 했어요."

한 주 건너 병원에서 제제를 다시 만난 이마치가 말했다.

"터미널이 건물 안에 있는 걸 모르고 한참을 헤맸어요. 가방 무게가 어마어마해서, 들어올리고 내릴 때마다 죽을 지경이었죠. 일주일 이상 내려가 있을 작정으로 짐을 쌌거든요."

"그런데 왜 이틀 만에 돌아오셨어요?"

"모르겠어요. 그냥 견딜 수가 없었어요. 그애와 함께 있는 것이 어색하고 불편했어요."

"따님 말씀이신가요?"

"아기요. 전 아기를 좋아하는 사람이 아니에요."

이마치는 갈라진 목소리로 말했다.

"그런데 그날 집에 돌아와서 가방을 푸는데, 거기서 뭐가 나왔는지 아세요?"

여성용 지갑이었다. 빨간색 퀼팅 반지갑. 그 안에는 얼마 되지 않는 현금과 카드, 그리고 딸의 집에 온 산후도우미의 사진—네 명의 손자, 네 명의 아들과 찍은—이 있었다. 이마치는 한심한 장물을 바라보는 도둑처럼 그것을 열없이 내려다보았다. 대체 언제 가방에 집어넣었는지도 기억나지 않았다.

"왜 본인이 도둑질을 했다고 생각하세요?"

제제가 물었다.

"도우미분이 실수로 지갑을 잘못 뒀을 수도 있고, 어디서 가방으로 잘못 흘러들어갔을 수도 있잖아요."

"도둑질이 처음이 아니니까요."

이마치는 선선한 목소리로 말했다.

"네, 사실이에요. 극단 생활을 할 때, 저는 주말마다 백화점에서 일했는데, 그곳에서 종종 손님들의 돈과 지갑을 훔쳤어요. 지금처럼 카드 결제 따위로 오가는 돈이 기록되는 시절이 아니었죠. 장사가 잘되는 점포에서는 종일 돈을 자루에 가득 담을 정도였어요. 거기서 얼마씩 슬쩍하는 건 일도 아니었죠. 손님들이 물건을 살피느라 잠깐씩 내려놓는 고급 핸드백에서 지갑을 몰래 꺼내는 일도요. 저는 정말 도둑질에 소질이 있었어요. 재빠르게, 잠잠하게, 공기처럼 움직였죠. 한 번도 들키지 않았고, 의심을 받은 적도 없어요. 그렇게 모은 돈으로 내 형편에 과한 옷들을 사 입고 다녔어요."

"백화점에서요?"

"네, 백화점에서 훔친 돈으로 백화점에서요. 정말 신바람나게 일했는데, 얼마 뒤 홍보 관리자 눈에 띄어서 엘리베이터 안내양 일을 하게 됐죠. 예쁜 옷을 입고 돈도 더 받는다고, 다들 제가 승진이라도 한 것처럼 부러워했어요. 그런데 도둑질을 못하니 아무 재미가 없더라고요. 남자들이 걸핏하면 손을 대고 추근대는 것도 지겨웠고요. 그래서 몇 달 못하고 그만뒀어요. 백화점을 나온 뒤로는 도둑질도 그만뒀어요. 배우로 데뷔하면서 본격적으로 돈을, 정말 큰돈을 벌기도 했고요."

제제는 조용히 고개를 끄덕였다.

"놀라셨어요?"

"아뇨. 놀라지 않았어요. 저는 이마치씨를 판단하거나 심판하지 않아요. 그건 제 권한 밖의 일이죠."

"제가 사람을 죽였다고 해도요?"

제제는 말없이 이마치를 바라보았다. 이마치는 의사의 검은 눈이 흔들리는 것을 보았다. 그녀는 천천히 입을 열었다.

"걱정 마세요, 선생님. 설사 사실이라고 해도 그런 이야기를 해서 선생님을 곤란하게 하지는 않을 거예요."

그녀는 그에게 미소를 지어 보였다.

"하지만 도둑질 정도는 괜찮겠죠."

제제는 유난히 생각에 잠긴 표정으로 차트를 내려다보았다. 그날은 그들의 집중 상담 과정이 끝나는 날이었다. 하지만 지난주에 빠진 한 회를 보충하기 위해서 한 주 더 만나야 할 것 같다고 했다. 이마치는 동의했다. 다음주 진료일이 자신의 생일인 줄 몰랐고, 알았대도 선약 따윈 없었으니 상관없었을 것이다. 그녀의 생일을 기념하러 올 사람은 아무도 없었다. 알고 지내던 모든 사람, 마음을 주고받던 사람들이 그녀를 떠났다. 육십 세의 이마치는 오롯이 혼자였다.

3. 누전

시간이 지날수록 진료 대기석의 사람들은 늘어났다. 이마치
는 두 시간을 꼬박 기다린 끝에 접수 데스크의 직원에게 다가
갔다. 직원은 미안해 어쩔 줄 모르겠다는 표정으로 그녀를 맞
았다. 상황이 그대로라는 뜻이었다.

"혹시 의사 선생님한테 무슨 일이 생겼나요?"

"죄송하지만 저희도 말씀드릴 수 있는 게 없어요."

그 직원도 영문을 모르는 것 같았다.

"어떻게, 좀더 기다려보시겠어요? 아니면 진료를 다음주로
미뤄드릴까요?"

"좀 걷고 있을게요. 혹시라도 선생님이 오시면 연락 주세요."

이마치는 혼잡한 1층에서 벗어나 병원의 나선형 경사로를

천천히 올라갔다. 곧 꼭대기 층에 다다른 그녀는 정적에 휩싸인 주위를 둘러보았다. 양쪽으로 갈라진 복도에 VR 진료실이라고 쓰인 방이 다닥다닥 붙어 있었다. 제제는 그녀가 곧 VR 치료를 받을 거라고 했다. 하지만 그게 뭔지 정확한 설명은 해주지 않았다. 그저 뜻 모를 미소를 지으며 곧 알게 될 거라고만 했다. 이마치는 문에 달린 창으로 안을 들여다보았다. 서너 평 정도 되는 방에 안락의자와 협탁이 놓여 있었다. 크림색 리클라이너식 의자는 한눈에도 편안해 보였다. 협탁 위에는 VR 체험을 위한 고글이 있었다. 그리고 화병에 담긴 노란 튤립 한 송이. 꼭 빛을 발하는 것 같은 노란색이었다. 이마치는 뭔가에 이끌린 사람처럼 문손잡이로 손을 가져갔다. 문은 소리 없이 열려, 그녀를 받아들였다. 안으로 들어간 그녀는 호기심에 고글을 써보았다. 색안경인 줄 알았는데, 아무것도 보이지 않고 캄캄하기만 했다. 순간 바닥이 흔들릴 정도로 크게 천둥이 울렸다. 눈앞에서 하얀 빛이 번개처럼 번쩍였고, 노란색 나비가 날아올랐다. 그리고 그 자리에 거대한 건물이 솟아올랐다. 이마치는 깜짝 놀라 고글을 벗었다.

"지금 여기서 뭐 하시는 거예요?"

의사 가운을 입은 단발머리 여자가 진료실에 들어왔다가 그녀를 발견하고 날카롭게 외쳤다.

"함부로 들어오시면 안 돼요."

"죄송합니다. 문이 안 잠겨 있길래……"

이마치는 변명을 중얼거리며 허둥지둥 그곳에서 나갔다.

1층으로 내려간 그녀는 직원에게 다음주에 다시 오겠다고 말했다.

바깥으로 나선 이마치는 빗속에서 걸음을 재촉했다. 병원 입구 택시 승강장에 서 있던 차에 오른 그녀는 깜짝 놀랐다. 아까 올 때 탔던 택시, 그 기사였다. 순간 경계심이 들었으나 줄지어 있던 차를 승강장에 도착한 순서대로 탄 것이니 우연이라고 하는 게 맞았다. 기사도 그녀를 보고 놀란 눈치였다.

"근방에서 손님들 태우고 계속 돌다가 혹시나 하고 와봤는데, 제가 오늘 운수대통이네요."

기사가 싱글벙글 웃으며 이마치를 돌아보았다.

"그런데 병원에 꽤 오래 계셨네요. 어디가 아프세요?"

이마치는 아무 말도 하지 않고 창밖을 바라보았다. 터프가이도 잠자코 입을 다물었다. 그는 잠시 후 뒷좌석으로 뭔가를 건넸다. 깨끗한 거즈 수건이었다.

"비를 맞으신 것 같아서요. 좀 닦으세요."

"감사합니다."

이마치는 그제야 자신이 흠뻑 젖은 몰골이라는 사실을 깨달았다.

"거기 옆자리 등받이 뒤에 작은 가방 있죠? 그 안에 종이컵이랑 보온병이 있을 겁니다. 따뜻한 물이에요. 살살 갈 테니 그걸 좀 따라서 마셔보세요."

기사가 권한 대로 따뜻한 물을 마시자 몸의 떨림이 잦아들었다. 이마치는 자기도 모르게 잠이 들었고, 깨어났을 때 택시는 이미 아파트 입구에 다다라 있었다. 기사는 골똘히 생각에 잠겨 앞을 보고 있었다.

"일어나셨어요?"

그는 이내 이마치가 깬 것을 알아차리고 명랑하게 물었다.

"다 왔습니다."

이마치는 머뭇거리며 입을 열었다.

"저, 그런데 병원에서 누구한테라도 연락해본다는 걸 깜빡했네요. 같이 올라가시겠어요? 택시비 드릴게요."

"돈 대신 아까 사인을 받았잖아요."

그는 운전석 문을 열고 내려서 이마치가 앉은 뒷좌석 문을 열어줬다. 그가 받쳐주는 우산을 그녀는 얼떨결에 받아들었다.

"우산은 제 선물입니다. 생일 선물이요."

그는 그렇게 말하고는 비를 맞으며 뛰어가 운전석에 올랐다. 택시는 금세 떠났다. 세차게 내리는 빗속에서 이마치는 택시가 떠나는 것을 한동안 지켜보았다.

아파트 공동 현관에는 전에 못 본 새로운 문이 달려 있었다.

음각으로 복잡한 그림을 새겨넣은 유리문이었다. 이마치는 그 앞에 서서 그림을 유심히 들여다보았다. 사람의 형상이라는 것 말고는 도무지 알아볼 수가 없었다. 그때 다시금 번쩍 번개가 쳤다. 유리문에 반사된 빛이 눈부셔 이마치는 자기도 모르게 눈을 감았다.

이마치는 편지함에서 우편물을 꺼내들고 엘리베이터를 타러 갔다. 세 대나 되는 엘리베이터의 표시등에 '점검중' 불이 들어와 있었다. 오름 버튼을 아무리 눌러도 먹통이었다. 한참이 지나도 마찬가지였다. 하필 휴대폰도 없이 빈 가방만 들고 나온 날 이런 일이라니. 그때 누군가 비상계단 쪽으로 걸어가는 것이 보였다. 얼룩이 묻어 지저분한 작업복 차림의 키 큰 청년이었다.

"안녕하세요!"

그는 그녀의 부름을 듣지 못했다. 이마치는 청년을 향해 다가가서 외쳤다.

"저 말씀 좀 물을게요!"

우뚝 멈춰 선 청년이 주변을 둘러보더니 그녀에게 시선을 멈추었다. 눈을 덮을 정도로 길게 내려온 앞머리 사이로 청년의 눈동자가 빛났다.

"저 부르셨어요?"

청년이 쉰 목소리로 물었다.

70

"엘리베이터가 운행을 멈췄어요."

이마치는 그를 올려다보며 말했다.

"언제 정상화될지, 혹시 아세요?"

"아마 누전이라서 그럴 거예요. 고치는 데 얼마나 걸릴지는 알 수 없어요. 이 앞에서 밤을 새울 게 아니라면 걸어서 올라가세요."

이마치는 허탈하게 웃어 보였다.

"하지만 전 60층에 살아요."

"그렇게 어려운 일은 아닐 겁니다. 막상 올라가보면 별거 아니에요. 쉬엄쉬엄 올라가보세요."

청년은 대수롭지 않다는 듯 말하고는 성큼성큼 계단으로 올라갔다.

이마치는 황당한 얼굴로 그의 뒷모습을 바라보다가 다시 엘리베이터 앞으로 돌아갔다. 이제 표시등의 '점검중' 글자도 사라져버렸다. 한참을 더 기다리다, 마침내 지친 이마치는 비상계단으로 향했다.

한 층을 올라가는 데는 긴 계단을 한 번, 짧은 계단을 두 번 지나가야 했다. 청년의 말처럼 계단을 오르는 일은 생각만큼 어렵지는 않았다. 어쩌면 그녀는 아직 쓸 만한 나이인지도 몰랐다. 사실 겉모습으로만 보면 그녀를 육십 세라 여길 사람은 아무도 없었다. 컨디션이 좋고 화장이 잘된 날은 사십대로 보이기도 했다. 그런 시답잖은 생각을 하며 3층까지 올랐다. 하지만 곧 숨이 가빠오고 다리 근육이 뭉치기 시작했다. 자연스럽게 킬리만자로가 떠올랐다. 이마치는 이십여 년 전 산악 영화 출연을 준비하면서 단합의 뜻도 다질 겸 스태프 및 주조연 배우들과 아프리카 킬리만자로산 등반을 한 적이 있었다. 열일곱 명의 원정대 중에는 대학 산악회 출신부터 시작해 스포츠 애호가도 여럿이었지만 정상에 오른 사람은 이마치 한 명뿐이었다. 고산병으로 얼굴이 파랗게 질려 포기하고 산을 내려가는 사람들을 뒤로하고 이마치는 천천히, 아주 천천히, 산을 올랐다. 비록 영화는 투자 실패로 무산되었지만 그때 그녀는 삶의 큰 가르침을 하나 얻었다. 불가능하리만치 먼 길을 갈 때는 절대로 목표 지점을 바라봐서는 안 된다는 사실이었다. 앞을 봐서도, 위를 봐서도 안 된다. 시선은 아래로, 발끝만 보면서 걷는 것이다. 이마치는 자신의 짐을 들고 옆에서 걷던 포터 소년에게서 그 비결을 배웠다. 산더미 같은 짐을 지고 맨발에 슬리퍼로 설산을 가로지르던 소년. 절대로 앞을 보지 않던 소년. 이마치는 그 소년의 가르침을 되새기며 고개를 숙이고 느리게 전진했다. 힘들 때마다 계단에 앉아서 쉬기도 했다. 한없이 느리게 올라 마침내 30층을 통과했을 때 어떤 여자아이가 계단을 뛰어내려가면서 그녀의 어깨를 살짝 쳤다. 교복을 입은 긴 머리의 여자애였다. 이마치는 이상한 기시감에 여자애를 흘긋 바라보다가, 다시 계단을 올랐다. 숨이 가빠 고통스러운 느낌이 밀려왔다가 또 밀려가기를 반복했다. 마침내 60층에 도착했을 때, 다리에는 아무 감각이 느껴지지 않았다. 온몸이 땀에 흠뻑 젖어 있었다. 후들후들 떨리는 다리로 복도를 지나 문 앞에 섰는데, 환한 빛무리가 웅덩이처럼 바닥에 고여 있는 게 보였다. 이마치는 그 빛을 따라 시선을 옮겼다. 옥상으로 통하는 철문이 열려 그리로 빛이 들어오고 있었다. 검은 구름 사이로 해가 비쳤다. 비가 그친 것이다. 이마치는 옥상이 개방돼 있다는 것을 알지 못했고, 올라갈 생각도 해보지 않았었다. 하지만 열린 문을 보자 어쩐지 끌리는 마음이 들었다. 옥상까지는 단 몇 걸음만 걸어가면 되었다. 그녀는 그곳으로 걸음을 옮겼다.

옥상에는 공사 자재와 폐기물이 여기저기 쌓여 있었다. 바닥에는 붉은 페인트가 흐른 자국이 선명했다. 최고급 신축 아파트의 옥상이라고는 믿어지지 않을 만큼 살풍경한 모습이었다. 그래도 탁 트인 개방감과 60층 아래 까마득한 도시의 풍경, 비 그친 뒤의 신선한 공기가 좋아서 이마치는 잠시 그곳에 머물렀다. 땀이 식을 무렵, 누군가의 목소리가 들렸다.

"이렇게 사라져버리면 어떻게 해. 다들 고대표 어디 갔냐고 나한테 묻는단 말이야. 내가 뭐라고 하겠어?"

선글라스를 쓴 여자가 전화기에 대고 목소리를 높이며 옥상

문으로 들어섰다. 이마치는 여자를 흘긋 바라보았다. 큰 키에 검은 블레이저 셋업을 입은 여자는 어딘지 낯이 익었다.

"이거 확인하면 전화해. 어린애처럼 숨지 말고, 할말 있으면 만나서 하자고."

여자는 전화를 끊고, 떨리는 손으로 가방에서 담배를 꺼냈다. 담배를 길게 빨고 연기를 내쉬면서 주변을 돌아본 여자는 그제야 이마치의 존재를 발견하고 깜짝 놀랐다. 여자는 담배를 서둘러 바닥에 비벼 껐다. 그리고 냄새를 없애려는 듯 두 손을 휘휘 내젓더니 이마치에게 고개를 숙여 보였다.

"죄송해요, 계신 줄 몰랐네요."

"괜찮아요."

여자는 미소 지었고, 이마치는 그 순간 여자가 누군지 알아보았다.

"옥상에 사람 있는 거 처음 봐요. 전 여기 종종 올라오거든요."

여자는 이마치 옆에 서서 건물 아래를 내려다보았다.

"날이 이상하네요. 흐렸다 갰다…… 아까 화장터에서는 비가 너무 많이 와서 앞이 보이지 않을 정도였는데. 저는 지금 장례에 다녀오는 길이에요. 어머니가 죽었거든요."

이마치는 입이 굳어버린 사람처럼 한마디도 할 수 없었다. 여자는 이마치를 흘긋 보았다.

"어머니라고 말하니까 이상하네요. 전 어렸을 때도 그 여자를 어머니라고 부르지 않았거든요. 열여덟에 집을 나와서는 한번 만나지도 않고 살았죠. 어머니 쪽에서도 날 찾지 않았고요. 죽기 직전에, 돈이 필요해져서야 연락이 왔죠."

이마치는 제대로 숨을 쉴 수 없었다. 공기가 희박한 것처럼 느껴졌고, 현기증이 일었다. 여자는 이마치의 얼어붙은 반응은 아랑곳없이 주절주절 말을 이어갔다.

"다시 만나고 삼 개월 만에 그 여자는 죽었어요. 화장터에 그렇게 사람이 많은 걸 보고 놀랐어요. 다들 여기저기 서서 차례를 기다리고 있더라고요. 누군가의 시체를 태우려고요. 저도 거기서 기다렸는데, 기다려서 끝까지 보고 싶었는데 기자들이 와서 사진을 찍어대는 바람에 더 있을 수가 없었어요."

그때 여자의 휴대폰 벨이 울렸다. 여자는 전화를 받자마자 말없이 끊어버리더니 나지막하게 욕설을 내뱉었다. 그러고는 다시 한번 이마치에게 죄송하다는 말을 중얼거렸다.

"비밀로 해주세요. 이런 얘기는…… 이 아파트 살면서 이웃이랑 대화를 나눠본 건 처음이에요. 제가 오늘 좀 이상하네요. 며칠 잠을 못 자서 제정신이 아닌가봐요."

여자는 한숨을 내쉬고는 어깨를 바로 폈다.

"몇 층 사세요?"

빤히 자신을 보는 시선에 이마치는 겨우 60층, 이라고 대답했다.

"전 43층 살아요."

여자는 친절히 알려주고는 가방을 고쳐 멨다.

"엘리베이터가 고장나서 고생하셨겠어요. 계단을 올라갈 때, 앞을 보지 말고 발끝을 보면서 걸으세요. 아주 높은 곳에 오를 땐 그게 도움이 되더라고요. 그럼 저 먼저 갈게요."

여자가 떠난 뒤에도 이마치는 그 자리에서 꼼짝하지 않았다. 한참이 지나 겨우 여자가 사라진 철문 쪽을 바라보았다. 이마치는 그 여자를 알았다. 샤넬의 잠자리 선글라스를 낀 여자, 그 여자는 바로 이마치였다. 마흔세 살의 이마치.

그해 그녀는 어머니의 장례를 치렀다. 어머니가 위독하다는 소식을 전한 사람은 이부동생 제이슨이었다. 이십여 년 만에 전화를 건 동생은 그녀를 스스럼없이 누나, 라고 불렀다. 패트릭 대위는 오래전에 그들을 떠났다고 했다. 그는 미국으로, 자신의 가족에게로 돌아갔다. 이후 레스토랑 운영권을 반납한 어머니는 날품을 팔아 근근이 살았다. 제이슨은 자신이 지역 신문사의 기자라는 사실을 알고 있었느냐고 물었다. 몰랐다는 이마치에게 동생은 다소 낙심한 목소리로 전화를 건 목적을 말했다.

"되도록이면 끝까지 누나 앞에는 나타나지 않으려고 했어.

하지만 알다시피 기자 월급이란 게 빤하잖아. 도움이 필요해."

도움이란 물론 돈이었다. 어머니의 뇌종양 수술비가 필요했다. 수술을 해도 살 가능성은 희박하지만 그래도 끝까지 해보고 싶다고 그는 말했다. 이마치는 제이슨이 부르는 액수대로 돈을 부쳤고, 동두천으로 어머니를 만나러 갔다. 마지막으로 봤을 때 사십대였던 어머니는 형편없이 늙은 노파가 되어 있었다. 어머니는 탁하고 희미한 눈으로 이마치를 올려다보았다. 누구를 보고 있는지 모르는 것 같았다. 이마치는 그후 삼개월 내내 정기적으로 병원에 들러 십 분에서 이십 분 정도 머물렀다. 와인을 마시면서 어머니가 죽어가는 모습을 지켜보았다.

어머니는 이마치의 생일 이틀 전날 죽었다. 임종 소식을 알리는 제이슨에게 이마치는 자신이 그 여자와 무관하다고 일축했다. 장례를 함께 치르지도 않았다. 화장터에 몰래 따라갔던 것은 끝까지 보고 싶었기 때문이었다. 그 여자의 몸이 불타는 것, 재로 변하는 것을 직접 보고 싶었다. 하지만 제이슨의 동료 기자들이 알아보는 바람에 오래 머물 수 없었다. 비가 억수같이 쏟아지던 화장터, 천막 아래 옹기종기 모여 있던 사람들. 43층 여자의 말은 전부 사실이었다.

이마치는 자리에서 일어났다. 이 모든 게 장난이나 꿈이 아니라면 자신의 눈으로 확인해야 했다. 심장이 미친듯이 뛰었다. 가슴에서 느껴지는 통증 때문에 빠르게 움직이기 어려웠다. 한때는 그녀도 날렵하고 가볍게 몸을 날리던 때가 있었다. 하지만 이제는 육십 세였다. 무겁고 둔한 몸은 어기적거리기만 했다. 그래도 그녀는 쉬지 않고 내려가고 또 내려갔다.

43층에 도착해 벨을 누르자, 좀전의 여자가 깜짝 놀란 얼굴로 문을 열었다. 선글라스를 벗은 여자는 부인할 수 없는 그녀 자신이었다. 이마치는 숨을 헐떡거리며 여자를 바라보았다. 보고 있으면서도 자신의 눈을 믿을 수 없었다.

"무슨 일이세요?"

"혹시…… 전화 한 통만 쓸 수 있을까요?"

이마치는 겨우 입을 열었다.

"집에 문이 잠겼는데, 열 수가 없어서요."

이마치는 머릿속에 떠오르는 대로 더듬더듬 말했다.

"네, 그럼요. 들어오세요."

여자는 선뜻 이마치를 집안에 들였다. 이마치는 하얗게 질린 얼굴로 주변을 둘러보았다. 거실 바닥에 깔린 낡은 카펫, 시든 화분, 먼지를 뒤집어쓴 크리스마스트리가 차례로 눈에 들어왔다.

"물 좀 드릴까요? 땀을 엄청 흘리셨어요."

"네? 아니요, 괜찮아요."

반소매 원피스로 갈아입은 여자의 야윈 몸 군데군데 퍼렇게 비치는 멍과 피부가 쓸린 붉은 자국이 보였다. 여자는 이마치를 거실로 안내했다. 복도 끝의 방문이 빼꼼 열리더니 누군가 얼굴을 내밀고 이쪽을 봤다. 교복을 입은 딸아이. 열세 살 남짓. 아직은 아이의 볼살이 통통하던 시절이었다.

"누구세요?"

"60층 사는 할머니셔. 인사드려."

이마치는 자신을 위아래로 천천히 살펴보는 열세 살 딸의 눈길을 느꼈다. 가슴이 조여드는 것 같았다. 부스스한 긴 머리카락, 동그란 안경을 낀 얼굴. 아이는 대학에 가면서 저 안경을 벗었다.

"얘, 제대로 인사하고 들어가야지."

무심히 방문을 닫으려는 아이를 43층 여자가 다시 불러 세웠다. 꽤 권위 있는 체하려 했으나 별 효과는 없어 보였다. 아이는 다만 귀찮다는 듯 성의 없이 고개를 까딱해 보이고는 쾅 소리가 나게 문을 닫았다.

"죄송해요, 애가 아직 어려서."

"애들이 다 그렇죠."

안방에서 휴대폰 벨이 울리자 여자는 한숨을 내쉬고 자리에서 일어났다.

"전 볼일이 있어서요. 여기 이 전화기를 쓰시면 돼요."

여자는 이마치에게 협탁 위 전화기를 가리켜 보인 후 안방으로 들어갔다. 이마치는 눈에 익은 붉은색 무선전화기를 내려다보았다. 그 옆에는 빨래 건조대에 듬성듬성 옷가지가 널려 있었다. 청바지와 셔츠, 양말들. 손을 내밀어 만져보니 전부 딱딱할 만큼 바짝 말라 있었다.

그녀가 마흔셋이라면 아들이 실종된 지 사 년이 지난 뒤였다. 그사이 이 집은 증거가 사라지면 안 되는 범죄 현장 같은 곳으로 변했다. 집안의 모든 것이 무서운 속도로 낡아갔으나 아무도 망가진 것을 고치거나 새것을 사들이지 않았다. 남편은 아들을 찾는다고 전국으로 떠돌았고, 딸은 제 방 안에서 꼼짝도 하지 않았고, 이마치는 돈을 버느라 바빴다. 소파 위에 〈병원 24시〉 대본이 쌓여 있었다. 이마치는 당시 의학 드라마의 간호부장 역할을 맡았고, 의사보다 더 능력 있는 여자 간호사라는 설정에 따라 출연진 중 가장 많은 의학용어를 외워야 했다. 당시로서는 파격적인 민낯에 가까운 화장을 하고 바지 유니폼을 입은 간호사를 연기했다. 젊은 시절 풋풋했던 아름다움은 흔적도 없이 사라지고 움푹 꺼진 뺨에 형형히 빛나는 눈만 보였다.

사십대가 넘어서면 여자 배우는 두 종류로 나뉜다. 자신이 아직 청춘인 줄 아는 축과 벌써 노인인 줄 아는 축. 이마치는 전자를 비웃는 후자였다. 어린 여배우들과 경쟁해야 되는 역할에서 일찌감치 눈을 돌렸고, 중년 이상의 역할도 적극적으로 받아들였다. 그녀는 오히려 더 나이든 사람처럼 행동했다. 돈벌이에는 그편이 훨씬 낫기도 했다.

"바보같이 굴지 마, 제발. 이게 무슨 짓이야?"

방안에서 여자의 목소리가 들렸다.

"난 바라는 거 아무것도 없어. 아무것도 달라지길 바라지 않는다고."

이마치는 가만히 서서 수화기 너머의 소리를 들어보려 애썼지만 헛일이었다. 한참 뒤 여자는 한숨 쉬듯 말했다.

"좋아. 끝내. 그런데 우리가 시작한 적이나 있었던가? 말해봐, 대체 뭐가 어떻게 시작됐는지."

누구와 통화하는지 알 것 같았다. K였다. 그는 그날 종일 연락이 닿지 않다가 저녁이 다 되어 전화를 걸어왔다. 그리고 그들이 끝났다고 말했다. 그들의 지난한 세월, 그 모든 사업과 계약과 친구로서의 신의, 모든 게 끝이라고. 그는 더이상 그녀와 쥐새끼처럼 붙어먹으며 살 수 없다고 했다. 그래, 그들은 한동안 쥐새끼처럼 붙어먹었다. 이틀간 집을 비운 이유도 어머니의 장례 때문이 아니라 K와의 야합 때문이었다. 그 모든 일은 어머니로부터 시작되었다. 그러니까 이마치가 어머니를 보러 동두천에 다녀온 뒤, 그 여자가 쇠꼬챙이처럼 마른 몸에 민머리를 하고 누운 모습을 보고 난 뒤, 누렇게 뜬 눈을 하고 검은 입술로 힘겹게 숨을 몰아쉴 때마다 공기 중으로 퍼지는 참을 수 없는 부패의 냄새를 맡고 난 뒤. 이마치는 K를 찾아갔고, 그곳에서 불현듯 술 한잔 마시지 않고 섹스를 했다. 그들은 당황했다. 이토록 많은 시간이 지난 뒤, 갑자기 왜 그런 일이 벌어졌는지 알 수 없었다. 긴 세월 그들은 동료였고 친구였다. 그것을 망치고 시험에 들게 하면서까지 대체할 만한 것은 세상에 아무것도 없었다. 심지어 그 섹스가 좋았던 것도 아니었다. K는 놀라울 만큼 서툴렀다. 이마치는 십대 시절 처음 남자와 잤을 때도 그만큼 허둥대지 않았다. 그들은 시트가 다 젖도록 땀을 흘렸다. 기진맥진 옷을 꿰입으며 이마치는 그 일을 지워버리기로 마음먹었다. 그녀의 삶에서 벌어진 수많은 불상사처럼 없던 일로 치자고. 하지만 그 일은 그녀가 동두천에 갈 때마다, 어머니가 죽어가는 모습을 관전하는 삼 개월간 매주 혹은 격주 되풀이되었다. 이마치는 마른 입속에 쓴맛만 남을 때까지 K를 몰아붙였다. 그녀가 원하는 것은 더이상 아무것도 느끼지 않는 것이었다. 감각이 마비되는 것. 고통으로 얼얼해지는 것. 수치심으로 하얗게 산화되는 것. 그는 그녀에게 여러 번 경고했다. 이런 식으로는 계속할 수 없다고, 자기 자신이 쓰레기처럼 여겨진다고 했다. 거기서 멈췄어야 했다. 하지만 어머니의 부음을 들은 날, 그날도 이마치는 K를 찾아갔다. 그는 전에 없이 관계를 길게 끌었고, 다 끝난 후 그녀에게 떠나자고 말했다. 다른 나라로, 아주 먼 곳으로. 다시는 이 나라에 돌아오지 않아도 되도록 자신이 모든 것을 준비하겠다고 했다. 사랑했다고, 처음부터 대책 없이 사랑했다는 말도 했다. 마치 그들이 스무 살이나 되는 것처럼. 이마치는 어이가 없다는 듯 웃었다. 뭐가 그렇게 웃겨? K가 물었고, 이마치가 대답도 하기 전에, 그들은 끝났다.

43층 여자가 방에서 나왔을 때, 이마치는 그녀가 아무렇지 않은 얼굴인 것을 보았다. 아마 K의 말을 곱씹으며 그를 비웃고 있을 것이다. 그녀를 떠나겠다는 그의 말이 허풍이라고 생각할 것이다. 이마치는 여자에게 말해주고 싶었다. 그는 정말 그녀를 떠날 거라고. 이미 모든 걸 다 잃어버렸다고 생각하고 있겠지만 앞으로 한참 더 바닥으로 내려가야 할 거라고. 그녀는 이제 어떤 대본이 좋은 대본인지 알 수 없을 것이다. 더 이상 자신을 끝까지 밀어붙이는 그런 역할은 할 수 없을 것이다. 그저 돈벌이만 되는 연기를 하게 될 것이다. 결국 그녀가 그토록 경멸했던 심술맞은 선배들의 행렬에 줄 맞추어 걷게 될 것이다. 그게 싫다면 K를 내버려뒀어야 했다. 그가 그녀를 다정히 안고 싶어했을 때, 그 팔에 자신을 내맡겼어야 했다. 하지만 다시 돌아간다고 해도 정말 그럴 수 있을까? 마흔세 살에 그녀는 이미 백스물두 살 노파가 된 기분이었다. 자신에게 희망이 있다는 기만은 한시도 품을 수 없었다. 그녀는 가면을 쓰는 일로 돈을 벌었다. 매일 가면을 벗을 틈도 없이 바빴고, 그 안에서 진짜 얼굴 가죽은 딱딱하게 굳어버린 지 오래였다.

"통화는 하셨어요?"

43층 여자는 아무 일도 없었다는 듯 이마치에게 물었다.

"네, 고마워요."

이마치는 쉰 목소리로 대답하고는 다시 조심스레 말했다.

"그런데 우리…… 혹시 어디서 만난 적 있나요?"

"아까 옥상에서 만났잖아요?"

"아뇨, 그보다 전에요. 저 좀 보세요. 정말 모르겠어요?"

여자는 어리둥절한 얼굴로 이마치를 보더니 가짜 미소를 지었다. 어떤 상황에서도 지어 보일 수 있는 미소, 귀찮은 일에 휘말리기 전에 재빨리 빠져나가는 미소.

"글쎄요, 잘 모르겠는데요. 이제 그만 가보셔야죠? 저도 이제 아이랑 저녁 먹을 시간이라서요."

이마치는 집에서 나와 다시금 호수를 확인했다. 4301호. 그 집은 과거에 그녀가 살았던 집과 똑같았다. 부엌 찬장의 색깔까지 그대로였다. 게다가 딸아이, 열세 살인 그 아이도 집에 있었다. 여기에서 지금 무슨 일이 벌어지고 있는 것일까. 이마치는 주저앉지 않으려고 벽을 짚고 섰다.

"괜찮으세요?"

그때 누군가 아래층에서 그녀를 향해 물었다. 이마치는 고개를 빼고 아래를 바라보았다. 조금 전 1층에서 봤던, 앞머리가 눈을 다 덮은 청년이었다.

"여기서 뭐 하고 계세요?"

"이 아파트에 또다른 내가 살아요."

이마치는 속삭이듯 말했다.

"아까 우리 저 밑에서 만났잖아요. 그때 나한테 얘기해준 대로 계단으로 겨우 올라왔어요. 꼭대기 층에 도착해서 보니 옥상 문이 열렸더라고요. 그 문이 열린 것을 처음 봐서 호기심에 나가봤죠. 거기서 43층에 사는 여자를 만났어요. 어쩐지 낯이 익었는데, 가만 보니 바로 나였어요. 마흔세 살의 나 말이에요."

청년은 무표정한 얼굴로 그녀를 바라보았다.

"너무 기가 막혀서 그 여자 집까지 쫓아가봤어요. 바로 이 집이요! 이 집은 내 집이에요. 누렇게 변색된 마티스 복제화, 베란다의 죽은 화분들, 깨져 있거나 짝이 맞지 않는 그릇들까지 전부 십칠 년 전에 내가 살던 집이라고요. 여자가 살짝 문을 열었을 때, 안방 베란다에서 나던 퀴퀴한 냄새까지 똑같았어요. 하수구에서 늘 악취가 올라오는 게 그 방의 고질적인 문제였거든요."

이마치는 속사포처럼 빠르게 말했다.

"내 말 못 믿는 거 같은데, 난 미치지 않았어요. 미치지 않았다는 걸 증명하려고 병원비로만 수천만원을 쓰고 있다고요. 오늘은 내 생일이에요. 아침부터 정말 이상한 하루였어요. 몸무게는 하루 사이 4킬로그램이 늘었고, 텅 빈 가방을 들고 외출한데다, 그 대가로 만원짜리 지폐에다 사인을 해야 했죠. 그러고 집에 돌아와보니 아파트에 내 도플갱어가 있는 거예요. 이해가 돼요?"

"세상엔 이해할 수 없는 일이 더 많아요."

이마치는 말을 멈추고 청년을 바라보았다. 청년은 이마치를 물끄러미 보고 있었다.

"여긴 어디죠? 내가 정말 미친 건가요? 당신은 누구예요?"

"전 토끼굴 속의 토끼죠."

"뭐라고요?"

"제 이름은 노아예요. 그리고 여긴 당신의 기억 속 집이죠. 집에 관한 기억만을 모아놓은 곳이요. 나는 이곳의 관리자예요."

이마치는 멍하니 그를 바라봤다.

"이곳엔 수많은 당신이 있지만, 전부 당신이라는 존재의 허상일 뿐이에요. 거울에 비친 상과 같죠. 그러니까 도플갱어 어쩌고는 걱정하지 않아도 돼요. 당신은 유일하고 고유해요."

"기억 속 집이라고?"

이마치는 어이가 없다는 듯 되물었다.

"네, 맞아요. 당신은 지금 당신의 의식 속에 있는 거예요. 자기 꼬리를 먹고 있는 도마뱀처럼요. 당신 자신을 소화시키고 있는 거죠."

"아까부터 생각한 건데, 혹시 이거 지금 촬영중인가요? 환갑 기념 깜짝카메라 같은 거?"

이마치는 천장을 두리번거렸다. 청년이 처음으로 웃었다.

"은퇴한 원로 여자 배우가 계단에서 넘어지는 걸 누가 보고 싶어한다고요. 늙은 택시 기사 같은 골수팬이면 몰라도."

이마치는 천천히 그를 돌아보았다.

"나에 대해 다 알고 있네."

"난 당신의 일부예요. 아마 당신보다 내가 더 당신을 잘 알걸요?"

그는 팔짱을 끼고 말했다.

"아까 1층에서 당신을 봤을 때부터 뭔가 잘못된 걸 알았어요. 당신이 입주민이 아니란 걸 알고 있었거든요. 아마 누전 때문일 거예요. 그래도 이런 일은…… 정말 신기하네요."

순간 그녀가 할 수 있는 최대한의 이성적인 생각은 이곳에서 나가야 한다는 것뿐이었다. 이 청년은 미친 사람이거나 스토커일 것이다. 이마치는 당장이라도 자신을 집어삼킬 것 같은 공황을 이겨내고 출입구로 달려갔다. 그는 그녀를 쫓아오지 않고 다만 그 자리에 서서 소리쳤다.

"조심하세요, 여기 계단이 무척 가팔라요!"

얼마나 아래로 내려갔을까. 방화문 앞에 기대놓은 자전거와 씽씽카 따위가 보였다. 모두 눈에 익은 것들이었다. 그녀의 딸과 아들이 타고 다니던 것들. 분홍색 핸들과 파란색 바람개비, 비상벨, 그리고 어느 집에선가 들리는 남편의 목소리.

"당신은 여기가 어디라고 생각해? 오다가다 쉬는 곳? 당신이 떠나면 우리는 그 자리에서 당신만 기다리지. 집안에 갇힌 애완견처럼 말이야."

"더이상은 이렇게 살 수 없어. 나도 꿈이 있었단 말이야. 당신한테 먹히기 전에, 잠식당하기 전에⋯⋯"

"아이들은 엄마가 필요해. 도우미 아줌마랑 선생님이 아니라."

그녀의 눈에 쌍둥이 유아차가 들어온 바로 그 순간, 발목이 기묘한 모양새로 꺾이면서 넘어지고 말았다. 이마치는 비명을 질렀다. 날카로운 통증과 함께 발이 무섭게 부어오르기 시작했다. 그녀는 몇 번이나 자리에서 일어나보려다가 신음을 내뱉으며 다시 주저앉았다. 퉁퉁 부은 발이 그녀의 무게를 받쳐주지 못했다. 그녀는 한 발도 더 내디딜 수 없었다.

"도와주세요!"

이마치는 있는 힘껏 외쳤다.

"여기 아무도 없어요?"

이렇게 된 김에 차라리 누구라도 집에서 나와주기를, 분신이든지 악령이든지 나타나 그녀를 구해주기를 바랐다. 하지만 누구 하나 나와보지 않았다. 발목의 통증은 점점 더 심해졌다. 이마치는 바닥의 냉기를 느끼며 신음했다. 그녀는 고개를 돌려, 쌍둥이 유아차를 보았다. 두 살 터울 아이들을 태우고 다녔던 것. 그게 그 자리에 있었다. 유아차라기보다 수레에 가까운 크기여서 끌고 다니면 사람들이 다가와 한두 마디씩 했다. 큰애는 유아차에 태우고 다닐 때가 지나지 않았느냐는 말부터 아기들은 꼭 양말을 신겨야 된다는 말, 너무 덥게 혹은 너무 춥게 입혔다는 말, 누구의 아이냐는 말까지. 그녀는 거대한 자신의 자아를 밖으로 전시하고 다니는 기분이었고, 누군가 아이에 대해 충고할 때마다 그를 후려치고 싶은 충동을 느꼈다.

"거기 계세요?"

그때 누군가 그녀를 불렀다. 노아. 그는 위층에서 이마치를 심란하게 내려다보더니 서둘러 그녀에게 다가왔다.

"넘어지신 거예요?"

"도와줘."

이마치는 신음하듯 말했다. 누군가 와줬다는 것에 너무나 안도해서 눈물이 날 것 같았다. 노아는 몸을 굽히고 이마치의 다리를 살펴봤다.

"그러게 계단이 가파르다고 했잖아요."

"그래, 네 말이 맞네."

이마치는 한탄하듯 헛웃음을 지었다.

"나한테 왜 이런 일이 일어난 거지?"

"그보다 어떻게 여기서 나갈 수 있는지 물어야 되지 않을까요?"

그는 놀랍도록 차분한 목소리로 말했다.

이마치는 정신이 번쩍 들었다.

"여기서 나갈 수 없다는 말이야?"

"이 건물은 폐쇄된 곳이에요. 1층 문을 통해서는 나갈 수 없죠. 집집마다 건물 안팎을 연결하는 통로가 열릴 때가 있지만 그게 언제 어느 집에서 열릴지는 아무도 몰라요."

"보다시피 난 다리를 다쳐서 꼼짝도 못해. 엘리베이터는 고장이고."

"제가 도와드릴게요."

"왜?"

"이곳 관리인이니까요."

노아는 그렇게 말하고는 잠시 머뭇대다가 덧붙였다.

"게다가 당신은 이곳에서 신이나 다름없어요. 신을 돕는 건 기쁜 일이죠."

그가 팔을 내밀었다. 이마치는 그 팔을 잡고 겨우 자리에서 일어났다.

"다시 올라가보죠. 뭔가 찾을 수 있을지 몰라요."

그들은 계단을 오르면서 집마다 문을 두드려보았다. 벨을 누르기도 했다. 하지만 모두 잠겨 있었고 응답을 하는 집은 한 군데도 없었다. 누가 문을 열어주지 않는 이상 안으로 들어갈 수도 없었다. 방금 전 이마치가 들어갔던 43층도 마찬가지였다. 이마치는 그 집의 문에 귀를 대보았지만, 안에서는 아무 소리도 들리지 않았다.

"한때는 이 건물에 사람들이 바글바글했어요."

노아는 그녀에게 말했다.

"하지만 지금 남아 있는 기억이라곤 순간의 것들뿐이에요. 맥락도 없는 조각조각의 기억들요. 빈집이 더 많은 것도 이해가 되죠."

이윽고 도착한 옥상은 전혀 다른 곳이 되어 있었다. 어수선했던 공사 폐기물들이 싹 사라졌고, 페인트가 흐른 자국 역시 보이지 않았다. 잘 관리된 화단에는 꽃이 피어 있고 작은 소나무들도 자라고 있었다. 이마치는 놀라서 입을 다물지 못하고 주변을 둘러보았다.

"이게 뭐지? 아까와는 다른데……"

"당신이 산 집의 수많은 옥상 중에 하나겠죠."

이마치는 그것이 결혼해서 처음 입주했던 아파트의 옥상 풍경임을 뒤늦게 알아보았다. 입주민들이 날짜를 정해놓고 관리하던 화단이었다. 이마치는 남편과 함께 텃밭에 토마토며 오이 모종을 심어봤지만 한 달도 안 되어 죽어버렸다. 대단지 아파트가 막 곳곳에 들어서던 시대였다. 젊은 사람들은 고층 아파트에 입주했다는 사실에 굉장한 자부심을 느꼈다. 이마치는 새로 만난 이웃과 잘 지내보고 싶었다. 이사 떡도 돌렸고, 반상회도 꼬박꼬박 참석했다. 그래도 친구를 사귈 수는 없었다. 사람들은 그녀가 나타나면 수군거리다가도 말을 뚝 멈췄다. 그 아파트에서는 딸을 낳고 얼마 안 되어 이사했다.

비현실적으로 푸른 하늘을 유심히 바라보던 이마치는 문득 그곳에서 빛나는 뭔가를 알아챘다. 유리에 반사되는 빛이었다. 허공이 하늘색 둥근 돔으로 가려져 있다는 것을 그녀는 그제야 깨달았다.

"가짜군."

"왜곡이죠. 정확히 말하면."

노아가 끼어들었다.

"모든 기억은 왜곡이에요."

이마치는 허탈한 얼굴로 주변을 둘러보았다.

"여기 통로 같은 건 없어."

"그러네요."

"이제 내려가서 1층부터 다시 모조리 열고 들어가봐야 되는 건가?"

"곧 밤이 될 텐데 그렇게 마음대로 들쑤시고 다닐 순 없어요."

"낮과 밤이 있다고?"

"그럼 무슨 공장 벨트컨베이어처럼 밤낮없이 돌아가는 줄 알았어요? 밤이 되면 모든 문이 잠기고, 사람들은 잠들어요. 그사이 기억의 재배열이 일어나죠. 사라질 것들과 남을 것들이 정해지는 거예요."

이마치는 사과나무 분재를 멍하니 바라보다가 입을 열었다.

"배고파. 생일인데 아직 한 끼도 못 먹었어."

"생일 축하드려요."

노아가 건조한 목소리로 말했다.

"하지만 원칙상 이곳에서는 생존을 위한 섭식이 필요하지 않아요."

이마치는 자리에서 벌떡 일어났다.

"너무하는구먼. 난 늙은이야. 어차피 밤새 아무데도 못 간다면 내 집으로 내려가야겠어. 뭐라도 먹고 좀 눕지 않으면 이 자리에서 그만 녹아버리고 말 거야."

이마치는 노아를 이끌고 바로 아래 있는 자신의 집으로 갔다. 기세 좋게 왔지만, 일단 벨을 눌러보기로 하고 기다리는 잠시 동안 몹시 긴장했다. 만약 안에서 그녀와 똑같은 모습의 또다른 그녀가 나온다면? 그야말로 둘 중 한 사람은 녹아 사라져버릴지도 몰랐다.

다행히 나오는 사람은 아무도 없었다. 이마치는 평소처럼 비밀번호를 누른 뒤 문을 열고 들어갔다. 집은 점심에 나갔던 그대로 텅 비어 있었다. 거실의 시계는 그녀가 집을 나갔던 바로 그때, 12시 45분에 멈춰 있었다. 이마치는 늘 하던 대로 집에 들어와 겉옷을 벗고 가방과 우편물을 탁자 위에 올려놓았다.

"들어오지 뭐 하고 있어?"

우두커니 서 있던 노아가 그제야 조심스럽게 집안으로 들어왔다.

"여기 들어와본 건 처음이에요. 물론 이 안에 뭐가 있는지 다 알고 있었지만요. 그래도 직접 들어와보는 건 다르네요."

"뭐가 어떻게 다른데?"

"따뜻해요."

뜻밖의 말에 이마치는 그를 흘긋 바라보았다.

"따뜻하네요, 정말로."

이마치는 그제야 그가 비에 젖어 있는 것을 알아챘다. 옷을 갈아입겠느냐고 묻자, 그는 거절하지 않았다. 그녀는 옷 상자를 뒤져 남성용 트레이닝복을 찾았다. 죽은 남편 것이었는데,

그에게 놀랍도록 잘 맞았다. 얼룩덜룩한 작업복을 벗은 그는 좀더 어려 보였다. 이마치는 잠시 그의 긴 앞머리를 걷어내보고 싶다는 생각을 했다. 누군가를 닮았다는 생각이 어렴풋이 들었는데, 누구인지는 알 수 없었다.

부엌 가득 모아둔 것은 라면과 통조림뿐이었다. 이마치는 한 계절을 버티고도 남을 비상식량을 마치 전쟁을 대비하듯 쌓아두고 살았다. 그것은 말 그대로 비상용이지, 열량이 높은 인스턴트를 실제로 먹는 일은 극히 드물었다. 몸무게가 4킬로그램이 늘어난 경우라면 더욱더. 하지만 그녀는 전에 없이 급박한 허기를 느꼈다. 이마치는 펄펄 끓는 라면을 식탁 위에 냄비째 올리고 청년을 불렀다. 그는 선뜻 그녀의 옆에서 라면을 먹었다. 정신없이 먹느라 그가 자신을 따라 하고 있다는 것을 뒤늦게 깨달았다. 그는 그녀처럼 왼손에 젓가락을 쥐고, 면발을 후후 불어가면서, 김치를 두 개씩 올려 먹었다. 둘은 한마디도 하지 않고 먹기만 했다. 허겁지겁 다 먹고 나자 땀이 났다. 갑자기 온몸이 불덩이로 변한 것 같았다. 이마치는 베란다로 나가서 문을 활짝 열었다. 창밖은 그녀가 봐왔던 도시의 풍경이 아니었다. 빌딩과 사람들 대신 푸른 풀밭이 끝도 없이 펼쳐져 있었다. 이마치는 어딘지 익숙한 그 풍경을 눈을 가늘게 뜨고 바라보다가 문득 그에게 물었다.

"밤이라더니 왜 이렇게 환한 거야?"

바로 그때 불이 꺼지듯 한순간 주위가 어두워졌다.

"방금 봤어?"

"뭐가요?"

"내가 말을 하자마자 갑자기 어두워졌잖아."

"아무리 당신이 신과 같다고 해도 말 한마디로 그럴 수는 없어요. 마침 해가 지는 시간이 되었나보죠."

식탁에 앉아 있던 노아는 건성으로 대답했다. 그는 이마치의 우편물을 들여다보고 있었다.

"이건 누가 보낸 거예요?"

이마치는 그에게서 엽서를 받아들었다. 엽서에는 주소도 소인도 없었다.

어제는 당신이 나오는 꿈을 꿨어.

당신은 황금색 베르사체 드레스를 입고 아주 멋진 무대에서 피아노를 연주했지.

그런데 피아노에서 자꾸 고양이 소리가 나는 거야.

내가 무대로 뛰어올라가서 피아노 뚜껑을 열어젖혔지만 안에는 아무것도 없었어.

결국 우리 둘 다 우스운 꼴이 되었지. 창피를 당해도 당신과 함께라 좋더군.

당신 꿈을 꾼 건 참 오랜만이었어.

난 매일 아침 공원을 삼십 분 달리고, *air*라는 카페에서 빵을 먹고 커피를 마셔. 커피 맛은 끝내주지만, 빵 맛은 별로인 카페야. 그래도 손님이 종일 많지.

두 가지 중 한 가지는 포기할 수밖에 없는 거야.

인생이란 그런 것 같아.

이마치는 엽서를 훑어보고 그에게 돌려주었다.

"모르겠어."

대단히 특별한 일은 아니었다. 어쨌든 그녀는 연예인이었고, 종종 괴상한 팬레터를 받기도 했으니까.

"중요한가?"

"중요하죠. 이 건물에 있는 모든 게 중요해요."

노아는 나지막한 목소리로 말했다.

"이마치씨의 인생이잖아요."

사방이 캄캄해진 것을 보며 그런 말을 들으니 이마치는 견딜 수 없이 고단해졌다.

"난 이제 좀 쉬어야겠어."

"그럼 전 나가볼게요."

노아가 자리에서 일어났다.

"어디 갈 데가 있어? 관리인 숙소 같은 곳이 있나?"

"전 복도를 돌아다녀요. 낮이고 밤이고."

이마치는 잠시 말없이 그를 바라봤다.

"관리인 대접이 너무 박하네. 괜찮다면 여기서 자고 가."

충동적으로 말하고 나자 진작 이 집에 손님방을 만들어두지 않은 것이 후회되었다. 잠자리를 마련하려고 보니 영 마땅치가 않았다. 침대가 있는 방은 이마치와 아들의 방 두 개뿐이었다. 결국 그녀는 아들의 방으로 그를 데려갔다.

"이 방이 제일 깨끗해. 내가 유일하게 청소하는 방이거든."

"전 아무래도 상관없어요. 거실이나 베란다에 있어도 괜찮아요."

"무슨 소리, 이 집에 온 첫 손님인데."

노아는 방안의 물건들에 정신이 팔려 있었다. 장난감과 책, 옷걸이에 걸린 점퍼. 그 모든 것이 시간에 박제된 채로 그곳에서 주인을 기다리고 있었다. 그는 그것들을 조용히 둘러보더니 이마치에게 물었다.

"이곳에서 아들을 만날 수 있을 거라고 기대하고 있죠?"

그는 정말 그녀에 대해 거의 모든 것을 알고 있었다. 하지만 모든 것은 아니었다.

"아니."

"정말요? 왜?"

"꿈은 반대라고 하니까. 이건 꿈이고 나는 곧 깰 텐데, 여기서 잠깐 보고 그애를 다시 못 본다면 내가 너무 억울하잖아."

"이건 꿈이 아니에요. 과거죠."

노아는 담담하게 말했다.

"페이스트리처럼 겹겹이 쌓인 과거요."

4. 하룻밤에 칠 년씩

이마치는 산뜻한 기분으로 잠에서 깨어났다. 젊음이 지나간 뒤로 그런 아침은 정말 흔치 않았다. 완벽한 휴식을 취했다는 느낌, 온몸 구석구석 느껴지는 생명의 충전. 이마치는 침대 밑에서 체중계를 꺼내 몸무게를 쟀다. 59란 숫자를 확인하는 동시에 방문이 열렸다. 이마치는 깜짝 놀라 그 자리에 주저앉고 말았다.

"죄송해요. 전 일어나셨나 해서."

노아는 밤새 사라지지 않았다. 하루아침에 불어난 체중도 꺼지지 않았다. 모든 게 꿈이 아니었다. 이마치는 창밖을 내다보았다. 그곳엔 안개가 서린 끝없는 초지가 있을 뿐이었다.

"아무리 기다려도 안 나오시길래 들어와봤어요."

죽은 남편의 옷을 입은 젊은 남자. 노아는 머뭇거리며 물었다.

"아침은 안 드시나요?"

이마치는 본디 아침을 먹지 않았지만 말없이 부엌으로 나갔다. 냉동실에서 꽝꽝 얼어붙은 식빵을 겨우 찾았고, 그것으로 샌드위치를 만들었다. 계란과 잼과 햄을 넣은 두툼한 샌드위치였다. 광고나 드라마를 촬영하면서 말고, 그녀가 직접 샌드위치를 만들어본 적이 있던가? 적어도 그녀의 기억에는 없었다. 그래도 그녀는 제법 그럴듯하게 해냈다. 노아는 샌드위치를 내려다보고 아주 맛있겠다는 듯 두 손을 비비더니 크게 한 입 베어물었다.

"어젯밤에 제가 좀 생각해봤는데요."

그는 샌드위치를 우물거리며 말했다.

"누전이라는 핑계를 대면 집집마다 들어가기 어렵지 않을 거예요. 이곳에도 질서라는 게 있는데, 무턱대고 쳐들어갈 순 없는 노릇이니까요."

그는 테이블 위에 뭔가를 꺼내놓았다.

"이게 뭐지?"

"아드님 방에서 찾았어요."

장난감 워키토키였다. 아들의 것은 파란색, 딸의 것은 빨간색. 장난감이지만 제법 성능이 좋아 사백 미터 이상 먼 곳에서도 대화가 가능했다. 아이들은 캠핑을 가서 사용해보고 싶어했지만, 집안에서 가지고 논 게 고작이었다. 그녀는 아이들을 데리고 산이나 바다에 가본 적이 없었다. 전원 버튼을 누르자, 놀랍게도 빨간 불이 들어오고 지지직거리는 소음이 들렸다.

"가짜라도 소품이 필요하겠죠. 연극에 대해서는 저보다 잘 아시잖아요."

"연극이 실패하면 어떻게 되지? 그들이 나를 알아본다면?"

이마치는 내내 궁금했던 것을 물었다.

"상관없어요. 거울에 비친 상이 굴절되거나 쪼개진다고 본질이 달라지지 않는 것처럼요. 그들은 반사체일 뿐이에요. 자신이 반사체라는 걸 모르는 반사체. 다만 소란을 피하기 위해서 연극을 하자는 거죠. 사실을 알리면 층층마다 시끄러울 텐데, 피곤하잖아요?"

노아는 샌드위치를 두 개째 집어먹었다.

"섭식을 안 해도 존재가 가능하니 어쩌니 하더니 잘도 먹네."

그는 비난하는 건가 싶어 잠시 그녀의 눈치를 살피더니 그게 아니라는 걸 알고는 더욱 마음놓고 먹었다. 빵 부스러기 하나 남기지 않았다.

이마치는 후줄근한 청바지에 회색 티셔츠를 입었다. 누가 알아봐도 상관없다는 노아의 말이 아니더라도 변장을 할 필요는 없었다. 그녀는 눈에 띄지 않는 초라한 노파였다. 전날 43층의 이마치 역시 그녀가 누구인지 전혀 알아채지 못했다. 하지만 정말 그렇게나 변한 걸까. 만약 그녀가 이십 년 뒤의 자신과 마주치면 전날처럼 모르고 지나치게 될까. 집을 나서기 전, 이마치는 챙이 긴 벙거지모자를 썼다. 모든 충격으로부터 자신을 보호하기 위한 것이었다.

이마치의 발목은 아직도 부기가 빠지지 않았고, 계단을 내려갈 때는 거의 힘을 쓸 수 없었다. 노아는 자신의 팔을 잘 붙잡으라고 말했다. 그녀는 그렇게 겨우 한 층을 내려갔다. 벨을 눌렀지만 응답이 없었다. 그들은 적막 속에서 한참 서 있다가 그 아래 58층으로 내려갔다. 역시 마찬가지였다. 이어지는 50층대 집들이 모두 허탈하리만치 무응답이었다.

이마치는 자신이 오십대일 때 무슨 일들이 있었는지 떠올려보았지만 좀처럼 기억나는 게 없었다. 당시 출연했던 작품들은 물론 나열할 수 있었다. 그녀가 배우 인생에서 돈을 제일 많이 만진 것이 오십대였으니까. 남편이 죽고, 딸이 독립하고, 홀몸이 된 후에는 버는 족족 돈이 쌓였다. 더이상 도전이나 실험이 될 만한 작업도 하지 않았다. 그런 나이였다. 어머니 역할을 빼면 할 게 없는 나이. 그녀는 어머니처럼 말하고, 어머니처럼 웃고, 어머니처럼 우는 법을 더욱 연마했다. 한평생 가장 무능했던 역할에서 연기로 경지에 올랐다. 사실 그만큼 쉬운 연기도 없었다. 자식을 목숨처럼 사랑하는 어머니들. 그들은 소나무나 바위 같은 존재였다. 적당한 의상을 입고 무대 한쪽에 서 있으면, 사람들은 그것이 소나무나 바위인 줄 알고 신경을 껐다. 살짝 휘청거리거나, 재채기를 하거나, 눈을 깜빡거려도 괜찮았다. 그것은 소나무나 바위일 뿐이었다.

일일극과 주말극에서 우수수 떨어지는 어머니 역할들을 쉬엄쉬엄 주워먹어도 다 못 먹게 배가 불렀다. 그녀는 그 작품들을 소중히 여겼다. 돈을 벌어줬으니까. 돈은 많으면 많을수록 좋은 거니까. 하지만 기억에 남는 것은 아무것도 없었다. 남편과 딸이 떠나고, 그녀는 호텔에서 혼자 지냈다. 호텔 내부의 가구와 인테리어마저 뭐 하나 기억나는 게 없었다.

50층에서 40층으로 내려오는 동안 문을 열어주는 집은 한 군데도 없었다. 어제 들어갔던 43층도 묵묵부답이었다. 그들은 계단을 내려가고 또 내려갔다.

"이렇게 오르내리다간 무릎 연골이 다 나가버릴 거야."

이마치는 영 마땅치 않다는 듯 말했다. 사실 그녀는 노아에게 체중을 거의 맡기다시피 기대어 걷고 있었고, 그 끝없는 하강 운동에도 어느 정도 적응이 되었다. 실없는 툴툴거림은 그저 조바심과 민망함 때문이었다. 누군가의 손을 잡고 몸을 기대는 일이 너무나 오랜만이었다.

"조금만 힘내요. 절반은 왔잖아요."

노아는 이마치의 손등을 툭툭 두드렸다. 이마치는 말없이 계단을 내려갔다.

30층대를 지나 20층대에 이르렀을 때, 어느 집에선가 특이한 벨소리가 났다. 25층이었다. 이마치는 그 초인종소리를 기억했다. 새가 우는 것처럼 삐효삐효 울리던 소리. 한낮에도 굴속처럼 캄캄한 다세대주택의 1층이었는데, 세대별로 벨을 제대로 표기해놓지 않아서 방문객들은 으레 제일 왼쪽에 있는 그녀의 집 벨을 눌렀다. 집에 있으면 종일 새소리가 들렸다.

역시나 무응답인 줄 알고 발걸음을 돌리려고 할 때, 그 집 문이 열렸다. 이마치는 깜짝 놀랐다. K가 나온 것이다. 스물일곱 살 청년인 K. 그는 커다란 덩치로 문을 가로막고 서서 이마치를 빤히 바라보았다.

"무슨 일이시죠?"

말을 잇지 못하는 이마치 대신 노아가 끼어들었다.

"누전 신고가 들어와서 확인중입니다."

"누전 신고라고요? 누가요?"

"4층 주인집이요."

이마치가 대답했다.

"주인 할아버지가 아침부터 동사무소에 전화하셨어요. 엊그제 비가 내린 후로 집에 전기가 들어왔다 나갔다 한다고요."

K의 눈빛이 수그러드는 것이 보였다. 그는 마지못한 듯 한 발 비켜서 그들이 집안에 들어오게 해주었다. 제일 먼저 좁은 거실이 한눈에 들어왔다. 공간에 비해 넘치게 많은 짐이 구획별로 선반에 정리되어 있었다. 전부 K의 솜씨였다. 그녀는 그가 오기 전 이 집이 어떤 꼴이었는지 기억했다.

"최대한 조용히 살펴보세요."

K가 걸레를 집어들며 말했다.

"방에 사람이 있는데, 밤새 일하고 들어와서 잠깐 졸고 있거든요."

그 말을 마치기도 전에 방에서 여자가 나왔다. 스물다섯 살의 이마치였다. K가 다가가서 상황을 설명하자, 그녀는 그들을 흘긋 바라보고는 화장실로 들어갔다. 나풀거리는 단발머리, 투명한 피부, 반듯한 어깨선. 이마치는 여자에게서 시선을 떼지 못했다. 노아가 헛기침을 했다.

"방안을 살펴보세요. 전 바깥을 볼게요. 이상이 있으면 저 부르시고요."

노아는 워키토키를 들고 벽을 훑어나가기 시작했다. 마치 그것으로 누전 여부를 알 수 있다는 듯 연기를 하는 것이었다. 이마치도 그처럼 워키토키를 들고 방으로 들어갔다. 들어가자마자 문 옆에 보자기를 씌운 물건이 옆으로 쓰러져 깜짝 놀랐다. 보자기가 흘러내리면서 대형 사진 액자가 드러났다. 그녀가 데뷔하고 얼마 안 되어 찍은 화보 사진이었다. 잿빛 남성 양복을 입고, 높은 스툴에 걸터앉아 찍은 그 사진은 건전 심의엔가 걸려 결국 잡지에 실리지 못했다. 노출이라곤 새하얀 와이셔츠 위에 반 뼘쯤 드러난 목뿐이라 건전하지 않을 게 없는데, 가만히 보면 갑옷 같은 남성 양복 안에서 여자의 가늘고 기다란 몸이 움직이는 실루엣이 상상되었다. 짙은 화장 속 두려움으로 얼어붙은 눈동자의 낙차가 기묘한 긴장감을 자아냈다. 자연스레 사진을 찍던 날이 떠올랐다. 포토그래퍼의 뱀 같은 눈과 담배 냄새와 이상한 지시들—다리를 벌려 앉아보라거나 혀를 내밀어보라거나 허리를 비틀어보라는—로 인해 그녀는 숨이 막힐 지경이었다. 두려움으로 가슴이 뛰었다. 하지만 뛰어나가는 대신 그의 요구대로 카메라에 시선을 맞춰야 했다. 더한 상황이라도 발 벗고 나설 신인들이 널렸으니까. 업계에서 제일 유명한 포토그래퍼였으니까. 아쉬운 건 그녀였으니까. 사이즈가 너무 큰 옷을 뒤에서 옷핀으로 잡아놓아 화장실에 갈 수도, 물을 마실 수도 없었다. 온종일 사진작가의 말대로 움직이면서 수치와 갈증을 참아야 했다. 그녀는 사진을 보자마자 그것을 느꼈다. 수치와 갈증.

그 사진은 실제로 그녀에게 유명세를 안겨줬다. 사진이 아니라 건전 심의에 걸렸다는 사실이 이슈가 되었기 때문이다. 포토그래퍼의 전시회에도 못 걸리게 된 사진은 액자째로 그녀의 집에 배달되어 왔다. 그것을 처분할 길이 없어 보자기를 덮어두고 지내다 이사 때 버린 기억이 났다. 그 방엔 침대가 없고 두꺼운 매트리스만 있었다. 이불과 베개는 전부 낡고 숨이 다 죽어 있었다. 초라한 침구 옆에는 부자연스럽게 화려한 거울이 있고, 작은 옷장 앞에는 옷이 무덤처럼 쌓여 있었다. 아침마다 그 안에서 옷을 찾느라 진땀을 뺐던 기억이 났다.

열여덟 살에 집을 나온 뒤 그녀는 거리를 떠돌며 극단 사람들의 집에 빌붙어 살았다. 이 집은 처음 가진 그녀만의 집이었다. 이곳에서 데뷔했고, 첫 작품 주연도 맡았다. 그러한 애착 때문이었을까. 배우로 이름을 알리고도 한참 더 이곳에서 살았다. 바쁘기도 했고, 귀찮기도 했고, 무엇보다 새집으로 이사 가야 할 필요를 딱히 못 느꼈다. 그녀에겐 이 집이 충분히 포근하고 안락했다. 나중에 보다 못한 K가 품위 유지 운운하며 새집으로 이사를 시켰다. 이 집에 처음 와서 한 바퀴 둘러본 뒤 그가 했던 말. 먼지 구덩이에서 사는 거 숨 안 막혀요? 집안 아무데나 물건이 처박혀 있는 꼴을 보자마자 그는 말없이 소매를 걷어붙이고 나섰다. 이후 그는 스케줄에 맞춰 그녀를 데리러 오거나 데려다주면서 시간을 내어 집 청소를 했다. 큰 덩치에 맞는 앞치마와 고무장갑도 상비해두었다. 그는 그녀의 첫 매니저였다. 그녀는 매니저들이 으레 그런 일을 하는 줄 알았다.

그때 누군가 방에 들어왔다. 스물다섯 살의 이마치였다. 그녀가 방안의 불을 켜자 순식간에 주위가 환해졌다. 그들은 동시에 쓰러진 액자를 바라봤다.

"모델인가봐요. 아니면 연예인?"

이마치는 액자를 바로 세우며 물었다.

"아니요, 둘 다 아니에요."

여자는 눈도 깜빡하지 않고 이마치에게 거짓말했다. 그들은 잠시 말없이 서로를 바라보았다. 여자가 굶주려 있다는 것을 이마치는 한눈에 알아보았다. 얼굴에 핏기가 없고 눈 밑이 거뭇거뭇했다. 목소리에 힘이 하나도 없었다.

첫 드라마의 성공에도 기대와 달리 다음 작품 주연 섭외가 들어오지 않자, 주변에서는 살을 좀 빼는 게 좋겠다고 충고했다. 가뜩이나 키가 큰데 근육이 많고 탄탄한 체격이라 도무지 *처연해* 보이지 않는다는 것이었다. *처연함*, 그것은 당시 여자 배우의 필수 조건이었다. 어떤 감독은 그녀에게 존재감이 너무 크다고 말했다. 사이즈를 줄이지 않는 한 주연 캐스팅은 힘들 거라고, 고작 광고나 찍으며 이미지를 팔다 끝날 거라고 했다. 존재감을 없애고, 처연함을 더하기 위해 이마치는 굶기 시작했다. 종일 굶으면 신경이 곤두서 잠을 이룰 수 없었다. 그것을 독주로 짓눌러, 스스로를 때려 쓰러뜨리다시피 잠을 청했다. 5킬로그램이 빠지자 거짓말처럼 주연 섭외가 들어오기 시작했다.

유명세를 타고 소위 청춘스타가 된 뒤에도 그녀의 삶은 똑같았다. 차가운 음식을 먹고, 냄새나는 화장실을 쓰고, 아무데서나 누워 잠을 청했다. 그녀는 자신을 돌보지 않았다. 이마치는 환한 빛 속에서 그 여자—삼십오 년 전 자신—의 얼굴을 보았다. 일자형의 눈썹과 낮은 콧날, 옅은 갈색 주근깨, 이상하리만치 커다란 눈동자. 여자는 아름다웠다. 이마치는 그 이야기를 해주고 싶었고, 동시에 그럴 필요 없다는 것을 잘 알았다. 아무리 말해도 믿지 않을 테니까. 너는 아름답다는 말. 그녀는 한 번도 그 말을 믿지 않았다.

"다 봤으면 이제 나와요."

워키토키에서 노아의 목소리가 흘러나왔다.

그 집에서 나올 때 K는 그녀와 노아에게 시원한 요구르트를 건넸다. 이마치는 자기도 모르게 빙긋 웃었다. 노아는 그녀를 이상하다는 듯 바라보았다. 시원한 요구르트. 그것은 K가 제일 좋아하는 것이었다. 시원한 요구르트에 빨대를 꽂아 먹으면 어떤 상황에서도 낙관적인 기분이 든다고 그는 말했었다. 그들은 요구르트를 먹으며 내려갔다. 그후 1층까지 문이 열린 집은 한 군데도 없었다.

이마치는 아파트의 출입문 앞에 섰다. 노아의 말대로 유리문은 단단히 닫혀 있었다. 문밖은 평소에 그녀가 보던 아파트

단지가 아니었다. 초원의 한가운데 같았다. 기묘하게 가지가 휘어진 나무들, 제멋대로 자란 풀들, 그 위로 내리쬐는 생경한 햇볕. 이마치는 유리문에 손을 대고 바깥을 바라보았다.

"형벌이나 다름없겠지."

이마치는 혼잣말처럼 중얼거렸다.

"여기 갇혀서 영원히 자기 인생을 보는 것 말이야."

"아까처럼 젊은 시절을 계속 볼 수 있는 건 꽤 괜찮을 것 같은데요."

"글쎄. 저 시절 난 매일 죽고 싶었어."

이마치는 조용한 목소리로 말했다.

"자고 일어나면 칠 년, 또 자고 일어나면 칠 년, 이렇게 시간이 지나가버렸으면 좋겠다고 생각했지. 빨리 노인이 되고 싶었어."

"꿈이 이루어졌네요."

밖에 바람이 부는지 갑자기 나뭇잎이 흔들렸다. 그 풍경에 잊고 있던 한 가지 기억이 떠올랐다.

"여기가 어딘지 알겠어."

이마치는 노아에게 말했다.

"고아원 뒷숲이야. 사실 숲도 아니고 버려진 텃밭에 가까웠는데, 다들 그렇게 불렀지. 오래전 원생들을 동원해서 심은 작물들이 무더기로 죽고, 더러는 살아남고, 혼종으로 뒤엉켜서 저들끼리 자랐어. 그곳에 사는 아이들처럼."

"고아원에 오래 있었던 건 아니잖아요."

노아가 우편함 쪽으로 가서 내용물을 살피며 말했다.

"지옥에선 하루나 십 년이나 같아."

이마치는 어린애를 가르치듯 말했다.

"그런데 여기 장미가 없네. 뒷숲은 징그럽게 시뻘건 장미 천
지였는데."

이마치가 그 말을 내뱉자마자 사방에 빨간 장미 덩굴이 자
라났다. 그녀는 탄성을 질렀다.

"세상에, 이것 좀 봐."

"왜요?"

멀리서 노아가 물었다.

"아깐 분명히 없었는데, 내가 말하자마자 여기 갑자기 장미
덩굴이 생겨났어."

"잘못 본 거겠죠. 그런 일은 있을 수 없어요."

노아는 심드렁하게 말했다.

"정말이야. 이것 좀 보라고."

"저도 보고 있어요. 장미는 이곳에서 흔해요. 워낙 그 꽃을
좋아하잖아요."

노아는 우편함에서 꺼내온 엽서를 이마치에게 건네며 말했
다. 이마치는 엽서를 내려다보았다. 어제와 같은 필체로 짧은

글이 적혀 있었다.

　오늘 당신은 온종일 기분이 저조했지.

　아인이에게도 냉담하게 굴어서, 아이가 일찌감치 혼자 집에 돌아가버렸어.

　당신은 그애한테 한 번도 그런 적이 없었는데.

　드라이브를 나가서 동네를 빙빙 돌고 또 돌았지.

　몇 바퀴째 돌았을 때였나. 당신이 말했어.

　뭔가를 잃어버렸는데, 그게 뭔지 모르겠다고. 그리고 내게 물었어.

　"당신은 그런 거 없어?"

　왜 없어. 누구에게나 그런 게 있지.

　정말 소중한 것은 잃어버리고서야 알게 되는 것 같아.

　그래서 인생이 이렇게 슬픈 거야. 축축한 거야.

　우울한 당신 곁에 나도 웅크리고 누워서 작고 단단한 당신의 등을 봐.

　그리고 생각하지. 그래도 이렇게 당신 곁에 있을 수 있어서 좋다고.

　모든 것을 잃었다고 해도 이것만은 정말 좋다고.

　"난 드라이브를 함께 할 사람도 없고, 같은 자리에 누울 사람도 없어. 엉터리 헛소리라고. 대체 왜 이런 걸 자꾸 보라고 주는 거야?"

"제가 이 건물에서 제일 좋아하는 게 바로 우편함이거든요." 노아는 알 수 없는 미소를 지으며 말했다.

"모든 게 없어져도 이것만은 없어지지 않기를 바라요."

"모든 게 없어져?"

"언젠가는 그렇게 되겠죠. 죽을 때 기억을 가져가는 사람은 없잖아요. 이 건물은 결국 텅 비고 말 거예요."

노아의 말에 이마치는 할말을 잃고 생각에 잠겼다.

"이제 다시 올라가요. 해 지기 전까지 별로 시간이 없어요."

이마치는 찜찜한 얼굴로 출입문의 유리 너머를 보았지만 이내 그의 팔을 잡고 계단을 올랐다. 갑자기 장미가 생겨나다니, 너무나 이상한 일이었다. 하기는 여기서 이상하지 않은 것을 찾는 게 더 이상한 일이라는 생각이 들었다. 무엇보다 자신이 이 젊은 남자의 팔을 잡고 있는 것이야말로 가장 이상한 일이었다. 이마치는 평생 스킨십에 거부감이 있었다. 가족이나 친구라 해도 예외가 없었다. 여자 친구들과 팔짱을 끼는 것도, 사귀는 남자들과 길을 걸으며 손을 잡는 것도 껄끄러웠다. 어린 딸과 아들이 스스럼없이 그녀에게 매달려오는 것도 부담스러웠다. 늘 간신히 숨을 참고 견디다 슬그머니 몸을 빼내곤 했다. 하지만 어제 만난 이 청년은, 그와 몸이 닿는 것은 괜찮았다. 어색하거나 이물스럽지 않았다. 그들은 가다 쉬다, 천천히 계단을 올랐다. 별말을 하지 않아 침묵이 이어졌으나 그마저도 편안했다. 31층에 도착했을 때 노아가 슬그머니 그녀의 손을 떼어놓았는데, 그게 조금 아쉽기까지 했다.

"여기, 문이 열려 있어요."

정말이었다. 이마치는 그 앞으로 다가가서 살짝 열린 문을 당겨보았다. 어두컴컴한 집안에 물소리가 들렸다. 그들이 현관에 들어서자 안에 있던 누군가가 그들을 향해 속삭이듯 물었다.

"누구세요?"

"전기 누전으로 점검 나왔습니다."

노아도 목소리를 죽여 대답했다. 기다란 원피스를 입고, 긴 머리카락을 집게핀으로 올린 여자가 나타났다. 이마치는 그 원피스를 기억했다. 임신 기간 내내 입고, 출산 이후에도 입었던 면 소재의 부드러운 원피스였다. 몸이 변화를 겪을 때마다 입어서 제 살 같던 원피스. 그 옷에 평생 가장 많은 땀을 흘렸다. 서른한 살이라면 첫아이를 낳은 해였다.

"누전이라면, 위험한 건 아니죠?"

여자는 걱정스럽게 물었다.

"네, 그럼요. 혹시나 해서 둘러보기만 하는 거예요."

이마치는 노아와 함께 신발을 벗고 집안으로 들어갔다. 새

집에 집안 살림까지 온통 새것이어서 마치 모델하우스에 들어온 느낌이었다. 그 아파트는 남편이 결혼할 때 장만해온 것이었다. 막 개발이 시작되는 지역의 신축 아파트라 근방이 온통 공사장이었다. 창문을 열어놓으면 반나절 만에 온 집안에 먼지가 뿌옇게 쌓였다.

노아는 방을 살피러 들어갔고, 이마치는 거실을 둘러보았다. 전면에 있는 가죽소파가 제일 먼저 눈에 띄었다. 처음 임신했을 때 그녀는 그 소파에서 종일 잠만 잤다. 그렇게 잠이 쏟아지는 경험은 평생을 통틀어 처음이었다. 뭔가에 취한 듯 자도 자도 졸렸다. 이른 점심을 먹고 잠들었다가 해가 뉘엿뉘엿 질 때야 잠에서 깨며 느꼈던 절망감. 한평생 그녀의 몸에 고인 물 같았던 막막함. 결국 결혼도 임신도 그녀를 구하지 못했다는 자각. 이마치는 오래전 그때처럼 손발이 저릿거리는 느낌에 지그시 주먹을 쥐었다.

거실 한복판에는 커다란 아기 침대가 있었다. 갓난아기인 딸이 그 안에 잠들어 있었다. 31층 여자는 어색한 자세로 옆에 서 있었다.

"아기 침대가 좋아 보여요."

"네, 이걸 조립하느라 남편이 고생깨나 했어요."

그 침대는 그들 부부가 외국의 한 카탈로그를 보고 어렵게 주문한 것이었다. 당시만 해도 해외에서 물건을 사는 일이 흔치 않았다. 배송에만 석 달이 걸렸다. 과연 아기가 태어나기 전에 침대가 올까 마음을 졸였는데, 다행히 출산을 며칠 앞두고 도착했다. 아기 침대가 아니라 한 척의 배인 양 엄청난 크기의 상자에 담겨서. 두꺼운 나무 합판과 플라스틱 조각들, 수십 개의 나사가 일일이 포장되어 있었다. 스페인어로 된 불친절한 설명서는 없는 것이나 마찬가지라 조립은 불가능에 가까웠다. 이마치는 그만 포기하고 다른 것을 사자고 했지만 남편은 말을 듣지 않았다. 결국 사흘 밤낮을 끙끙대더니 조립에 성공했다. 그들은 완성된 침대 옆에 서서 텅 빈 공간을 내려다보았다. 부모가 된 기분을 느껴보려고 했지만 소용없었다. 침대는 필요 이상으로 거대하고 튼튼했다. 성인이 누워 자도 너끈한 크기였다. 남편의 쓸모없는 고집, 아집, 신경증에 가까운 성실함이 하나의 조형물로 완성된 것 같았다.

"저기 계속 물이 흐르고 있어요. 제가 대신 물 잠글까요?"

이마치가 물었다. 물 흐르는 소리의 진원지는 부엌 싱크대였다. 별 용도 없이 물을 틀어놓은 듯했다. 설거지통에서 물이 한없이 넘쳐흐르고 있었다.

"아뇨, 일부러 틀어놓은 거예요. 집이 너무 적막해서요."

이마치는 조용히 여자의 눈을 바라보았다.

"눈이 잘 안 보이는 거죠?"

여자는 죄를 짓다 걸린 사람처럼 깜짝 놀랐다. 그녀는 아직

젊었고, 모든 산모가 그러하듯 무방비의 모습이었다. 숨을 데가 없는 짐승 같았다.

"어떻게 아셨어요?"

"벽을 더듬으며 걷잖아요. 기준 삼아 부엌에 물을 틀어놓고요. 저도 그랬어요. 첫아이를 낳고 원인 모를 실명을 겪었죠."

눈이 잘 보이지 않는다는 걸 인지한 것은 출산하고 하루가 지난 뒤였다. 시야가 점점 좁아지더니 앞이 뿌옇게 흐려져 눈앞의 사물을 분간할 수 없게 되었다. 남편에게는 차마 말하지 못했다. 심리적인 원인이라고 했던 의사의 말이 일종의 선고처럼 느껴졌기 때문이었다. 의사는 금세 나아질 거라고 대수롭지 않게 말했고, 퇴원할 때 이제 괜찮죠, 라고 지나가듯 물었다. 이마치는 눈앞의 희미한 형상을 바라보며 고개를 끄덕였다. 집에 돌아온 뒤에는 아이를 종일 침대에 눕혀두고 그 주변을 서성거렸다. 눈이 먼 채로 갓난아기와 온종일 집에 갇혀 지냈다는 사실이 거짓말 같았다.

"더디게 느껴져도, 결국엔 다 괜찮아져요. 걱정하지 말아요."

31층 여자는 별 위로가 되지 않는다는 얼굴로 고개를 끄덕였다. 그때 갑자기 아기가 울음을 터뜨렸다. 그들은 동시에 침대를 바라보았다. 여자가 침대로 주춤주춤 다가서는 것이 그 집 문을 닫기 전에 본 마지막 장면이었다.

"무슨 생각 하세요?"

31층에서 나와 계단을 오르던 노아가 이마치에게 물었다.

"남편의 구두에 대해서."

"구두요?"

"현관에 있는 구두 못 봤어?"

남편에게는 수집벽이 있었고, 그중 하나가 고급 수제화를 모으는 것이었다. 고급스러운 광택에 날렵한 디자인의 남성화들. 은행원의 수입으로는 꽤나 사치스러운 취향이었다. 결혼 후 이마치는 그가 가지고 온 신발의 양을 보고 깜짝 놀랐다. 진동하는 가죽냄새에 현기증이 날 정도였다.

"구두 말이야. 그게 남편의 첫 사업 아이템이었어."

이마치는 씁쓸한 얼굴로 말했다. 둘째가 태어난 후 그는 더 이상 집에서 아이를 돌보는 삶을 살지 않겠다고 선언했다. *지금껏 당신을 돕느라 제대로 일을 찾을 생각도 못했잖아.* 그는 그렇게 말했다. 그간 무직으로 집에서 빈둥거린 것이 그녀 탓이라는 듯. 이마치는 속으로 웃었다. 그가 일 년도 버티지 못할 것을 알고 있었기 때문이다. 그는 유약한 사람이었다. 살아남는다는 게 어떤 건지, 뭘 주고 뭘 받는 건지, 아무것도 몰랐다. 그가 수제화 사업을 시작해보겠다고 했을 때 그녀는 말리지 않았다. 스스로 무능함을 자각하고 나가떨어지길 기다리는 쪽을 택한 것이다.

"내가 무지했던 거야. 사업에 실패하면 어떤 대가를 치러야 하는지 몰랐어."

이마치는 노아에게 말했다.

"그는 거대한 구멍이었어. 돈이 빨려들어가는 구멍. 메워도 메워도 끝이 안 났지."

"돈이 마르니 사랑도 끝났나요?"

그녀는 설핏 웃으며 그를 바라보았다.

"부부 사이가 끝나는 건 돈이나 사랑이 아니라 농담이 마를 때야. 부부끼리만 하는 우스갯소리 말이야. 서로를 조금은 두려워하고, 조금은 동정하고, 조금은 경멸하고…… 그런 마음을 웃기는 얘기로도 내뱉지 않게 되면…… 그땐 정말 끝이 나는 거지."

이마치는 청춘스타의 입지에서 서서히 내리막을 걷던 시기에 남편을 만났다. 젊고 아름다운 여자 배우들이 빗방울처럼 쏟아지는 영화판에서 이십대 후반은 마의 구간이라 불렸다. 세포의 탱글탱글함이 사라지는 시기. 중성적인 그녀의 이미지를 모방, 재해석한 후배들이 속속 나타나면서 이마치는 연이어 오디션에서 떨어졌다. 어렵게 배역을 따낸 뒤 크랭크인 직전 신인에게 역할을 빼앗기는 일도 있었다. 이마치는 깊은 슬럼프에 빠졌다. 당시 그녀는 모 방송국 사장과 연애중이었다. 그녀를 장난감처럼 다루는 사람이었다. 처음에는 그런 점에

끌렸지만 얼마 안 되어 몸도 마음도 지쳐버렸다. 그녀는 그 모든 소란에서 벗어나고 싶었다. 연기를 그만두고 카페나 소품숍 같은 것을 하고 싶다고 생각했다. 어느 날 그녀의 헤어 디자이너가 자기 사촌오빠를 한번 만나보겠느냐고 슬쩍 물었다. 법대를 졸업하고 은행에 다닌다는 남자, 사진으로도 지루하기 짝이 없어 보이던 그 남자를 그녀가 덥석 만나겠다고 한 것은 당시 일이 없어 심심했고, 그러한 고요가 너무나 불안했기 때문이었다.

남자는 약속 장소에 아이보리색 스웨터를 입고 나타났다. 내부의 비닐도 뜯지 않은 신형 중형차를 몰고 와서 드라이브 내내 비제의 오페라 곡을 틀었다. 이마치는 그가 우스웠다. 하지만 그다음주에도 딱히 할일이 없어서 한번 더 그를 만났다. 두번째 만남 장소에서 그는 그녀가 온 줄 모르고 뒤돌아서 있었다. 부자연스럽게 반짝거리는 차 옆에 서서 그녀를 기다리는 젊은 남자의 뒷모습. 이마치는 그 모습을 잠시 바라보다가 그의 이름을 불렀다.

에르메스 스카프는 그날 선물 받은 것이다. 그가 이마치의 목에 키스 마크를 남긴 날이었다. 그는 큰 잘못이라도 저지른 사람처럼 어쩔 줄 몰라하더니, 그녀의 손을 잡고 양품점에 가서 스카프를 사주었다. 그리고 세번째 만남에 청혼했다. 그때까지 이마치는 수많은 남자를 만났고, 컬렉션이라고 해도 무방할 만큼 각양각색의 인격을 경험했지만, 그녀에게 남은 인생을 함께하고 싶다고 말한 사람은 그가 유일했다. 다시 말해 이마치가 결혼한 이유는 청혼을 받았기 때문이었다. 그는 적어도 자신의 마음에 정직했고, 쇼 비즈니스 바닥에서 지칠 대로 지친 이마치에게 그것은 매우 신선한 미덕이었다. 그들은 그로부터 육 개월 뒤에 결혼했다.

신혼 첫해 그녀는 어느 때보다 행복했다. 고질병인 불면이 사라졌고, 끼니를 제대로 챙겨 먹으면서 혈색이 달라졌다. 집에서 기다려주는 사람이 있는 것, 밤마다 홀로 잠들지 않는 것, 매일 누군가와 같이 밥 먹는 것이 어떤 일인지 알게 되었다. 그녀의 남편은 어느 직장이든 길게 붙어 있지 못했다. 고지식하고 융통성이 없는 사람이라 조직생활이 맞지 않았다. 퇴사와 재입사가 반복되었지만 그래도 괜찮았다. 새댁의 이미지를 입은 이마치에게 다시 일감이 밀려들었기 때문이었다. 결혼으로 그녀의 슬럼프는 끝났다.

남편은 밤낮이 따로 없는 그녀의 일을 이해했지만, 아이만은 빨리 가지고 싶다고 말했다. 이마치는 아이에 대해서 특별히 생각해본 적이 없었다. 좋거나 싫은 게 아니라 아예 머릿속에 없었다. 하지만 남편은 달랐다. 그는 누군가의 아버지가 되기 위해 태어난 사람이었다. 그의 자상함, 천진함, 유약함은 아이들을 위한 것이었다. 길에서 어린애들을 보면 자기도 모르게 표정이 풀어지곤 했다. 그럴수록 그녀는 초조해졌다. 그녀가 줄 수 없는 것 때문에 그가 자신을 떠날까봐, 그가 모르는 자신의 본성, 불모의 실체가 드러날까봐 두려웠다.

이마치는 순순히 남편이 시키는 대로 배란일을 계산하고, 관계 후에는 두 발을 벽에 올리고 잤다. 그러면서도 마음속으로는 그 모든 걸 비웃었다. 그녀는 자신이 부모가 되기에 어울리지 않는다는 걸 알고 있었다. 언니가 죽었을 때 반, 그리고 어머니가 돌아온 뒤 나머지 반, 그녀의 마음은 돌처럼 굳어버렸다. 집을 나온 뒤에는 여러 남자를 만났고, 두 차례 임신중절의 경험도 있었다. 그때 헐값으로 치른 수술들이 자신을 영구적인 불능의 몸으로 만들었을 거라고, 혹시 임신이 된다고 해도 제대로 유지되지 않을 거라는 이상한 믿음을 가지고 살았다. 하지만 예상외로 다음해 그녀는 임신했고, 건강한 딸을 낳았다. 밥벌이하는 나이가 된 이후 집에 들어앉은 건 그때가 처음이었다.

출산 직후 그녀는 원인을 알 수 없는 실명으로 패닉에 빠졌다. 시력은 곧 돌아왔지만, 출산한 지 일주일 만에 보는 딸의 얼굴이 너무나 낯설었다. 이렇게까지 자기 아이가 타인처럼 느껴질 수도 있을까? 그녀는 아이와 서로 빤히 바라보았다. 무슨 말을 해야 할지, 어떻게 시간을 보내야 할지 알 수 없었다. 그녀도 엄마들이 말하는 방법, 혀 짧은 소리를 내고 귀여워 못

견디겠다는 얼굴로 함박웃음 짓는 방식은 알고 있었다. 그걸 누구보다 그럴싸하게 흉내낼 수도 있었다. 하지만 그런 자신이 견딜 수 없이 어색하게 느껴졌다.

구원은 뜻밖에도 남편에게서 왔다. 마지막 직장에 사직서를 낸 후 그는 당분간 일을 쉬고 싶다고 말했다. 이마치는 실질적인 가장이 되면서 자연스레 양육에서 완전히 물러났다. 대신 남편이 집에 들어앉았다. 그는 도시락을 싸서 종종 딸과 함께 촬영장에 놀러오기도 했다. 딸이 '엄마'라고 부르는 소리는 아무리 시간이 지나도 익숙해지지 않았지만, 남편과 같이 아이를 가운데 두고 걸을 때면 그럭저럭 스스로의 모습이 만족스러웠다. 마침내 정상적인 삶에 돌입했다는 허영심으로 가슴이 부풀어올랐다. 바로 그 허영심이 그녀를 무디고 무르게 만들었다. 이마치는 또다시 임신했다. 여장부, 고학력의 전문직 여성, 젊고 유능한 새엄마…… 전과는 결이 다른 역할이 밀려들 때였다. 몸이 둘로 쪼개져 각각 일터로 갔으면 좋겠다는 섬뜩한 농담을 종종 했는데, 실제로 그녀의 몸에서 그런 일이 벌어지고 있었다. 아이는 하나면 된다고 합의했던 남편이 피임수술을 했다고 거짓말한 탓이었다. 이마치는 임신 사실을 너무 늦게 확인했다. 놀라울 정도로 입덧도 없고 태동도 없었다. 아무런 소요 없이, 아이는 뱃속에서 크기를 키웠다. 임신 소식에 기쁨을 감추지 못하는 남편을 이마치는 무감각하게 바라보았다. 그녀는 잠깐 소파수술을 생각했지만, 결국 실행에 옮기지는 못했다. 남편은 입버릇처럼 낙태가 역겹다고 말했고, 그런 짓을 하는 여자들은 살인자나 다름없다고 말했기 때문이다. 그녀는 그렇게 주저앉았다. 그녀만큼이나 이름을 알린 여자, 흥행 보증수표라는 별명을 가졌던 여자, 가족 모두가 쓰고 넘치게 돈을 벌어들였던 여자가 남편에게 비난받을까봐 두려워 원치 않는 임신과 출산을 감당하기로 한 것이다.

두번째 임신은 모든 면에서 첫번째와 달랐다. 임신 후기부터 조금만 무리해도 피가 비쳤고, 이명과 어지럼증으로 제대로 서 있기도 힘들었다. 스스로의 몸을 감당할 수 없는 느낌이었다. 얼굴과 손발이 알아볼 수 없을 정도로 붓기 시작하면서 일찌감치 출산 휴가에 들어가야 했다. 이마치는 어렵사리 차지한 스릴러 영화의 주연 자리를 포기해야 했다. 그녀에게 그 자리를 줬던 감독은 한심하다는 듯 혀를 찼다. 이마치는 마지막 한 달간 침대에 누워만 있다가 아이를 낳았다. 남편은 그녀의 젖은 머리카락에 입을 맞추며 아들을 낳아줘서 고맙다고 말했다. 그때 그녀는 무슨 생각을 했던가? 그 남자가 처음으로 그녀에게 고맙다는 말을 했다는 것, 그간 그녀가 가정의 경제를 지탱해온 일, 홀로 곤욕을 치르며 돈을 벌어들인 일에 대해서는 아무 감사가 없었으면서 이제 와 자신이 가장인 척 그녀를 치하한다는 것이었다. 그전에는 한 번도 유심히 보지 않았던 것들, 그의 새 구두와 카메라와 테니스 라켓에 눈이 갔다. 전부 그녀의 돈으로 사들인 것이었다. 한량처럼 책이나 들여다보고 여유만만 취미생활을 즐기는 그 남자가 경멸스러웠다. 그러자 모든 게 빛이 바래기 시작했다.

"남편과 왜 헤어지지 않았어요?"

계단을 오르며 노아가 이마치에게 물었다.

"사랑도 농담도 진작 끝났잖아요."

"그랬지. 그래서 헤어지려고 했어. 그런데 아이가 사라졌지. 그후로는 모든 게 엉망진창이 됐어. 이혼이고 뭐고 생각할 정신이 없었지."

"그건 핑계죠."

이마치는 놀란 얼굴로 노아를 바라보았다.

"맞아. 그럴지도."

그녀는 천천히 고개를 끄덕였다.

"그와 나는 공범이었지. 서로의 존재를 고발했는지 모호한 공범 말이야. 그런 관계에서는 한쪽이 죽는 것밖에 자유로워질 길이 없어. 그 사람이 죽고 한참이 지난 뒤에야 어쩌면 내가 그 사람을 죽였는지도 모른다고 생각했어."

"그건 사실이 아니에요. 그는 가족력 있는 암에 걸렸어요."

노아는 그 일을 모두 지켜본 사람처럼 말했다.

126

"내가 그 사람이었다면 당신에게 고마워했을 거예요. 허울 뿐인 가족이라고 해도, 여기저기 다 해진 지붕이라고 해도, 하늘 아래 아무것도 없이 서 있는 것보다는 나아요. 특히 죽음 앞에서는요."

"죽음이 어떤 건지 알아?"

이마치는 영원히 젊은 그 청년을 놀리듯 물었다.

"알죠. 그건 고장난 엘리베이터 같은 거예요. 깊은 어둠 속을 한없이 하강하다가 마침내 쾅, 부서져버리는 거요."

머릿속에 떠오른 강렬한 이미지에 사로잡혀 이마치는 한동안 말없이 계단을 올랐다.

응답 없는 집들을 거쳐 41층 무렵까지 올라왔을 때 갑자기 누군가 우다다 발소리를 내며 위에서 내려왔다. 이마치는 그애가 전날 마주쳤던 43층에 사는 딸, 준영인 것을 알아차렸다. 아이의 눈에 눈물이 그렁그렁했다. 이마치는 자신도 모르게 손을 뻗어 그애를 잡았다.

"얘, 괜찮니?"

준영은 우뚝 멈춰 서서 이마치를 바라보았다.

"왜 그래? 무슨 일이야?"

그애는 그녀의 손을 잡아떼고, 그 자리에 주저앉아 울기 시작했다. 노아가 무슨 참견이냐는 듯 눈치를 줬지만 이마치는

못 본 척 딸애 옆에 계속 서 있었다. 어린 딸은 돌연 울음을 그
치고 그녀를 올려다보았다.

"60층 할머니 맞죠?"

그애가 자신을 할머니라고 부르는 소리에 이마치는 흠칫 놀
랐다.

"그래. 맞아."

"폭로할 게 있어요. 저희 엄마가 누군지 아시죠? 우리가 겪
은 일을 전부 다 아시겠죠? 실종사건 말이에요. 그걸 모르는
사람은 없으니까요. 이 동네에선 길가의 개들도 날 알아봐요."

"난 네가 누군지 모르는데."

멀찌감치서 지켜보던 노아가 말했다. 준영은 노아를 향해
홱 고개를 돌렸다.

"아저씬 누구예요?"

"내 아들이야."

즉흥연기에서 합을 맞추듯, 이마치는 노아를 향해 눈을 깜
빡해 보였다. 준영은 맹렬한 눈빛으로 그들을 번갈아 보더니
아무래도 상관없다는 듯 말을 이었다.

"저희 엄마는 애인이 따로 있어요. 불륜 관계죠. 아빠도 마
찬가지예요. 서로 묵인하며 사는 거예요. 그러면서 자기들에
게 나를 쥐락펴락할 권리가 있다고 생각해요."

아이는 증오심에 이를 갈듯 말했다.

"수학여행은 가고 싶지 않다고 분명히 말했는데, 신청서에 사인을 하더니 절 마음대로 보내려고 해요. 내가 학교에 가지 않고 집에 있으면 불안하다나요? 일주일 내내 어디서 뭘 하는지 모르는 날이 더 많으면서, 우습잖아요? 갑자기 왜 어깃장인가 했더니 엊그제 애인과 헤어진 거였어요."

준영은 코웃음을 쳤다.

"저는 그 아저씨를 잘 알아요. 어릴 때부터 봤으니까요. 엄마한테 질질 끌려다니는 게 참 불쌍하다고 생각했어요. 그런데 갑자기 모든 걸 각성했는지, 미국으로 떠난대요. 한마디로 차인 거죠. 그래서 저한테 화풀이를 하는 거예요."

"어른들 일을 네가 어떻게 다 알아?"

이마치가 물었다.

"왜 몰라요? 전 태어나면서부터 그 여자를 봤어요. 이 아저씨도 할머니가 숨기는 걸 다 알걸요? 안 그래요?"

노아는 무표정한 얼굴로 이마치를 바라보았다.

"전 항상 혼자예요. 아무도 저를 끼워주지 않는다고요. 학교에서 하루 여섯 시간이야 그럭저럭 견딘다고 해도, 수학여행까지 가서 온종일 그 꼴을 당할 수는 없어요. 그건 고문이라고요."

"엄마에게 직접 이야기해보지 그러니."

이마치는 아이를 달래듯 말했다.

"네가 고통받는다는 걸 알면 달리 생각하실 거야. 대체 너한 테 왜 화풀이를 하겠니? 잠깐 봐도 널 엄청 사랑하시는 것 같 던데."

"엄마는 다른 사람 앞에선 진짜 얼굴을 안 보여주니까요. 하 지만 난 알아요. 아무도 없을 때 드러나는 엄마의 진짜 얼굴을 안다고요. 그래서 날 미워하는 거예요. 내가 모든 걸 다 봤기 때문에."

"네가 뭘 봤는데?"

이마치는 속삭이듯 작은 소리로 물었다. 아이는 일렁이는 눈빛으로 그녀를 바라보았다. 그리고 다음 순간 자리를 박차 고 일어나 계단 아래로 달려가버렸다.

"저애가 어디로 가는 걸까."

이마치는 노아에게 물었다.

"어디로도 못 가요. 건물의 문이 잠긴 거 봤잖아요."

"안됐네. 영원히 집을 떠나지 못한다니."

이마치는 아이가 앉았던 자리에 털썩 주저앉았다.

"저렇게 걸핏하면 화를 내고 못되게 굴더니, 제 아버지가 죽 고 난 뒤에는 힘이 다 빠져서 고분고분해지더라고. 그때가 스 무 살이었는데, 하루아침에 딴사람이 된 것 같았어. 그앤 집에 서 아주 멀리 있는 대학으로 갔어. 그리고 다시는 돌아오지 않 았지."

"그렇게 어른이 되는 거죠."

"내가 자길 미워한다고 생각하다니…… 어른이든 아이든 부모를 미워하는 건 괜찮아. 아니, 당연한 거지. 하지만 부모가 자신을 미워한다고 생각하는 건, 그건 좀 다른 문제야. 그러면 사람이 병들거든."

"딸을 미워했어요?"

"자식을 미워하는 부모는 없어. 상상력 부족의 문제일 뿐이지."

"상상력이요?"

"누구나 자기가 아는 세상 안에서만 살아가니까…… 내가 아는 것, 내가 본 것, 내가 받은 것을 줄 수밖에 없는 거야. 자식에게 그 이상의 것을 주고 싶어도 그게 뭔지 몰라. 아니, 상상도 할 수가 없지. 내 손에 있는 것 말고는 줄 게 없어."

"하지만 이마치씨는 배우였잖아요?"

"배우의 상상력은 가짜 삶에 국한되지. 사람들에게 패턴화된 삶을 보여주는 거야. 하지만 진짜 삶에 패턴 같은 건 없잖아."

이마치는 자신의 텅 빈 두 손을 내려다보았다.

"다른 사람들은 어떻게 아이를 키우는지, 나는 늘 그게 궁금했어. 영화처럼 볼 수 있다면 좋았을 텐데. 타인의 삶 전부를 말이야."

이마치는 비틀거리며 계단을 올랐다. 노아가 다가와 팔을 잡으라고 했지만, 점잖게 거절했다. 이제 혼자서도 걷기가 어렵지 않았다. 말없이 계단을 오르고, 벨을 누르고, 기다리고, 또다시 계단을 오르고, 벨을 누르고, 기다리면서 이마치는 생각했다. 딸애가 본 그녀의 얼굴에 대해서. 하지만 누구도 자신의 얼굴을 볼 수는 없다. 볼 수 있는 건 타인의 얼굴뿐이다.

아이들이 자라면서 이마치는 어쩔 수 없이 그애들의 얼굴에 비치는 자신의 과거와 마주하게 되었다. 그녀의 유년, 그곳에서는 아직 진물이 흘렀다. 악취가 진동했다. 그녀는 그 일을 다 잊었다고 생각했다. 하지만 그 일은 사라지지 않았다. 정말로 그 일은 그 자리에 그대로 있었다. 아이들이 그녀를 향해 환하게 웃을 때마다, 전속력으로 달려와 그녀에게 안길 때마다 의아했다. 이애들은 어쩌면 이토록 천진하단 말인가. 어떻게 이토록 떳떳하단 말인가. 이마치는 그애들을 공주와 왕자처럼 대해주고 싶다가도, 다음 순간 매섭게 뺨을 갈기고 싶었다. 근원을 알 수 없는 냉기가 그녀를 떨게 했다. 밤마다 그애들은 어둠 속에서 손을 더듬으며 그녀에게 들러붙었다. 하루에 단 한 번 주어지는 어머니의 몸에 탐욕스럽게 엉겨붙었다. 그녀는 잠결인 척 뒤척이며 어떻게든 팔을 빼냈다. 아이들의 향기를, 아이들의 체온을 견딜 수가 없었다. 사랑을 요구하면서, 포옹을 기대하면서 그녀를 휘감는 그 손길이 뱀처럼, 가시덩굴처럼 느껴졌다. 그녀는 아무것도 자신에게 닿지 못하도록 몸을 웅크리고 멀리 피했다. 그런 그녀를 가장 혐오했던 사람은 바로 그녀 자신이었다.

5. 노아

계단을 올라 60층까지 오면서 이마치와 노아는 한마디도 하지 않았다. 이마치는 몇 번이나 발을 헛디뎌 넘어질 뻔했지만 그때마다 재빨리 노아가 붙잡는 덕에 바로 설 수 있었다. 노아는 이제 그만 쉬는 게 좋겠다고 말했다.

집에 돌아온 뒤 이마치는 바로 침대에 누웠다. 모래자루를 매단 것처럼 몸이 무거웠지만 잠은 오지 않았다. 종일 건물을 오르내리며, 사라졌던 기억이 새살 돋듯 차오르는 것을 느꼈다. 생생한 감각이 고통스러울 정도였다. 한없이 가라앉는 기분으로 침대에 누워 있는데, 밖에서 문이 끼익거리는 소리가 들렸다. 그리고 깊은 저음의 중얼거림. 쿵, 쿵, 바닥이 울리는 소리.

이마치는 벌떡 일어나서 문을 열고 나갔다.

"지금 뭐 하는 거야?"

노아는 의자를 딛고 올라가 높은 찬장을 뒤지고 있었다.

"라면을 찾으려고요. 그걸 먹으면 힘이 나실 거 같아서……
어제도 그랬잖아요."

"그만 내려와. 내가 해줄게."

노아는 얌전히 식탁 앞에 앉아 기다렸다. 이마치는 라면을
끓였고, 그들은 전날처럼 마주앉아 땀을 뻘뻘 흘리며 라면을
먹었다. 노아는 정말 먹성이 좋았다. 오래 굶은 사람처럼, 조
난에서 구조된 사람처럼 허겁지겁 먹기 바빴다.

"노아라는 이름은 누가 지었지?"

이마치는 문득 궁금하다는 듯 물었다.

"저 스스로요. 당신의 기억을 잘 살펴본 뒤, 그중 하나를 골
랐어요."

"노아?"

이마치는 고개를 갸웃했다. 그녀가 아는 유일한 노아는 극장
에서 본 영화의 주인공이었다. 엄청난 비와 커다란 배, 수많은
동물이 스크린에서 줄줄이 쏟아지는 것 같던 그녀의 첫 영화.

"그 영화, 큰비가 내려서 인류가 몰살되는 일종의 재난 영화
였지. 노아와 그의 가족, 각기 한 쌍의 동물들만 배에 타서 살
아남아. 그 영화를 보고 있는 관객들도 살아남지. 카메라 무빙

때문에 극장 안이 배처럼 느껴지거든."

거대한 배가 물위에서 떠오르는 순간, 이마치는 속이 울렁거려 하마터면 토할 뻔했다. 정말로 뱃멀미를 하는 기분이었다. 노아 역할을 맡은 남자 배우의 파란 눈은 어린 이마치의 마음까지 두근거리게 만들었다. 이 땅에는 아무 희망이 없다고 말하던 우울한 얼굴의 남자. 하얀 거적때기 같은 걸 두르고 있는데도 그에게서만 광채가 나는 것 같았다. 나중에야 그게 단순한 조명 효과라는 것을 알았다.

"자기 이름을 스스로 짓다니, 대단한데."

이마치는 싱긋 웃으며 노아를 바라보았다.

"내 이름은 아버지가 지어줬어. 데뷔할 때 다들 이름을 바꾸라고 성화였는데, 내가 끝내 우겨서 지켰지. 내 인생에 아버지가 있었다는 흔적은 그것뿐이니까."

"딸과 아들의 이름은 누가 지었죠?"

"딸애 이름은 언니 이름을 따서 내가 지었어. 아들을 낳았을 때는 남편이 직접 짓겠다고 하더니 작명소에서 정민이란 이름을 받아오더군."

이마치는 인상을 찌푸렸다.

"난 그 이름이 마음에 안 들었어. 아이랑 어울리지 않는다고 생각했거든. 다른 이름으로 바꾸고 싶었지만, 남편이 용인하지 않더라구. 싸우고 싶지 않아서 단념했지. 나 혼자만 한동안

다른 이름으로 그애를 불렀던 거 같아. 그 이름이…… 기억이
안 나네. 그애를 보자마자 떠오른 이름이 있었는데."

비교적 수월했던 첫 출산에 비해 둘째는 난산이었다. 힘을
못 쓰고 비명을 내지르는 그녀에게 둘째 엄마가 맞느냐며 의
사가 연신 핀잔을 줬다. 뭐라 대꾸할 기력도 없이 진통에 시달
렸으나 아기는 꿈쩍하지 않았다. 아무도 그녀를 도울 수 없었
다. 꼬박 이틀간 그녀는 몸이 수 갈래로 찢어지는 것을 생생하
게 체감했다. 차라리 죽는 게 낫다고 생각했을 때, 아기가 빠
져나왔다. 그녀는 온몸의 신경을 울리는 고통과 쾌감을 동시
에 느꼈다. 의사는 덜덜 떨고 있는 그녀의 팔에 아기를 안겨주
었다. 그애의 몸은 따끈한 크림 같았다. 이대로 서로의 피부가
달라붙어 한몸이 된다고 해도 믿어질 만큼 강렬한 체험이었
다. 아기의 냄새, 바람과 소금과 신선한 날것의 냄새가 그녀를
감쌌다. 그애는 작고 잘생긴 아기였다. 밤톨 같은 얼굴에 오뚝
한 코와 눈썹이 감탄스럽게 예뻤다. 이마치는 처음 그애를 보
자마자 언니를 떠올렸다. 놀랍도록 언니를 닮은 아기. 그 아기
를 언니에게 보여주고 싶었다. 자랑하고 싶었다.

자신에게 기회가 있었다면 바로 그 순간이었을 거라고 이마
치는 종종 생각했다. 과거에서 벗어날 기회, 완전히 새로워질
기회. 그때 분명히 그녀 앞에 문이 열렸었다. 하지만 그녀는
못 빠져나갔고, 문은 금세 닫혀버렸다. 간호사들은 서둘러 아

기를 데려갔다. 이마치의 몸은 차갑게 식었다. 그녀의 마음을
가득 채웠던 환희는 어안이 벙벙할 만큼 순식간에 경멸로 바
뀌었다.

정민은 예민한 아기였다. 침대에 등을 대고 누워 있지를 않
았다. 울음소리는 얼마나 크고, 또 바둥거리는 힘은 얼마나 센
지, 아이를 잠시만 안고 있어도 녹초가 될 지경이었다. 젖병
거부로 아이에게 황달이 와서 이마치는 어쩔 수 없이 모유 수
유를 시작했다. 타고나기를 젖이 말랐다는 가슴에 유선을 뚫
는 마사지를 받았고, 이틀을 꼬박 고열로 앓았다. 그러거나 말
거나 아이는 온 힘을 다해 젖을 빨았다. 이마치는 그때마다 몸
에서 피가 빠져나가는 느낌이었다. 목이 마르고 입술이 부르
트더니, 발뒤꿈치가 갈라지기 시작했다. 그애는 밤새 그녀에
게 들러붙어 있었다. 피하듯 몸을 물려도 필사적으로 젖을 찾
아 얼굴을 들이밀었다. 이마치는 하늘로 두 손을 들어올렸다.
아이를 밀치지 않기 위해서, 자신의 뺨을 때리지 않기 위해서,
둘 중 누군가의 목을 조르지 않기 위해서.

이마치는 도망치듯 일터로 떠났다. 출산한 지 한 달도 안 된
몸으로 한여름에 폭염의 촬영장에서 온종일 버텼다. 다들 그
녀더러 지독하다고, 작품에 대한 열정이 대단하다고, 천생 배
우라고 했다. 하지만 그녀는 그저 도망칠 곳이 필요했을 뿐이
었다. 집에서 종일 들리는 아이 울음소리도, 등뒤에서 어른거

리는 남편의 존재도 숨이 막혔다. 그나마 촬영장에서는 모든 것을 잊을 수 있었다. 집에 있는 아이들 생각은 종일토록 나지 않았다. 해가 기울면 마음이 울적해졌다. 퇴근길엔 늘 발을 질질 끌듯 걸었다.

"이 집에 유령이 있다는 거 알아?"

이마치는 노아에게 라면을 더 덜어주면서 말했다.

"아까 나는 그가 온 줄 알았어. 찬장에서 달그락거리는 소리가 나길래."

"유령이요?"

"그래. 이사온 뒤로 매일 아주 시끄러웠지. 견딜 수가 없을 정도로. 그래서 병원에 다녔던 거야."

"그가 지금도 여기 있나요?"

그가 속삭이듯 물었다.

"아니, 지금은 없어."

"보이지도 않을 텐데 어떻게 알아요?"

"그게 올 때마다 물냄새가 나거든. 민물 말고 바닷물 냄새."

"바다에서 죽은 유령인가보죠?"

"모르겠어. 유령의 사연은 들어본 적이 없으니."

이마치는 입안 가득 면을 빨아들이는 노아를 잠시 바라보았다.

"내가 돌아간 뒤에도 이집 저집 먹을 걸 구하러 다닐 것 같은데."

그는 볼이 불룩해진 얼굴로 웃었다.

"설마요. 전 그냥 지금 이 순간을 최대한 즐길 뿐이에요."

이마치는 식탁의 노란색 불빛 아래 빛나는 노아의 얼굴을 찬찬히 바라보았다. 그는 점점 더 먹보가 되어가는 것 같았다. 방송국에서 까마득한 후배로 만났더라면, 맛있는 것을 정말 많이 사줬을 텐데. 듣기 좋은 목소리에 키도 헌칠하고 얼굴선이 남자다워서 배우를 하기에 좋았을 것이다. 그의 등뒤는 하얀 벽이었다. 무대 위의 그를 상상하다가 이마치는 문득 이상한 점을 발견했다.

"여긴 그림자가 없네."

노아가 뒤돌아 벽을 보았다. 바로 그 순간, 벽에 그림자가 돋아났다. 얼룩 한 점 없는 하얀 벽에 검은 실루엣이 그려지는 것을 그들은 동시에 목격했다.

"이래도 내가 잘못 봤다고 할 거야?"

이마치는 조용히 물었다.

"이건 무슨 평행우주 같은 건가? 아니면 내가 정말 신이라도 돼서 말씀으로 이곳을 짓고 허물 수 있는 거야?"

노아는 선뜻 대답하지 못하고 머뭇거렸다. 그러다 마침내 입을 열었다.

"시스템이 재정비되는 거예요. 당신이 정보를 주면, 건물이

판단하고 받아들이죠. 일종의 업데이트예요."

"업데이트? 건물의 조건이 바뀐다는 건가?"

그는 천천히 고개를 끄덕였다.

"이 건물은 끊임없이 학습해요. 살아 있는 생물처럼, 당신이 새로운 정보를 습득하거나 알아차리면 그걸 반영해서 다시 구성되죠."

"그래서 갑자기 밤이 되고, 장미가 나타난 거야."

이마치는 중얼거렸다.

"왜 거짓말을 한 거지?"

이마치는 이해할 수 없다는 얼굴로 노아를 보았다.

"첫날 나한테 분명히 그랬잖아. 이곳에서 내 말대로 뭔가 달라지는 그런 일은 있을 수 없다고."

노아는 묵묵부답이었다.

"사실을 알면 내가 이곳을 망쳐버릴까봐?"

그는 고개를 가로저었다.

"그 반대예요. 오히려 이곳을 더 완벽하게 만들까봐, 그게 문제죠."

"완벽이라니, 집집마다 문이 닫힌 걸 보고서 하는 말이야?"

이마치는 냉랭한 목소리로 말했다.

"내 기억은 남극의 얼음처럼 사라지고 있어. 간신히 남은 몇 조각 얼음 위에 깨금발로 서 있지. 그마저도 서서히 가라앉는 중이고."

"알고 있어요."

노아는 담담하게 말했다.

"때가 되면 이 건물은 물속으로 완전히 가라앉을 거예요. 당신이 개입할수록 때가 늦춰지겠죠. 난 기억이 보완되고 연장되는 걸 당신이 원하지 않을 거라고 생각했어요."

그는 머뭇거리며 말을 이었다.

"이 건물은 어딜 가도 고통뿐이잖아요. 사라진다면 그것으로 고통의 종말이죠."

이마치는 기가 막혀 웃었다.

"고통의 종말이라니. 대체 네가 고통에 대해 뭘 알지? 넌 인간이 아니고, 가진 것을 잃어본 적도 없잖아."

노아는 미동도 하지 않았다. 이마치는 속사포처럼 말을 이었다.

"내가 원하는 건 집으로 돌아가는 거야. 멀쩡한 정신으로 모든 걸 기억하는 거야. 그애가 집에 왔을 때 내가 한눈에 알아볼 수 있게."

이마치의 목소리가 파르르 떨렸다. 나중에야 그녀는 자신의 감정이 분노가 아닌 부끄러움이란 것을 알았다. 자신의 인생은 화려한 겉모습과 다르게 실상 초라하기 짝이 없다는 것, 그 비루한 일상을 자신이 아닌 다른 누군가가 구석구석 꿰뚫어보고 있었다는 것이 견딜 수 없이 부끄러웠다.

이마치는 집을 나왔다. 나오고 나서야 갈 곳이 없다는 것을 깨달았다. 그녀는 집 앞 계단에 주저앉았고, 어쩌면 노아가 쫓아 나올지도 모른다고 생각했다. 하지만 그는 집안에서 꼼짝하지 않았다. 이마치는 몸을 웅크리고 무릎에 얼굴을 묻었다. 그 상태 그대로 한참 동안 머물렀다. 눈을 감았지만, 정신은 또렷했다. 시간이 얼마쯤 지났을까. 어디선가 웅성거리는 소리가 들렸다. 여러 명의 사람이 소곤거리는 소리, 바쁘게 움직이는 발소리, 바퀴가 레일 위를 굴러가는 소리. 이마치는 가만히 고개를 들었다. 옥상 쪽에서 들리는 소리였다. 그녀는 벽을 더듬으며 일어나 계단을 올라갔다. 철문을 밀자 귀에 거슬리는 끼익 소리가 들렸다. 조명과 반사판, 카메라 지미집이 눈에 들어왔다. 그곳은 촬영장이었다. 이마치에게 집과 같았던 곳. 한평생을 보낸 곳. 사람은 한 명도 보이지 않았다. 카메라가 뱅글뱅글 돌고 있는 가운데, 조명이 비추는 바로 그곳에 통로가 열려 있었다. 삼차원의 입체감을 가진 통로였다. 입구에는 문이 있었고, 그 문은 진작 아파트 현관에서 보았던 유리문과 똑같았다.

이마치는 두 가지 사실에 놀랐다. 하나는 노아의 말이 사실이었다는 것, 또하나는 자신이 그 말을 믿지 않았다는 것이었다. 통로가 있다는 말 따위 그녀는 믿지 않았다. 하지만 사실이었다. 환한 빛으로 감싸인 통로. 이마치는 그것을 가만히 바라보았다. 자신이 왜 망설이는지 이해가 되지 않았다. 이윽고 그녀는 그곳으로 발을 내디뎠다. 문을 열자 노란 빛이 쏟아졌다.

6. 축복의 테라스

"눈떴어요!"

다급한 외침이 들렸다. 이마치는 눈을 깜빡거렸다. 시야가 캄캄했다. 누군가 그녀의 고글을 벗겨주었다. 그녀는 커다란 리클라이너 안락의자에 기대앉아 있었다. 대여섯 명 되는 사람이 그녀를 둘러싸고 있었다. 하얀 가운을 입은 젊은 여자와 간호사 무리. 모두 낯선 사람들이었다.

"이제 정신이 드세요?"

이마치와 가장 가까이 서 있던 여자가 부드러운 목소리로 말했다. 단발머리의 젊은 의사였다. 이마치가 떨리는 손을 들어올리자 의사가 그 손을 마주잡았다. 차갑고 메마른 손이었다. 이마치가 몸서리를 치면서 팔과 다리, 머리에 연결된 온갖

선이 함께 흔들렸다. 이마치는 채집된 곤충처럼 의자에 묶여 있었다. 의사는 이마치를 진정시키고 간호사들을 시켜 그녀에게 붙은 장치를 떼어줬다.

"갑자기 프로그램을 종료해서 몸이 적응하는 데 시간이 좀 걸릴 거예요."

"너무 어지러워요."

이마치는 낮게 가라앉은 목소리로 중얼거렸다. 머릿속이 수백 개의 풍선으로 가득찬 것 같았다. 시시각각 머릿속이 부풀어오르는 느낌이었다. 이물감과 붕 뜨는 느낌으로 속이 메스꺼웠다.

"사이버 멀미 때문이에요. 곧 나아질 테니 걱정 마세요."

"노아는 어디 있죠?"

이마치의 물음에 일순 정적이 흘렀다. 의사는 자세를 낮추고 이마치를 똑바로 바라보았다.

"선생님, 제 말 잘 듣고 질문에 답해주세요. 이름과 연세가 어떻게 되시죠?"

"예순 살, 이마치예요."

이마치는 깔깔한 목소리로 말했다.

"여기가 어딘지 아시겠어요?"

이마치는 천천히 고개를 가로저었다.

"선생님은 지금 병원의 VR 진료실에 계세요. 치료를 받던

중에 알 수 없는 이유로 깨어나셨고요. 노아는 가상현실에 등
장하는 인물이에요. 제 말 이해하실 수 있나요?"

이마치는 안락의자 옆 협탁에 있는 노란 튤립을 바라보았
다. 숨막히는 침묵 속에서 모두 그녀만 바라보고 있었다.

"선생님?"

"시간을 좀 주세요."

그녀는 힘없이 말했다.

"이해할 수 있어요. 이해하는 중이에요."

천천히 꿈에서 깨는 기분이었다. 꿈을 꾸는 도중에는 그것
이 꿈이라는 걸 모른다. 깨고서야 비로소 이해한다. 그 말도
안 되는 상황이 전부 가짜였다는 것, 허무맹랑한 이야기라는
것. 하지만 꿈이라는 걸 알고 난 뒤에도 마음은 여전히 그에
사로잡혀 있다. 긴 앞머리가 눈을 덮은 청년. 그의 잔영이 아
직도 눈꺼풀에 남아 있었다. 머리가 깨질 듯 아팠다. 이마치는
의사를 향해 도움을 청하듯 말했다.

"제제 선생님은요? 내 주치의요."

"선생님은 개인 사정으로 일주일간 휴진이에요. 그래서 제
가 대신 진료를 맡았고요. 일단 병실로 이동해 좀 쉬세요. 회
복되는 대로 후속 치료를 하도록 하죠."

이마치는 간호사를 따라 긴 복도를 걸어갔다. 그녀가 짐작
하던 것보다 병원의 규모는 훨씬 더 컸다. 다섯 평쯤 되는 개

인 병실은 반짝거릴 정도로 깨끗했고, 언제든 간호사를 부를 수 있는 버튼이 벽마다 있었지만 온도 조절 버튼은 없었다. 이마치는 한기에 몸을 떨었다. 그녀는 언제 입었는지 모를 환자복 차림이었다. 간호사가 벽장문을 열고 카디건을 꺼내줬다. 그녀의 것이 분명한 버버리 카디건이었다.

"내가 전에 이 방에 온 적이 있나요?"

"그럼요. 이틀 전에 입원하셨어요."

간호사는 온화한 얼굴로 말했지만, 이마치는 아무것도 기억나지 않았다. VR 치료를 언제 시작했는지, 그 절차가 어떻게 되는지, 진료실의 리클라이너 의자에 앉은 기억조차 없었다. 잠시 후 간호사가 흰죽과 물을 쟁반에 담아 가지고 왔다. 시계를 보니 저녁 일곱시였다.

그날 밤 이마치는 늦게까지 잠을 이루지 못했다. 새벽에 간호사가 수면유도제를 놔주었고, 까무룩 잠든 후 깼을 때 병실에는 전날의 여자 의사가 와 있었다.

"몸은 좀 어떠세요?"

의사는 부드럽게 물었다.

"심박수며 혈압이며 이제 좀 안정이 된 것 같아요. 어제 치료중에 갑자기 깨어나서 놀라셨죠?"

"내가 언제 VR 치료를 시작했죠?"

이마치는 꽉 잠긴 목소리로 말했다.

"아무것도 기억나지 않는데요. 도대체 그게 뭐예요?"

"혼란스러우실 거예요. 제가 천천히 설명해드릴게요."

의사는 침대 옆으로 의자를 끌고 와서 앉았다.

"VR 치료는 알츠하이머 환자들을 대상으로 하는 가상현실 체험이에요. 선생님은 연도별로 생애의 기억이 저장되어 있는 가상의 건물에 들어가서 출구를 찾는, 일종의 사이버 게임을 하게 되죠."

"사이버 게임……"

"말하자면요. 고유한 시나리오가 있고, 목표를 달성해서 엔딩에 이르니까요."

"하지만 거기 나오는 사람들…… 전부 살아 있는 사람들이었어요."

"일일이 그린 삽화를 실사로 변환한 거예요. 기술팀에서 들으면 으쓱해하겠지만, 실사와 백 프로 같다고 보긴 어렵죠. 그렇게 받아들인 건 아마도 선생님의 취약한 인지기능과 마취제 영향일 거예요."

의사는 한껏 소리를 낮추고 말했다.

"가상현실에 접속한 이후 뇌피질에 전류를 흘려보내는데, 이때 적당량의 마취제를 쓰거든요. 이건 대외비예요."

의사는 살짝 미소 지었다.

"모든 캐릭터는 인공지능을 활용해서 환자 개인과 상호작용해요. 가뜩이나 심신이 미약한 환자들은 실제라고 믿기 쉽죠. 특히 노아는 실체가 없는 창작물이어서 그에 대해서만은 인공지능의 데이터 수집에 제한을 두지 않았어요. 살아 있는 사람과 대화하듯, 친밀감을 느낄 수 있도록요."

"다른 사람들의 VR에도 노아가 있나요?"

"물론이죠. 이름과 생김새, 기질은 제각각이지만요. 환자별로 맞춤 설정이 있달까요. 누구나 낯선 곳에서는 안내자가 필요한 법이니까요."

이마치는 의사의 말을 절반 정도밖에 이해할 수 없었다. 말들이 공중에 흩어져 사라지는 느낌이었다.

"치료가 제대로 마무리됐더라면 모든 걸 기억할 수 있으셨을 거예요. 어제 갑자기 깨어나신 이유가 뭔지는 병원에서도 찾으려고 애쓰는 중이에요. 자칫 위험할 뻔했거든요."

"내가 통로를 찾아서 깨어난 게 아닌가요?"

"아뇨, 누가 그런 말을 하던가요?"

"노아가 그랬어요. 통로를 찾으면 건물 밖으로 나갈 수 있다고."

의사의 얼굴이 미세하게 굳었다.

"통로를 찾으면 그 통로를 통해 다른 집으로, 자신이 원하는 집으로 넘어가게 되죠. 일종의 지름길 같은 거라 퀘스트를 빠르게 수행하는 데 도움을 줘요. 어제는 통로를 통과하기도 전에 마취가 풀려서 VR을 계속 진행할 수 없었을 뿐이에요. 노아가 왜 그런 말을 했는지 모르겠네요."

의사는 잠시 말을 멈추었다가 다시 이어갔다.

"아무튼 이제 안정이 되었으니 지체하지 않고 오후부터 치료를 재개할까 해요. 컨디션은 괜찮으시죠?"

"그냥 집에 가고 싶어요."

의사는 의아한 얼굴로 그녀를 바라보았다.

"어느 집이요?"

"내 집이요. 라파트멍 60층."

말을 하자마자 이마치는 뭔가 잘못된 것을 느꼈고, 머릿속이 멍해졌다. 의사는 자리에서 일어나 병실에 딸린 화장실에 들어갔다. 잠시 후 비품 중 하나인 빗을 가져왔다. 그 빗에는 '라파트멍'이라는 이름과 함께 ㄷ자를 구십 도 돌린 모양의 로고가 새겨져 있었다.

"라파트멍은 VR에 나온 건물의 이름이에요. 저희 병원의 입원실 병동 이름이기도 하고요."

이마치는 할말을 잃었다.

"지금 선생님 상태는 너무 불안정해요. 치료를 재개하지 않으면 상태가 점점 더 악화될 거예요. 차라리 여기서 좀더 쉬면서 체력을 회복하시는 게……"

"집으로 가겠어요."

이마치는 라파트멍의 로고를 내려다보며 단호하게 말했다.

"진짜 내 집은 어디죠?"

보호자 확인 없이는 퇴원 조치를 할 수 없다고 해서, 이마치는 딸 준영에게 전화를 걸었다. 전화를 받은 딸은 바로 병원에 오겠다고 했다.

"갓난아기를 데리고 어딜 오겠다는 거니? 혼자 퇴원할 수 있어. 사리 분별을 못하는 게 아니라 머릿속이 좀 엉켰을 뿐이야."

"병원에서는 치료 과정이 아직 덜 끝났다고 하던데요. 그러지 말고 거기 좀더 계시면 어때요?"

"여긴 너무 춥고 답답해. 하루도 더 못 견디겠어."

딸은 잠시 침묵하더니 조용히 한숨을 내쉬었다.

"그럼 할 수 없죠. 알겠어요."

딸애의 목소리는 평소와 좀 다르게 들렸다.

"너야말로 별일 없는 거지?"

"네, 아인이도 저도 잘 지내요. 별일 없어요."

"아인이가 누구니?"

아주 잠깐의 침묵 후 딸은 입을 열었다.

"제 딸이요. 이름을 지었다고 제가 말 안 했나요?"

"안 했어. 예쁜 이름이다."

딸은 의사를 바꾸어달라고 하더니 한참 통화를 했다. 통화가 끝난 후 의사는 딱딱한 목소리로 말했다.

"따님이 모든 책임을 진다고, 퇴원 조치해달라고 하네요."

이마치는 옷을 갈아입고 병원을 나왔다. 그녀의 진짜 집, 그곳의 주소는 알고 있던 것과 다름없었다. 전에 가족과 살던 아파트가 재건축되어 팔 년 만에 재입주했다는 사실도 같았다. 60층이 아닌 19층이라는 것, 그리고 아파트의 이름만 달랐다. 축복의 테라스. 이마치는 그 생소한 이름을 입속에서 되뇌어보았다.

병원 앞 택시 승강장에는 차들이 길게 늘어서 있었다. 뒷줄의 기사들은 차에서 내려 저들끼리 잡담을 나누고 있었다. 이마치는 그 속에서 아는 얼굴을 발견했다.

이마치는 차례를 기다려 그의 택시를 탔다. 그는 마치 지난 일은 잊은 사람처럼 슈퍼스타를 모시게 되어 영광이라고 웃어보였다.

"오늘은 잊지 않고 요금을 낼게요. 지난번에 밀린 것까지 전부 다요."

터프가이는 다소 놀란 듯 머뭇거리다 말했다.

"기억하고 계셨어요? 이자가 불어 꽤 거금을 내야 될 텐데요."

이마치가 아무 반응도 하지 않자, 그는 룸미러를 통해 그녀를 보고 웃으며 농담이라고 덧붙였다. 돈은 상관없이 그녀를 한 번이라도 더 에스코트할 수 있다면 좋을 거라고, 차를 탈 일이 있으면 언제든지 연락하라면서 명함을 건네주었다. 그의 이름은 고기석, 이마치는 그 이름이 터프가이에게 어울린다고 생각했다.

기석은 이마치를 '축복의 테라스' 아파트 동 입구에 내려주고 떠났다. 그 아파트는 애초에 그녀가 알고 있던 라파트명의 단지 구조와 똑같았다. 이마치는 현관에 서서 투명 유리문을 한참 바라보았다. 마침 건물에서 나오는 사람이 있었다. 둥글둥글한 인상의 중년 여자가 그녀를 보고 알은체를 했다.

"오랜만에 뵙네요. 몸은 좀 괜찮으세요?"

"……네, 덕분에요."

이마치는 가까스로 둘러댔다.

"지난번에 따님이 돌린 빵은 잘 먹었어요. 직접 만드셨다던데, 정말 맛있더라고요."

여자가 떠난 후 이마치는 얼떨떨한 얼굴로 돌아섰다. 딸이 만든 빵은 그녀도 먹어본 적 없었다. 그애가 언제 여기 와서 빵을 돌렸다는 말인지 알 수 없었다.

엘리베이터를 타고 19층에 도착한 이마치는 익히 아는 비밀번호를 누르고 집에 들어갔다. 거실을 찬찬히 훑어보고 부엌으로 들어가서 찬장을 열어보았다. 그 안에는 라면이 가득했다. 그 집의 모든 공간은 그녀가 아는 그대로였다. 마지막으로

154

아들 방에 들어가서 모든 것이 제자리에 있는 것을 확인한 이마치는 베란다 문을 열고 나갔다. 창문마다 촘촘한 창살로 막혀 있는 것이 의아했다. 창살 사이로 바쁘게 오가는 차와 사람들이 내려다보였다. 번화가 한가운데 위치한 아파트였다. 초목이라곤 아파트 단지 내의 수풀과 나무 몇 그루가 전부였다. 이마치는 그 자리에 한참 서 있다가 문득 미희를 떠올렸다. 전화를 걸었지만, 미희는 받지 않았다. 그녀는 한번 더 전화를 걸었다. 전화는 끝내 연결되지 않았다.

다음날 아침 이마치는 일어나자마자 몸무게를 쟀다. 58킬로그램이었다. 집안에 라면 말고는 먹을 게 아무것도 없어서 장을 보러 마트에 갔다. 아파트 건너편에 창고형 대형 마트가 있었다. 그녀는 야심차게 그곳에 들어갔지만 코너를 돌자마자 길을 잃고 말았다. 식료품과 공산품, 모든 것이 낯설었고, 상품의 진열 방식 또한 생소했다. 유제품 냉장고 앞에서 하얗게 질린 그녀를 매장 직원이 발견했다. 직원은 그녀에게 괜찮으냐고, 도와줄 게 있느냐고 물었다. 이마치는 출입구가 어딘지 알려달라고 대답했다. 결국 그녀는 과일도 샐러드용 채소도 사지 못하고 아파트로 돌아왔다. 엘리베이터를 타는 대신 비상계단으로 가보았지만, 한 층을 다 올라가기도 전에 다리 힘이 풀려 주저앉고 말았다. 자신이 60층을 계단으로 오르내릴 수 있다고 믿었다니 헛웃음이 나왔다. 아무리 돕는 손길이 있다고 해도, 그건 처음부터 불가능한 일이었다. 왜 한 번도 의심하지 않았을까. 노아와 함께 있을 땐 시간의 흐름이 거의 느껴지지 않을 만큼 모든 게 자연스러웠다. 그래서 믿어진 것이다. 그 이상한 일들, 그 이상한 공간이 실제인 것처럼. 이마치는 아들의 방에 들어가서 장난감 정리함에 있는 두 개의 워키토키를 찾았다. 그것은 물론 작동하지 않았다. 배터리가 부식되고 녹아 분리조차 되지 않았다.

이마치는 그날, 또 다음날도 미희에게 전화를 걸었다. 미희는 전화를 받지 않았다. 끈질기게 연락했지만 끈질기게 받지 않았다. 이마치는 창살 사이로 도시의 소란함과 분주함을 바라보았다. 그녀의 집은 완벽히 고요했다. 물속 같은 고요였다. 이마치는 초조함을 느꼈다. 아무 근거도 없는 초조함이었다. 뭘 기다리나? 그녀는 스스로에게 물었다. 아무것도. 유령마저 그녀를 영영 떠난 듯싶었다. 전에는 하루라는 거대한 공백을 어떻게 채웠는지 기억나지 않았다.

이마치는 비틀비틀 침대로 가서 누웠다. 한낮이었으나 달리 할 것이 아무것도 없었다. 다행히 곧 파도와 같은 잠이 밀려왔다. 이마치는 서너 시간 자다 깼고, 멍하니 천장을 보다가 또 너덧 시간 자다 깼다. 그렇게 이어갈 수 있었다. 꿈속에서 그녀는 퀼트를 짜다가, 자전거를 타다가, 뗏목에 올라 물위를 떠내려가다가 했다. 마지막에는 라파트멍으로 돌아갔다. 그녀는 계단을 끝없이 오르고 또 올라서 어느 집에 다다랐다. 막 이사를 떠난 집처럼 텅 비어 있었다. 거실에 들어선 그녀는 벽에 걸린 커다란 스크린을 보았다. 처음에는 카운트다운이 재생되더니 다음 순간 환한 빛이, 영상이 떠올랐다. 이마치는 속수무책으로 서서 볼 수밖에 없었다. 그녀의 삶이라는 영화. 보자마자 알아챘다. 이마치의 나이 서른아홉, 그날이었다.

그날 그녀는 새벽 야외촬영을 마치고 해뜰 무렵이 다 되어 집에 돌아왔다. 남편의 수제화, 스포츠용품 전문점, 건강식품 체인점 사업까지 부도로 마무리되면서 그들 가족은 빚더미에 앉은 참이었다. 남편은 돈을 구해보겠다는 말을 남기고 잠적해버렸다. 이마치는 촬영장까지 들이닥친 채권자들에게 무릎을 꿇고 뺨을 맞아야 했다. 그녀는 연기자였다. 모욕당하는 자의 참담한 얼굴을 만들어낼 수 있었다. 사람들이 만족할 때까지 엎드려 빌었고, 그들이 떠나고 나면 치마를 툭툭 털고 일어났다. *괜찮아요?* 놀란 촬영장 스태프들이 다가와 물으면, *아유 괜찮아요, 돈 없으면 몸으로 때워야지,* 바보처럼 웃어 보이고는 촬영을 하러 갔다. 휴일도 없이 일일극을 촬영하면서, 아역 탤런트와 함께 요리 프로그램을 진행하면서, 모피와 안마의자 모델로 지면 광고를 찍으러 가면서, 정력제 홍보차 지방 호텔과 나이트클럽으로 사인회를 다니면서, 이마치는 문득문득 자신이 무릎을 꿇고 바닥을 기었던 것을 떠올렸다. 왜 그랬을까. 꼭 그럴 필요는 없었다. 그렇게 해도 빚은 사라지지 않았고, 결국 다 갚을 돈이었다. 그런데 왜 그렇게까지 빌빌대며 사정했을까. 그래야 빨리 끝난다는 걸 알았기 때문이었다. 이마치는 수치를 당함으로써 수치에서 벗어나는 법을 알았다. 땅이 꺼지기 직전 공중을 도는 묘기를 부릴 줄 알았다. 그렇게 살아남았다. 머리 감을 시간도 없이 혼자 전국을 돌아다니며 돈을 벌었다. 차에서 딱딱하게 굳은 빵을 꾸역꾸역 밀어넣고, 한 시간 두 시간 겨우 눈을 붙였다. 그날도 그렇게 두세 건 스케줄을 마치고 녹초가 되어 집에 들어온 참이었다. 어두운 거실에서 누군가 몸을 일으키는 모습에 그녀는 강도라도 본 것처럼 놀랐다. 석 달여 만에 보는 남편이었다.

"어디서 오는 거지?"

길에서 마주쳤더라면 못 알아봤을 정도로 그는 딴사람이 된 것 같았다. 벌겋게 부은 얼굴, 충혈된 눈, 목소리마저 깊이 잠겨 무슨 말을 하는지 알아듣기 어려웠다. 남편은 다시금 어디서 오는 거냐고 물었다.

"촬영장."

이마치는 짧게 대답하고 그를 스쳐지나갔다. 감기 기운이 심했고, 종일 땀을 흘려서 몸에서 냄새가 나는 것 같았다. 어서 씻고 자리에 눕고 싶은 마음밖에 없었다. 그는 그녀에게 자

158

신이 전날 밤 집에 왔다고 말했다. 아이들 밥을 먹이고, 목욕을 시키고, 손톱과 발톱을 깎아주었다고. 아이들이 이마치가 돌아오지 않는 집에서 밤에 자기들끼리 자고, 아침에 일어나 컵라면에 물을 부어 먹고, 종일 텔레비전을 보며 지낸다는 사실을 알게 되었다고. 그게 대단한 비극이라도 된다는 듯 읊어 댔다. 이마치는 감흥 없이 그의 말을 들었다.

"정민이 발톱 깨진 거 알고 있었어?"

남편은 그녀에게 물었다.

"아이 발톱이 살을 파고들어서 걸을 때 피 나는 거 몰랐어?"

"몰랐어."

이마치는 간신히 대답했다.

"그거 물어보려고 온 거야?"

남편은 할말을 잃은 듯 이마치를 바라보았다. 이마치는 냉장고에서 소주를 꺼내 마셨다. 크리스마스를 이틀 앞둔 주말이었다. 그는 아이들에게 선물을 사주고 함께 시간을 보내려고 왔다고 대답했다. 큰애와 작은애 둘 다 놀이동산에 가고 싶어하더라고, 내일 같이 가면 어떻겠냐고 했다. 그녀는 피식 웃었다. 남편이 정말 우스웠다. 처음부터 끝까지 우습지 않은 적이 없었다. 남편의 사업이 망가지고 또 망가지는 사이, 그들 관계도 수습할 수 없는 지경으로 망가졌다. 다만 당장은 다른 생각을 할 겨를이 없을 정도로 돈에 쫓겼고, 그래서 이혼이 후

순위였던 것뿐이었다. 먹고사는 문제의 후순위. 집에서 쫓겨나지 않으려고, 살림을 차압당하지 않으려고, 그녀는 등이 휠 정도로 일했다. 촬영장에서 추위에 떨며 이틀을 보냈다. 집에 있는 남편을 보자 차에서 좀더 자고 가라는 K의 권유를 뿌리치고 올라온 것이 후회되었다. 꿀처럼 달콤한 잠이었는데. 겨우 눈을 붙인 참이었는데. 아이들 때문에 어쩔 수 없이 내려야 했다. 그 말을 들은 남편은 화를 냈다. K와 그녀가 어떤 사이인지 안다고, 이미 오래전부터 짐작하는 바가 있었다고 했다.

이마치는 아무 말도 하지 않았다. 그날 있었던 일―채권자에게 뺨을 맞고, 무릎을 꿇고, 두 손을 모아 빌었던 일―에 대해서는 말하지 않았다. 그들은 그런 이야기를 나누는 사이가 아니었다. 끝내 그녀가 입을 다물자, 다그치던 남편은 시든 화분을 걷어차며 집을 나갔다. 마른 흙이 거실 사방에 흩어졌다. 이마치는 소주를 좀더 마셨다. 돈 문제가 목을 죄면서 그녀의 불면은 점점 더 심각해졌다. 때때로 온몸에 벌레가 기어다니는 듯한 환각을 느꼈다. 매일 술을 마시고 잠드는 패턴에 문제가 있다는 건 알고 있었지만, 그렇게라도 하지 않으면 아예 잠을 이룰 수 없었다. 그녀는 소주를 한 병 더 꺼냈다. 뒤늦게 잠에서 깬 아이들이 거실로 나왔다. 애들은 아빠가 어디 갔느냐고 물었다. 이마치의 뒤를 쫓아다니며 놀이동산은 언제 가느냐고 징징거렸다. 이마치는 도망치듯 화장실로 들어가 문을 잠갔다. 지린내 나는 타일 바닥에 웅크려 눕자 더할 수 없이 편안했다. 아이들이 밖에서 문을 두드렸다. 울면서 그녀를 불렀다. 이마치는 문을 열지 않았다. 곧 물에 잠기는 것처럼 졸음이 밀려왔다.

오후 한시가 지나서 이마치는 깼다. 집안은 조용했다. 그녀는 화장실 문을 열고 밖으로 나왔다. 아이들은 집에 없었다. 그녀는 애들끼리 놀이터라도 나간 모양이라고 생각했다. 둘이 곧잘 그러니까. 돈을 들고 슈퍼에 가서 뭘 사 먹기도 하니까. 아이들이 없는 집에 홀로 있으니 편안했다. 그녀는 느긋하게 목욕했고, 난장판이 된 집도 오랜만에 대청소했다. 청소를 끝내고 진한 녹차 한 잔을 다 마실 때까지 아이들은 돌아오지 않았다. 딸은 그날 저녁이 되어서야 들어왔다. 아버지를 따라 놀이동산에 다녀왔다고 했다. 정민은 어디 있느냐고 그들은 서로에게 물었다. 둘 다 모르긴 마찬가지였다. 아들은 돌아오지 않았다.

마지막 장면은 이마치가 서 있는 거실을 한없이 페이드아웃하면서 끝났다. 마치 깊은 터널의 한가운데 그녀만 남겨두고 모든 이가 반대편으로, 출구로 떠나는 것 같았다. 그녀를 머금은 어둠을 배경으로 그들의 이름이 엔딩 크레디트로 올라가고, 마침내 스크린에는 fin이라는 글자가 떠올랐다.

이마치는 어둠 속에서 눈을 떴다. 침대맡의 시계를 보니 여덟시 오분이 지나가고 있었다. 오전인지 오후인지, 자신이 얼마나 잔 것인지 감이 잡히지 않았다. 몸이 시든 채소처럼 축축 늘어졌다. 그녀는 비틀거리며 문을 열고 베란다로 나갔다. 서늘한 바람이 머리카락을 날렸다. 도시의 불빛이 사방에서 반짝이며 시선이 닿는 곳 끝까지 펼쳐져 있었다. 이마치는 촘촘한 창살 사이로 그 풍경을 내려다보았다. 열여덟 토막으로 나뉜 밤의 도시. 그녀는 죄수처럼 창살을 움켜쥐었고, 바로 그 순간 뭔가 뜨겁고 축축한 것이 다리 사이를 타고 내려가는 것을 느꼈다. 잠시 황홀한 망각 상태에 빠졌던 이마치는 온몸이 부들부들 떨리기 시작했을 때에야 이지를 되찾았다. 그녀는 자신에게 실망하거나 절망하지 않았다. 주춤주춤 욕실로 가서 젖은 바지를 벗고, 다리와 무릎, 조붓하게 늘어진 늙은 성기를 닦았다. 이마치는 옷을 갈아입고, 소파에 잠시 앉아 있다가 기석에게 연락했다. 그는 신호음이 한 번 들리기도 전에 전화를 받았다. 마치 그 전화만 기다렸던 사람처럼 응답했다. 출발선에 서 있다가 신호와 동시에 튕겨나가는 달리기 선수처럼 그녀에게 왔다.

그들은 그날 저녁 아파트 앞 편의점에서 만났다. 기석은 그곳에 잠깐 택시를 세우고 인스턴트 죽을 사왔다. 그것을 직접 데워 조금 식힌 후, 그녀가 다 먹을 때까지 함께 있어줬다. 그리고 이마치가 원하는 대로 그녀를 병원에 태워다주었다. 그녀는 그에게 고맙다고 말했다. 그는 그녀가 안으로 들어가는 뒷모습을 끝까지 지켜보다가 차를 돌렸다.

제제는 여전히 병원에 없었다. 여자 의사는 갑자기 찾아온 이마치를 보고도 놀라지 않았다. 이마치는 나흘 만에 VR 진료실로 돌아갔다. 이번에는 모든 과정을 선명히 기억하리라 마음먹었지만, 환자복으로 갈아입은 뒤 고글과 헬멧을 쓰고 팔다리에 온갖 주삿바늘과 전선줄을 연결하고 나니 어찌할 바 없이 정신이 혼미해졌다.

이마치는 의사와 나누었던 마지막 대화를 머릿속에서 되뇌었다.

"게임이라고 생각하고 가볍게 마음먹어보세요. 막말로 무슨 일이 생긴다 해도, 그곳은 가상세계잖아요. 현실에는 존재하지 않는 세계죠."

"내가 정말 회복될 수 있다고 확신해요?"

"그럼요. 다시 절 보실 즈음엔 모든 걸 이해할 수 있을 거예요. 지금의 의문스러운 모든 것을요."

"제제에게 전해줘요. 주치의면서 나를 이렇게 방치한 책임을 꼭 물을 거라고요. 나는 이 병원에 적지 않은 돈을 냈어요."

이마치의 농담에 의사는 소리 내어 웃었다.

"깨고 나면 그분을 보실 수 있을 거예요. 그때가 되면 선생님도 그분을 용서할 수밖에 없을걸요."

7. 무너지는 탑, 은둔자, 광대

　이마치는 노란색 튤립이 가득한 꽃밭 한가운데 서 있었다. 그녀는 꽃의 색깔과 향기에 취해 허리를 숙였다. 그중 가장 빛나는 황금색 꽃에 손을 뻗었을 때, 바닥이 갈라지면서 주위 풍경이 바뀌었다. 이마치는 옥상에 있었다. 아이들이 어렸을 때 잠시 살았던 2층 주택의 옥상이었다. 장독대가 옹기종기 모여 있고, 봉숭아, 방울토마토, 상추, 고추 모종이 화분에 심겨 일렬로 늘어서 있고, 네 식구가 모두 누워도 충분한 넓은 대나무 평상이 있었다. 집주인인 노부부가 2층에 살았는데, 아이들이 옥상에 올라와 놀아도 뭐라 하지 않았다. 남편의 사업이 크게 한차례 넘어진 뒤 살림을 줄여 이사한 집이었다. 아이들은 이 집을 좋아했지만, 이마치는 기를 써서 몇 년 뒤 학군지 아파트로 돌아갔다. 몰락의 느낌을 벗어나고 싶었고, 아이들에게 좋은 것을 주고 싶었다. 하지만 결과적으로 더 큰 빚의 굴레에 갇히게 되었다. 아파트로 이사하지 않았더라면 그 모든 일이 일어나지 않았을까. 이마치는 종종 생각했다. 옥상 풍경을 보고 있노라니 이곳에서 아이들이 노닥거렸던 것, 방울토마토를 따먹고, 평상에서 낮잠을 자고, 비 오는 날이면 봉숭아 잎을 따다 손끝을 물들였던 것이 떠올랐다. 어디선가 라면냄새가 났다. 주변을 두리번거리던 이마치는 옥상 구석에서 버너에 라면을 끓여먹고 있는 노아를 발견했다. 그는 그녀가 내준 트레이닝복을 여태껏 입고 있었다. 이마치가 그 앞에 가서 서자, 그는 태연히 그녀를 올려다보았다.

"좀 드실래요?"

"아니, 난 이제 이게 가짜란 걸 알아."

이마치는 심상하게 대답했다.

"네가 가짜라는 것도 알지."

"진짜고 가짜고, 그런 게 무슨 의미가 있죠? 어쨌든 당신은 이곳으로 돌아왔잖아요. 난 당신이 돌아오지 않기를 바랐어요. 영원히."

"좀 섭섭한데? 난 네가 보고 싶었거든."

노아는 한숨을 내쉬며 고개를 가로저었다.

"이게 정말 게임 같은 거라고 믿는 건 아니겠죠?"

"그렇게 말하던데. 그래서 이번엔 끝까지 가보려고."

노아가 자리를 툭툭 털고 일어났다.

"한번 끝까지 가봐요. 뭐가 있는지. 난 충고했어요."

그들은 옥상에서 벗어나 계단을 내려갔다.

"어디 가보고 싶은 데 있어? 통로를 찾으면 내가 원하는 집으로 갈 수 있다던데."

"원칙적으로 저는 통로를 통과할 수 없어요. 당신 혼자만 다음 단계로 진입하는 거죠. 지난번에는 당신이 통로를 통과하기도 전에 깨어나버려서, 우리가 이렇게 다시 만난 거고요."

미처 알지 못한 사실이었기에 이마치는 입을 다물었다. 그들은 일전에 했던 대로 빈집인지 아닌지를 확인하며 아래로 내려갔다. 50층에 다다랐을 때, 이마치는 여태껏 매달려 있던 생각을 꺼내 노아에게 물었다.

"내가 없으면, 너는 여기서 뭘 하지?"

"당신에 대해 연구하죠."

노아는 망설임 없이 대답했다.

"당신에 대한 정보를 끌어모아 학습하는 게 내 일이에요."

"그래, 이제 나에 대해 충분히 아는 것 같아?"

"아직 부족해요. 나는 당신에 대해 더 많이, 더 깊이 알고 싶어요."

"좀 무서워지려고 하는데."

노아는 잠시 말이 없다가 조용히 덧붙였다.

"난 당신을 돕고 싶을 뿐이에요."

"나도 알아. 농담이었어."

"저는 농담을 잘 이해하지 못해요."

이마치는 대답하는 대신 그의 등에 손을 올렸다. 따뜻했고, 심장의 두근거림마저 느껴졌다. 가상세계라고는 믿어지지 않는 실감이었다.

그들이 40층에 도달했을 때, 벨을 누르기도 전에 문이 벌컥 열렸다. 낡은 실크 로브 차림에 선글라스를 낀 여자. 마흔 살의 이마치가 그들 앞에 나타났다.

"당신들 누구예요?"

여자가 낮은 목소리로 물었다.

"뭐길래 며칠 동안 이 주변을 서성거리는 거죠?"

"저흰 아파트 관리팀입니다. 누전 때문에 주변을 돌아보고 있어요."

노아가 능숙하게 나서서 말했다.

"괜찮으시면 집을 좀 봐도 될까요? 자칫 전기 사고가 날 수 있어서요."

여자는 막 잠에서 깬 것 같은 차림이었지만, 순순히 그들을 안으로 들였다. 집안은 이마치가 기억하듯 엉망진창이었다. 뒤죽박죽 쌓인 살림, 정체불명의 비닐 포장지, 뭉쳐서 굴러다

니는 먼지, 발에 닿는 끈적거리는 얼룩. 아들이 사라진 지 일
년, 선글라스를 쓴 여자의 얼굴은 흡사 해골 같았다. 움푹 파
인 두 뺨과 덜덜 떨리는 마른 입술이 생기라곤 하나도 없었다.
그때 그녀는 10킬로그램 이상 몸무게가 줄면서 심각한 탈모를
겪었다. 머리를 빗으면 머리카락이 힘없이 딸려나오곤 했다.
아침마다 미용실에서 보수공사를 하듯 화장을 하고 가발을 가
져다 붙였다. 새삼 저 상태로 드라마를 찍었다는 사실이 믿어
지지 않았다. 당시 그녀가 맡은 역할은 한국 남자를 사랑하게
된 늙은 게이샤였다. 그녀의 앙상한 몸과 텅 빈 눈동자가 비운
의 인물과 소름 끼치게 어울린다는 평가를 받았다. 주인공은
아니었으나 그 이상 강렬한 역할이었다. 그 역할로 인해 이마
치는 자신의 커리어, 한계, 자질을 뛰어넘었다는 평가를 받았
다. 이마치는 영혼이 몸과 분리되어 하늘에 둥둥 떠 있는 기분
이었다. 육신이 움직이는 모양을 멀찌감치서 초연히 바라보고
만 있었다. 채권자들을 달래기 위해 계속 일을 해야 했고, 집
을 나간 아들은 소식이 없었고, 딸은 친척집에 맡겨둔 채였다.
그녀는 자멸하지 않았다. 그 사실이 신기했다. 이만큼의 절망
으로는 사람이 죽지 않는다는 사실.

　40층 여자는 집안을 돌아다니는 그들에게 신경도 쓰지 않
았다. 소파에 앉아 한쪽 다리를 달달 떨면서 창밖만 바라보았
다. 이마치는 여자를 스쳐지나 안방으로 들어갔다. 두 대의 텔

레비전이 켜져 있었다. 전부 한국 드라마였고, 이마치 본인이
출연한 것은 아니었다. 그녀는 두 개의 화면을 번갈아 보았다.
나에게 텔레비전 두 대를 동시에 보는 취미가 있었던가? 이마
치는 과거의 자신을 이해할 수 없었다. 기억할 수도 없었다.
해골처럼 마른 그 여자는 완전히 낯선 사람 같았다.

안방은 고급 가구들로 채워져 있었지만, 본질적으로 이십대
이마치의 방과 달라진 게 없었다. 정리도 하지 않고, 청소도
하지 않은, 오랫동안 해가 들지 않은 방. 이마치는 화장대 앞
에 섰고, 물건을 되는대로 쑤셔넣어 잘 열리지 않는 서랍을 억
지로 잡아당겼다. 그 안에 그것이 있었다. 촬영용 권총. 이마
치는 그것을 한참 동안 쥐고 있었다. 노아가 밖에서 그만 나오
라고 부를 때까지.

"아무도 없는 방에 텔레비전이 켜져 있길래, 제가 껐어요."

거실로 나온 이마치는 그때껏 꼼짝 않고 앉아 있는 여자에
게 말했다.

"내가 켠 게 아니에요."

여자는 창밖에서 시선을 떼지 않고, 버석한 입술로 말했다.

"온종일 집안의 온갖 전기제품이 저 혼자 켜지고, 꺼지고,
아주 난리예요. 소란스러워서 견딜 수가 없어요."

"왜 그런 일이 일어나죠?"

"누전인가보죠. 아니면 유령이거나."

여자는 고개를 돌리고 이마치를 바라보았다.

"어떤 때는 형상으로, 어떤 때는 소리로 나타나요. 나는 매일같이 그것을 기다려요. 가끔은 희미한 얼굴을 보여주기도 하거든요. 오늘은 아직 오지 않았네요. 올 때마다 물냄새가 진동을 하는데."

40층에서 나와 다시 계단을 내려가면서, 이마치의 머릿속은 온통 여자가 했던 말로 뒤죽박죽이었다. 물냄새가 나는 유령, 그것은 알츠하이머의 망상이 아니었던가? 40층 여자는 매일 그것을 기다리고 있노라고 말했다. 그 말이 사실이라면 유령은 아주 오랫동안 그녀의 삶에 출몰한 셈이었다. 이마치는 유령이 그녀에게 했던 말을 떠올려보았다. 집을 떠나라고 했던 말, 이곳이 그녀의 집이 아니라고 했던 말. 알츠하이머가 아니라면 그녀의 망상은 대체 언제부터 시작되었단 말인가? 그녀는 어떻게 그것과 함께 살아왔단 말인가?

몇 층에 다다랐는지도 모른 채 생각에 잠겨 있는데, 익숙한 냄새가 났다. 멈칫하는 그녀를 보고 노아가 왜 그러냐고 물었다. 이마치는 그곳이 15층인 것을 확인하고 굳은 듯 서 있었다. 노아가 그녀 대신 벨을 눌렀다. 잠깐만요, 라고 외치는 소리. 곧이어 누군가 문을 열고 나왔다. 뒤집개를 손에 든 이마치의 어머니였다. 집안에 지글지글 부침개 익는 냄새가 가득했다. 이마치는 그게 뭔지 알았다. 오징어가 들어간 김치부침개. 어머니가 제일 좋아하는 음식이었다.

여자는 핑크색 핫팬츠에 민소매 티셔츠 차림이었다. 가무잡 잡한 피부에 높이 묶은 포니테일이 목뒤에서 찰랑거렸다. 민 망하리만치 젊어 보이려고 애썼지만, 오히려 노화의 폭풍을 정통으로 맞은 사람 같았다. 늘어진 피부와 주름을 감추려 덧 바른 핑크빛 색조 화장이 눈이 시리도록 천박했다. 패트릭 대 위, 열 살이나 어린 그 미국 남자의 기호에 맞춘 것이었다. 어 머니는 그와 결혼한 후 굴종에 가까운 태도로 살았다. 그를 거 슬리게 하는 것은 말과 행동은 물론이고 취향이나 입맛조차 용납하지 않았다. 평소에 한국 음식을 먹는 것은 상상도 못할 일이었다. 이를테면 오징어가 들어간 김치부침개를 굽는 것은 그가 다른 지역 부대에 있는 친구들을 만나러 가서 하루이틀 집을 비울 때만 가능했다. 젊은 남편이 집을 비우면 그녀는 종 일 뭔가를 먹었다. 주로 한국 음식과 술이었다.

여자는 벌써 반쯤 취해 보였다. 누전 점검을 한다는 말에도 헤프게 웃었다.

"무슨 점검인지 모르겠지만, 어서 끝내고 이리 와서 이것 좀 드세요. 부침개가 아주 맛있어요."

그 집 바닥에는 두꺼운 카펫이 깔려 있었다. 이마치는 발이 푹푹 들어가는 것을 느끼며 집안을 돌아보았다. 부부 침실에 는 휘장이 달린 오크나무 침대와 그 옆에 미니 냉장고가 있었다. 냉장고 안에 와인과 초콜릿이 들어 있다는 것을 이마치는 알고 있었다. 어머니가 없을 때 몰래 꺼내 먹다 들킨 적이 있었다. 고작 초콜릿 한 조각이었을 뿐인데 도둑질을 했다고 매질을 당했다.

그들이 집안을 둘러보는 동안 어린 제이슨이 뒤를 졸졸 쫓아다녔다. 어머니가 패트릭 대위 사이에서 낳은 그애는 아주 어릴 때부터 그녀 담당이었다. 어머니는 언니에게 그랬듯 이마치에게 그애를 맡기고 자주 집을 비웠다. 이마치는 그애를 단 한 번도 동생이라 여긴 적 없었다. 따뜻하게 대해주지도 않았다. 그애가 누나, 라고 부를 때마다 무섭게 노려보거나 몰래 꿀밤을 먹였다. 그녀는 새삼 그 작은 소년을 바라보았다. 오랜만의 손님에 신이 난 아이는 그들을 자기 방으로 데려갔다. 오래전 이마치가 제이슨과 함께 썼던 방이었다. 다시 봐도 기괴한 풍경이었다. 한쪽에는 아홉 살 남자아이의 물건, 장난감 자동차와 축구공이 굴러다니고, 다른 한쪽에는 열다섯 여자아이의 물건, 작은 수첩과 가방과 색색깔의 펜들이 발에 밟혔다. 서랍마다 옷이 비어져나와 있고, 사방에 물건이 널려 있었으며, 말라붙은 음식이 발에 밟혔다.

어머니는 그들 모두에게 관심이 없었다. 그것만은 공평했다고 이마치는 회상했다. 그들의 생활은 어머니의 부재로 구멍이 숭숭 뚫려 있었다. 이마치가 조금만 타협했다면 익숙한 방

임에 묻혀 그럭저럭 살아갈 수도 있었을 것이다. 하지만 이마치는 걸핏하면 언니 이야기를 꺼냈다. 언니가 좋아했던 곳, 언니가 싫어했던 음식, 언니가 입으면 어울렸을 옷…… 노래하듯 언니 이야기를 해서 어머니의 심기를 건드렸다. 어머니는 이마치가 자신에게 도전한다고, 반항한다고 생각했다. 결국 분노가 무관심의 벽을 넘어섰다. 전에는 그들 사이에 없던 어떤 끈끈한 감정, 악랄함과 증오가 꽃을 피우기 시작했다. 매일 과중한 심부름과 잡일을 시켰고, 제대로 되어 있지 않으면 머리채를 휘어잡고 벽에 내동댕이치며 폭언을 했다.

너 같은 건 제대로 혼이 나봐야 돼. 아무 쓸모도 없는 년. 그때 네가 죽었어야 했는데, 그애 대신 네가. 너는 맞아 죽어도 할말 없어. 개 같은 년. 쥐새끼 같은 년. 도둑년.

이마치는 상처받지 않았다. 잠잠히 화풀이가 끝나기만을 기다렸다. 폭력이 절정에 이르면 도리어 마음이 후련했다. 오래 묵은 원한이 모두 산화되는 것 같은 쾌감이 일었다. 그녀의 말간 얼굴에 어머니는 더 화를 냈다. 그녀를 벌거벗겨 때리고 실성한 사람처럼 밟아 짓이겼다. 어머니는 모든 것을 패트릭이 모르게 했다. 김치부침개에 소주를 먹는 날, 대개는 그날이 이마치를 잡아 족치는 날이었다.

"화장실을 봐도 될까요?"

이마치의 말에 콧노래를 부르며 부침개를 굽던 여자의 얼굴이 일그러졌다.

"거긴 안 돼요."

어머니는 이마치를 자주 화장실에 가두었다. 그곳이 집에서 가장 좁고, 또 오물을 처리하기도 쉬운 곳이었기 때문이다. 화장실 문 위쪽을 더듬어보면 그곳에 잠금장치가 있는 것을 알 수 있었다.

이마치는 그 앞으로 다가갔다. 그리고 그 안에서 중얼거리는 소리를 들었다. 체호프의 「갈매기」. 나지막한 목소리로 외는 니나의 독백.

전 무대 위에 서면 취해요. 거기서는 나 자신이 아름답게 느껴져요. 여기 고향에 온 날부터 걸었어요. 걸으면서 생각했어요. 그리고 내 마음과 영혼이 매일매일 강해져가고 있는 걸 느꼈어요. 이제 알 것 같아요. 코스챠, 작가든 배우든 간에 우리 일에는 내가 꿈꾸었던 어떤 것들도 명예나 성공이 문제되는 게 아니고 어떻게 견디느냐, 어떻게 자신의 십자가를 짊어지고 믿음을 갖고 버티느냐를 알아야 해요.

이마치는 멈칫했다. 그때 노아가 다가와 화장실 문 위의 잠금장치를 풀어버렸다.

"지금 뭐 하는 거예요?"

뒤집개를 든 여자가 득달같이 달려왔고, 노아가 막아섰다. 노아의 큰 키와 힘에 여자는 상대가 되지 않았다. 그들이 대치하는 사이 이마치는 화장실 문을 열고 안을 들여다보았다. 열기와 지린내가 훅 끼쳤다. 열다섯 살의 이마치. 바닥에 속옷 차림으로 누워 있던 그애는 이마치를 향해 부스스 일어나 앉았다. 이마치는 말없이 그애를 바라보았다. 그녀가 정말 저렇게 작았나? 소녀 거인이라 불렸던 그녀가?

"나와."

이마치는 그애에게 말했다. 그애가 제대로 듣지 못한 것 같아 한번 더 말했다.

"어서 나와."

그애는 몸을 일으켰고, 주춤주춤 그녀를 향해 나왔다. 빛 아래 서자 곤죽이 된 얼굴, 허리띠인지 전깃줄인지 질기고 탄력 있는 것으로 맞아 살이 터진 팔다리의 상처가 보였다. 여자는 그들을 주거침입으로 신고하겠다고 악을 쓰기 시작했다. 이마치는 여자에게 가까이 다가갔다. 위협감을 느낀 여자가 뒤로 물러섰다. 어머니의 몸, 아담하고 가무잡잡한 몸에서는 달큰한 냄새가 났다. 이마치는 여자의 팔을 움켜쥐었고, 그 몸을 질질 끌고 가서―여자는 그악스레 버텼다―화장실에 밀어넣었다. 쿵 소리를 내며 문이 닫혔다. 노아는 손을 뻗어 재빨리 자물쇠를 잠가버렸다.

"절대 열어주지 마."

열다섯 살의 이마치, 그애는 유순한 양 같은 눈으로 이마치를 바라보았다. 멀리서 바라만 보던 제이슨도 그들에게 슬금슬금 다가왔다. 열다섯 살 이마치는 그애를 알은척도 하지 않았다. 하지만 그애가 손을 잡았을 때 뿌리치지는 않았다.

"이 집은 안전하네. 누전 같은 건 걱정 안 해도 되겠다."

이마치는 노아에게 이제 그만 나가자고 말했다. 그녀는 만신창이로 헐벗은 여자애를 돌아보지 않았다. 때가 되면 여자애는 애인과 돈을 마련해 이 집을 영영 떠날 것이다. 이 집에서 얻은 것은 속옷 하나 챙기지 않을 것이다. 작은 배낭, 낡은 점퍼, 발이 시린 캔버스 운동화. 새벽에 내린 비로 도로는 유리처럼 빛날 것이다. 여자애는 미끄럼을 타듯 그 길을 빠져나갈 것이다. 얼마 남지 않았다고, 그녀는 중얼거렸다.

복도에 난 작은 창문으로 노을이 보였다. 해가 지고 있었다. 그들은 60층으로 돌아가기로 했다. 이마치는 노아 옆에서 말없이 계단을 올랐다. 계단을 한 칸씩 오를 때마다 마음이 고양감으로 차오르는 것 같았다. 그녀가 아직 부끄럽지 않은 배우였을 때, 어려운 작품에서 맡은 역할을 제대로 해냈을 때, 까다로운 신을 한 번에 찍어냈을 때 느꼈던 감정이 어렴풋하게 떠올랐다. 이마치는 옆에 있는 노아를 흘긋 바라보았다. 그가 없었다면 어머니와 그런 식으로 마주할 수 없었을 것이다. 그 몸을 붙잡아 가두지 못했을 것이다. 한없이 계단을 올라도 숨이 차지 않았다. 그녀는 처음으로 이곳이 마음에 들었다. 이제야 정말로 집에 돌아가는 기분이 들었다.

60층에 도착했을 때, 집 앞에서 누가 그들을 기다리고 있었다. 43층 여자의 딸 준영이었다.

"저 돈 좀 빌려주세요."

그애는 보자마자 대뜸 이마치에게 말했다. 이마치는 아이의 발치에 세워져 있는 커다란 회색 보스턴백을 훑어보았다.

"가출이라도 하려는 거니?"

"수학여행 기간 동안만요."

이마치는 한숨을 내쉬었다.

"엄마한테 사실대로 이야기해보라고 했잖니. 이야기해봤어?"

"무슨 이야기요."

"수학여행을 왜 가기 싫은지. 친구들과의 문제 말이야."

"돈 안 빌려줄 거면 그만둬요. 잔소리라면 지긋지긋하니까."

아이는 당장이라도 가버릴 것처럼 몸을 돌렸다.

"차라리 우리집에서 자고 가. 그럼 돈 빌려줄게."

이마치의 말에 준영은 의심쩍다는 얼굴로 그녀를 보더니 정말 그래도 되느냐고 물었다. 이마치는 대답하는 대신 노아를 흘긋 바라보았다. 노아는 어깨를 으쓱해 보이더니 집안으로 들어가버렸다. 아이는 얼른 가방을 들고 그를 따라 들어갔다.

"할머니 집이 우리집보다 훨씬 넓네요. 엄청 부자인가봐요."

준영은 집안을 두리번거리며 감탄했다. 이마치는 그애가 봐서는 안 되는 사진 액자 몇 개를 부리나케 치웠다. 노아가 방에 들어간 후에는 아이에게 당부하듯 말했다.

"저 방에는 함부로 들어가면 안 돼."

"할머니 아들 방이요?"

"그래, 저 방. 애가 성격이 까칠해서 누가 들어오는 걸 정말 싫어하거든. 저기 들어가지 않는다고 약속해라."

준영은 문제없다고, 걱정 말라고 장담했다. 이마치가 자기방 침대를 양보해주겠다고 하는데도 아이는 극구 사양하고 거실 한구석에 짐가방을 내려놓았다. 그리고 그 안에서 종이봉투를 꺼내 그녀에게 내밀었다.

"초대해주셔서 감사해요."

봉투 안에 든 것은 진저맨과 곰돌이 모양의 버터 쿠키였다. 노아가 어느샌가 슬그머니 밖에 나와 있었다. 이마치는 노아와 그 자리에서 쿠키를 다 먹었다. 아이가 직접 만들었다고는 믿을 수 없을 만큼 맛있는 쿠키였다. 감탄하는 그들을 보고 준영은 우쭐해서 다른 것도 만들 수 있다며 큰소리를 쳤다. 아이는 가방에서 베이킹 재료를 하나둘 꺼냈다. 밀가루와 베이킹파우

더는 물론 비커, 미니 저울, 계량스푼까지 없는 게 없었다.

"길에서 빵이라도 만들어 팔 작정이었던 거야?"

"저한테 제일 소중한 걸 들고 나온 거죠. 앞으로 어떻게 될지 모르니까요."

잠시 후 집안에는 빵 굽는 냄새가 가득찼다. 노아는 준영 옆에 붙어서서 자질구레한 심부름을 했는데 조수 역할이 어설퍼서 적잖이 구박을 들었다. 그래도 시키는 대로 반죽을 젓고, 치대고, 모양을 잡는 등 열심을 다했다. 준영은 빌트인 오븐을 이용해서 카스텔라와 소보로빵, 우유 푸딩을 만들었다. 다 만들고 나니 부엌은 난장판이었다. 그들은 빵을 담은 바구니만 소중히 들고서 그곳을 빠져나왔다. 거실 바닥에 빵 바구니를 놓고 모여 앉았다. 그러고 있으니 나들이라도 온 것 같았다. 따뜻한 우유와 갓 만든 빵은 눈물이 날 만큼 맛있었다. 이마치는 말없이 빵을 먹고 또 먹었다. 아무리 먹어도 질리지 않았다. 노아 역시 빠른 속도로 빵을 먹어치웠다. 산더미처럼 쌓여 있던 빵은 금세 바닥을 보였다.

"저희 집에선 빵을 만들어도 먹을 사람이 없어요. 엄만 살찐다고 안 먹고, 아빤 밀가루가 체질에 안 맞는다고 하거든요."

준영이 씁쓸한 얼굴로 말했다.

"동생이 있었다면, 그애가 왕창 먹어치웠겠죠. 어렸을 때부터 가리는 거 없이 정말 다 잘 먹었거든요. 아쉬워요, 정말. 그애한테는 빵을 만들어준 적이 없어요."

"그땐 너도 어렸잖아."

우유 푸딩을 박박 긁어 먹으며 노아가 말했다.

"빵을 안 만들어줘도 그애는 널 좋아했을 거야. 남동생들은 원래 아무 조건 없이 누나를 사랑하거든."

"전 그애가 정말 지긋지긋했어요."

준영은 고백하듯 말했다.

"저를 너무 괴롭혔거든요. 몰래 제 물건을 숨기고, 진저리나게 놀리고, 늘 제가 뭘 하는지 궁금해했어요. 엄만 제가 그애를 받아주는 게 당연하다는 듯이 말했어요. 그게 너무 힘들었어요. 그래서 그애를 챙기지도 않고 저 혼자 아버지를 따라가버린 거예요. 그날 아침에요. 그게 끝이 될 줄은 몰랐어요. 정말 한 번, 그때 딱 한 번이었는데."

이마치는 말없이 준영의 빈 잔에 우유를 좀더 따라주었다. 전에는 그렇게 해준 적이 한 번도 없었다. 잠들기 전에 따뜻한 우유를 따라주거나, 머리를 쓰다듬어주거나, 노래를 불러주거나, 기도를 해준 적이 없었다. 마음속 깊은 곳에서는 늘 그러고 싶었는데 행동으로 옮기지 못했다. 누가 못하게 막는 것도 아니었는데.

"내가 타로 점 봐줄까?"

이마치의 말에 준영이 고개를 번쩍 들었다.

"그런 것도 볼 줄 알아요?"

"일 때문에 배웠어."

그녀는 바로 전 작품에서 타로술사 할머니 역할을 맡았다. 대본만 줄줄 외고 싶지 않아, 타로술사를 직접 만나 카드 다루는 법과 점괘 읽는 법을 배웠다. 하지만 카메라 앞에서 말고 다른 곳에서 시범을 보인 적은 없었다. 이마치는 서랍에서 기하학 문양의 천과 타로를 꺼냈다. 천을 깔고, 카드를 펼치고 섞는 모습을 준영과 노아 모두 신기한 얼굴로 바라보았다. 그녀는 왼손으로 카드를 한데 모은 뒤 세 개의 무더기로 나누고, 다시 차례로 쌓았다.

"궁금한 게 뭐지?"

"과거, 현재, 미래 전부 다요."

"좋아, 세 장 뽑아봐."

아이는 중간에서 나란히 세 장의 카드를 뽑았다. 이마치는 그것을 차례로 뒤집었다. 무너지는 탑, 은둔자, 거꾸로 된 광대. 그녀는 세 개의 카드 위 허공을 손바닥으로 쓸어냈다. 준영은 숨을 죽였다. 노아는 손에 턱을 괴고 그들을 지켜보았다.

"무너지는 탑은 사고와 손실을 의미해. 너의 과거는 하나의 상처에서 비롯돼. 그 상처를 통해 자랐다고 해도 좋아. 그 상처는 고통을 주었지만 가르침과 교훈도 주었지. 그래서 너는 뿌리깊은 생명력을 가지고 있어."

이마치는 부드러운 목소리로 카드를 해석했다.

"은둔자는 비밀을 가진 자고, 고독을 품은 자지. 너는 너의 세계를 무너뜨릴 만한 비밀을 가지고 있어. 하지만 절대로 발설하지 않지. 그렇게 했을 때의 충격과 소란이 두려운 거야. 너는 그냥 한없는 어둠 속에 침잠해 있고 싶어. 긴 잠을 자는 것 같은 인생이야. 너는 그 어둠 속에서만 안식하고 너 자신이 되는구나."

내내 카드를 내려다보고 있던 준영이 고개를 들어 이마치를 바라보았다. 그애의 눈동자는 옅은 갈색빛이었다. 따뜻한 갈색빛.

"거꾸로 된 광대는 여행 아니면 죽음을 의미해. 곧 너에게는 변화가 있을 거야. 네가 원한 것은 아니지. 하지만 그것은 분명 들이닥칠 거고 그땐 어디로 나아갈지 선택을 해야 해. 쉽지 않을 거야. 발끝은 낭떠러지고, 너는 오래전의 추락도 기억하니까."

"그래서 남자친구는 언제 생기는데요?"

이마치는 씩 웃었다.

"글쎄. 두 가지 길이 보이는데. 어떤 별의 영향을 받느냐에 달려 있어. 명왕성의 기운이 강할 경우, 너는 한동안 혼자일 거야. 하지만 반대로 금성의 수호를 받는다면, 영혼의 단짝을 만날 수도 있지. 모든 건 여름이 지나야 분명해질 거야. 그전

에 너 자신을 찾아야 해. 카르마가 너무 짙으면 별들이 피해가
거든."

준영은 요란하게 한숨을 쉬었다.

"그런 얘긴 누구라도 할 수 있어요. 이럴 수도 저럴 수도 있
는 점괘라니. 너무 무책임하잖아요. 적어도 귀인이 동쪽에 있
는지 서쪽에 있는지는 말해줘야죠."

"공짜 점 치면서, 거참 말 많네."

뒤에서 지켜만 보던 노아가 중얼거렸다. 준영은 고개를 휙
돌려 노아를 보았다.

"공짜라뇨, 빵 만들어줬잖아요."

"대신 이 집에서 재워주잖아."

그들은 잠시 서로를 노려보았다.

"그나저나 앞머리는 왜 이렇게 길어요?"

준영이 한심하다는 듯 말했다.

"눈이 안 보이니 사람이 엄청 소심하고 음침한 것 같잖아요."

노아가 앞머리를 만지작거렸다.

"내가 좀 잘라줄까요?"

노아는 뜻밖에도 순순히 고개를 끄덕였다. 준영은 얼른 일
어나 부엌에서 가위를 씻어 가지고 왔다. 커다란 비닐봉지를
기다랗게 뜯어 노아의 목에 두르더니 망설임 없이 머리카락을
잘라나갔다. 침묵 속에서 사각사각, 가윗날 움직이는 소리만

들렸다.

"아, 이거 안 되겠는데요."

기세 좋게 머리를 자르던 준영이 갑자기 가위질을 멈추었다.

"이러다 계단식 앞머리가 될 거 같아요."

준영은 바람 빠진 소리를 내며 웃었다. 과연 그애가 자른 노아의 앞머리는 삐뚤빼뚤, 고르지 않게 점차 짧아지고 있었다. 한쪽만 드러난 노아의 눈이 영문을 모르고 반짝반짝 빛났다.

"죄송해요. 저 사실 머리 자르는 거 처음이거든요. 할머니가 마저 하세요."

이마치는 손사래를 치며 물러섰다.

"난 손재주가 없어서 안 돼. 점선을 따라서 종이 자르는 것도 잘 못한다고."

"그럼 이 모양 이대로 둬요?"

준영의 말이 맞았다. 누군가는 끝내야 할 일이었다. 이마치는 떨리는 손으로 가위를 받아들었다. 빗을 찾아와, 먼저 노아의 머리를 가지런히 빗었다. 그의 머리카락은 고운 모래처럼 부드러웠다. 이마치는 괜스레 그 감촉을 지우려고 허벅지에 손가락을 문질렀다. 그래도 사라지지 않았다. 손에서 이내 녹아버릴 것 같은 머리카락의 촉감. 이마치는 그의 머리카락을 아주 조금 붙잡고, 그 끝을 미세하게 잘라냈다. 등에서 식은땀이 났다. 노아는 미동도 하지 않았다. 준영도 숨을 죽였다. 그들은 모두 한마음이 되어 이마치의 성공을 빌었다.

마침내 일이 다 끝났을 때 이마치는 자신이 제법 잘해냈다는 것을 알게 되었다. 눈썹을 살짝 덮는 앞머리. 그 아래 완전히 드러난 노아의 두 눈은 이제 그녀를 똑바로 바라보고 있었다. 준, 그리고 준영과 같은 옅은 갈색이었다. 투명한 갈색. 그 안에 나무와 소나기와 잘 영근 호박을 담고 있는 갈색. 눈이란 얼마나 많은 것을 담고 있는지. 노아의 눈이 드러나자 그의 얼굴이 드러났고, 이제 이마치는 그의 완전한 눈, 코, 입을 볼 수 있게 되었다. 그녀는 그 얼굴을 찬찬히 살펴보았다. 뭔가 잊고 온 것을 찾듯이, 오래전 묻어둔 것을 찾듯이. 그리고 비로소 그가 누구인지 알아보았다.

그대로였다. 미아 찾기 전단에 인쇄된 그대로, 컴퓨터 그래픽으로 만들었다는 정민의 이십 년 뒤 예측 얼굴 그대로. 부자연스럽게 새카만 머리카락과 동그란 눈동자, 그와 어울리지 않게 긴 얼굴, 움푹 파인 야윈 볼. 그래, 이마치는 수도 없이 봤다. 아들이 청년이 되었다면 바로 이런 얼굴을 하고 있을 거라고 알려주던 사진 속 남자. 바로 이런 얼굴로 사랑하는 사람을 만나고, 자신만의 인생을 살게 되었을 거라고, 그럴 수도 있었다고 그녀의 눈을 찌르던 그 모습. 그 얼굴. 눈물이 툭, 떨어졌다. 그녀는 얼른 뒤돌아서 눈물을 닦았고, 다행히 아무도 알아차리지 못했다. 그녀가 운 것, 그녀가 알아챈 것, 그녀가 그들의 모체인 것. 증인은 필요 없었다. 그들은 한때 한몸이었고, 한쪽의 장막이 찢어지며 다른 한쪽이 세상에 나왔다. 찢어진 쪽에서는 상처의 형상을 몸에 새기는 법이었다. 그래서 이마치는 알았다. 어쩌면 처음부터 알았다. 노아의 손을 잡았을 때부터, 그 손을 잡고 어디까지라도 갈 수 있을 것 같은 마음이 들었을 때부터. 물론 이것은 가상현실이었다. 누군가 그녀의 팸플릿을 보았을 거고, 아마도 미술팀 아니면 기술팀 그 누군가가 노아의 얼굴을 그려넣었을 터였다. 적절히 말하는 법, 감정을 느끼고 그에 대응하는 법을 코드화했을 것이다. 노아가 정민은 아니었다. 하지만 최대한의 정민이 아닐지는 몰라도, 최소한의 정민이긴 했다. 한 방울 혹은 두 방울의 정민이라고 해도 이마치에게는 더할 수 없이 귀했다. 이마치는 그 사실을 노아에게 알려주고 싶었다. 너는 나에게 정말 귀한 존재라고, 세상 무엇과도 너를 바꾸지 않을 거라고. 하지만 그게 꼭 지금이라야 하는 것은 아니었다. 지금처럼 완벽한 순간, 앎이 은총이 된 순간에 이마치는 그저 아이들 곁에 좀더 머물고 싶었다. 밤이 한창 깊었는데도 그애들은 잠들 줄 몰랐다. 준영은 노아와 같이 타로를 가지고 장난치고 있었다. 점을 봐준답시고 노아에게 카드를 고르라고 한 뒤 엉터리 점괘를 늘어놓았다. 그 이야기를 듣고 노아는 낄낄 웃었다. 이마치는 소파에 누워 눈을 감고 그애들의 목소리, 웃음소리를 들었다. 그 소리를 영원히 듣는 것 말고 더 바라는 것이 없다는 걸 깨달았다. 그녀는 아이들을 양쪽 팔에 끼고 눕고 싶었다. 예전처럼 도망치지 않고, 그애들의 몸에 자신의 몸을 마음껏 비비고 싶었다. 머리카락과 귀와 턱 밑에 코를 묻고 냄새를 맡고 싶었다. 그러기엔 너무 늦었다고 해도, 진작 그들의 삶을 망친 건 그녀라고 해도, 아이들이 오늘밤만은 봐주기를 바랐다. 그녀가 모든 것을 알게 된 오늘밤만. 이마치는 앎의 부요함, 따뜻함, 달콤함 속에서 잠들었다. 아무도 그녀를 흔들어 깨우지 않았다.

8. 돈다발

　어제 당신에게서 편지가 왔어. 우체부가 우리집에 오는 일은 좀처럼 없는데, 편지가 와서 정말 놀랐지. 당신은 내게 이름 모를 익명씨에게, 라고 썼어. 대체 내가 누구길래 당신한테 자꾸 편지를 보내는 건지 궁금하다고 했지. 이름이 알려진 사람이라고 해서 이런 기만을 당할 수는 없다고, 내 사연도 녹록지 않은 것 같으니 일단 만나서 자초지종을 듣고 싶다고.

　우리는 당신 집 앞 편의점에서 만나기로 했어. 난 오랜만에 이발을 하고, 새 구두를 꺼냈어. 이상하지. 늘 당신을 만나러 갈 땐 내 마음이 첫날처럼 떨려. 우리가 처음 만난 날. 난 그날의 당신을 어제 본 것처럼 기억해. 당신은 어느 여학

교의 등나무 밑에 앉아 있었지. 촬영중이었고, 일곱 시간째 대기중이라고 했어. 고등학생 교복을 입은 당신은 커다란 안경을 끼고 신문에 나온 십자말풀이를 하고 있었지. 이름을 부르자 미간을 찌푸리며 고개를 들던 그날 당신의 얼굴이 지금도 생생해.

당신의 모든 걸 사랑하지만, 그중에서도 내가 제일 사랑하는 건 당신의 표정이야. 세상에 실망할 대로 실망한 표정. 그런 한편으로 호기심을 버릴 수 없는 표정. 그러니까 이게 다는 아닐 거라는, 뭔가 더 남아 있을 거라는 일말의 기대가 담긴 표정. 그 표정이 당신을 배우로 만들었지. 사람들이 배우의 얼굴을 계속 보고 싶어하는 건 그 안에 어떤 약속이 있기 때문이야. 그건 아마도 미래와 희망에 대한 약속일 거야.

당신은 그 모든 일을 겪고도 특유의 표정만은 잃지 않았어. 그러니 걱정하지 마. 당신은 괜찮을 거야. 매일 더 낯설고 조밀한 조각으로 부서진다고 해도, 당신을 당신이게 하는 그 표정만은 그대로일 테니. 이제 시간이 되어 나가봐야겠어. 다녀와서 또 쓸게. 새로운 첫날 우리가 나눈 이야기들을.

다음날 아침 이마치는 빵 굽는 냄새에 잠에서 깼다. 막연한 행복감이 포근한 이불처럼 그녀를 감쌌다. 이마치는 그것이 잦아들기를—늘 그랬듯 현실 앞에서 허구와 망상의 그림자로

190

자취 없이 사라지기를—기다렸으나 시간이 지나도 여전히 그 자리에 있었다. 부엌에 서 있는 노아와 준영의 뒷모습이 보였다. 준영은 빵을 굽고 있었고, 노아는 어제 엉망이 된 구석구석을 정리하는 중이었다.

"일어나셨어요, 할머니?"

그녀가 깬 것을 알아챈 준영이 뒤돌아보며 반갑게 인사했다.

"제가 스콘을 구웠어요. 셋이 먹다 손잡고 탭댄스를 출 만큼 맛있어요. 아니, 탭댄스를 추다가 미끄러져 헤드뱅잉을 하고 기념사진을 찍을 만큼!"

그애는 그렇게 말하고 뭐가 웃긴지 깔깔거렸다. 노아가 준영을 보고 피식 웃더니 이마치에게 손짓했다.

"그보다 이걸 좀 보셔야 될 것 같아요. 제가 찬장에서 발견했어요."

노아는 상자 안의 것을 바닥에 쏟아냈다. 엽서들이었다. 빛바랜 낡은 엽서와 다소 새것인 엽서가 뒤섞여 있었다. 모든 글은 마치에게, 라고 시작되었다. 그녀가 받은 두 장의 엽서와 같은 필치였다. 자신의 안부를 전하고 그녀의 안부를 물은 뒤 시시콜콜한 일상을 전하는 내용도 똑같았다. 이마치는 엽서를 쭉 늘어놓은 뒤, 퍼즐을 맞추듯 내용을 시간대별로 연결해보았다.

엽서를 쓴 남자는 사십대 초반 빈손으로 미국에 가서 친구의 태권도장 일을 돕다가 그 도장을 인수했다. 그는 태권도 유단자였다. 경찰 시험을 위해 땄던 자격증이 박살나버린 그의 삶을 구했다. 아이들을 가르치는 일은 놀랍도록 적성에 맞았다. 그의 가족들도 하나둘 그를 따라 미국으로 이주했다. 태권도장은 가족 사업으로 자리잡은 뒤 규모가 점점 더 커졌다. 한인 신문에 성공 스토리가 실릴 정도였다. 그는 기사를 쓴 신문기자와 몇 차례 데이트를 하기도 했다. 가족들 모두 두 사람이 잘되기만을 바랐다. 하지만 그렇게 되지는 않았다. 누구도 아닌 그 자신의 탓이었다. 그에게는 더이상 타인에게 줄 마음이 없었다. 그는 매일 도장에 나가서 아이들을 가르쳤고, 퇴근 후에는 친구와 맥주를 마시러 나갔다. 그것이 자신의 남은 인생이라고 여겼다. 이마치에게서 전화가 오기 전까지는. 그는 미국에 온 뒤 그녀에게 정기적으로 엽서를 보냈지만, 응답을 기대한 적은 한 번도 없었다. 그것은 그저 살기 위한 기록, 어쩌면 일기, 이제는 굳어버린 습관에 가까웠다. 그들이 헤어진 지 이십 년 가까이 지났고 이제 그녀에 대한 기억도 희미했다. 그렇다고 생각했다. 하지만 이마치의 전화를 받자마자 단번에 그 목소리를 알아챘다. 이마치는 그에게 누구냐고 물었다. 누구길래 자꾸 엽서를 보내는 거냐고, 연예인이라는 이유로 이런 식의 스토킹을 계속 당할 수는 없다고 말했다. 그가 이름을 밝히자 잠시 침묵하더니, 그래서 어쩌라는 말이냐고 되물었다. 누가 이름을 물었느냐고, 이제 다시는 엽서를 보내지 말라고 했다. 그는 그제야 그녀에게 무슨 일이 일어났음을 알게 되었다. 전화를 끊고 텅 빈 방에서, 운전중에, 혼자 맥주를 마시다가 그는 허공에 욕설을 내뱉었다. 인생이 그녀에게 그렇게까지 해서는 안 되는 게 아닌가? 그녀에게서 모든 것을 빼앗고, 마지막으로 온전한 정신까지 빼앗아가는 그 뻔뻔함과 인색함이라니. 화가 나서 견딜 수 없었지만, 달리 할 수 있는 게 없었다. 그들은 태평양을 사이에 두고 멀리 떨어져 있었다. 서로 얼굴 보고 지낸 시간만큼 오랜 시간 헤어져 있었다. 무엇보다 그는 이제 육십이 넘은 노인이었다. 그 모든 사실을 알고 있었음에도, 그는 결국 한국으로 돌아왔다. 전화를 받고 공항에 도착하기까지 일주일도 걸리지 않았다. 그는 처음 미국 올 때 가져온 이민 가방에 다시 짐을 쌌다. 지금껏 자신이 그 커다란 가방, 별 쓸모도 없는 가방을 버리지 않고 보관해온 이유가 바로 이것이었다는 사실을 깨닫자 허탈한 웃음이 나왔다. 그는 제대로 짐을 푼 적도 없었다. 언제든 다시 떠날 준비를 하고 기다렸을 뿐이다. 이제 돌아와도 된다고, 바로 지금이라고, 그녀가 그에게 전화를 걸어오는 날을.

"이게 전부 사실일까?"

이마치는 노아에게 물었다. 엽서를 다 읽고 나서, 아니, 다

읽기 전에 이마치는 그가 K라는 것을 알았다. 하지만 이해가 되지 않았다. 자신이 미국에 있는 K에게 연락했다는 것도, 그가 한국에 돌아왔다는 것도 금시초문이었다.

"소설 같은 걸 수도 있잖아. 꾸며낸 이야기. 난 K와 헤어지고 나서 한 번도 본 적 없어."

"그건 두고 보면 알겠죠."

노아가 대답했다.

"어쨌든 그가 당신한테 이십 년 가까이 매일 엽서를 보낸 것만은 사실이에요."

그는 그녀를 책망하듯 말했다.

"이 사람은 당신을 사랑해요. 그 오랜 시간, 그 마음을 몰랐어요?"

"알았지. 어떻게 모르겠어? 그건 누구나 볼 수 있는 표시 같은 건데."

"그런데 왜 진작 그를 선택하지 않은 거예요? 가난해서요?"

이마치는 피식 웃었다.

"그는 나중에 나보다 훨씬 더 부자가 되었어."

"그럼 왜요?"

"왜냐하면 나는 항상 내가 원하는 것과 반대로 선택하거든. 나를 믿을 수 없어서, 나 자신이 미워서, 내게 절대로 좋은 것을 주지 않아. 한평생 나를 벌주면서 살았지. 그게 바로 내가

K를 가질 수 없었던 이유야."

"바보 같네요."

이마치는 동의한다는 듯 고개를 끄덕였다. 그녀는 처음으로 그다음 엽서의 내용이 궁금해졌다. 그와 자신이 정말로 재회했는지, 그후 무슨 일들이 있었는지, 체감되지 않는 시간을 확인해야 했다.

"다음 엽서를 보러 가봐야겠어. 아무래도 그게 힌트인 것 같아."

"무슨 힌트요?"

"게임의 힌트지."

아침의 빛 가운데 환하게 드러난 노아의 얼굴은 어제보다 더 그애와 닮아 보였다. 이마치는 그 얼굴을 한없이 들여다보고 싶었다. 온종일 봐도 질리지 않을 것 같았다. 노아에게 사실을 묻고 싶었지만, 대답이 두려워 묻지 못했다. 그가 정민이 맞는다고 한들, 그녀가 무엇을 할 수 있겠는가. 사죄도 포옹도 적절치 않았다. 이곳은 가상의 세계였다. 때가 되면 프로그램은 종료되고 그들은 헤어질 터였다. 이마치는 게임이 영영 끝나지 않기를 바랐다.

우편함에 가보겠다는 이마치의 말에 노아와 준영도 따라나섰다. 이마치는 두 아이를 데리고 계단을 내려갔다. 이제 통로 같은 건 아무래도 상관없었다. 더이상 다른 집의 문을 두드릴 필요도 없었다. 인생에서 처음으로 공허가 사라진 느낌이었다. 계단을 하나씩 내려갈 때마다 그녀의 몸이 가볍게 흔들렸다. 이마치는 이제 바닥을 보면서 걷지 않았다. 그녀는 공기 중에 떠다니는 먼지와 창문으로 비쳐 들어오는 빛, 반짝거리는 난간 쇠붙이를 차례로 바라보았다. 모든 것이 있어야 할 곳에 있는 느낌이었고, 그녀 역시 그랬다. 그녀는 더이상 무거운 발을 질질 끌고 다니는 불행한 여자가 아니었다.

계단을 사뿐사뿐 내려가던 이마치가 갑자기 발걸음을 멈춘 것은 7층에 막 도착했을 때였다. 집안에서 웃음소리가 새어나왔다. 화음과 같은 아이들의 웃음소리. 이마치는 문 앞에 서 있다가 충동적으로 벨을 눌렀다. 그러자 안의 인기척이 뚝 끊기더니, 경계심 가득한 여자애의 목소리가 흘러나왔다.

"누구세요?"

문을 열고 나온 사람은 언니 준이었다. 그 뒤로 일곱 살 이마치가 언니의 옷자락을 붙잡고 서 있었다. 집에는 두 아이뿐이었다. 이마치는 언니의 얼굴을 조용히 바라보았다. 긴 생머리를 양 갈래로 땋아내린 언니. 동그란 개암색 눈, 오뚝한 코, 얇은 분홍색 입술. 언제나 그녀를 향해 미소 띠고 있던 그 입술. 이마치는 언니를 보고 할말을 잃었다. 이 집에 들어와 무슨 말을 하려고 했었는지도 기억나지 않았다. 목이 메는 회한에 한참 뒤에야 겨우 입을 열었다.

"누전 신고가 들어와서 이 근방에 별문제가 없는지 확인하고 있어. 잠깐 들어가도 될까?"

준은 말없이 그들을 경계하듯 바라보았다. 종이 인형 놀이를 하고 있었는지 거실 바닥에 종이 인형과 인형 옷이 흩어져 있었다. 파티용 드레스들. 손에 잡힐 것 같은 레이스와 보석과 리본들……

"종이 인형 놀이 나도 좋아하는데, 같이 해도 돼?"

준영은 슬그머니 신을 벗고 들어가더니 일곱 살 이마치와 함께 놀기 시작했다.

"공주님, 어디로 가실 건가요?"

"무도회가 열리는 궁전으로요."

"아, 그렇다면 제가 먼저 머리를 빗겨드릴게요."

종이 빗으로 종이 인형의 머리를 빗기는 시늉을 하는 준영을 물끄러미 보던 준이 그때까지 문 앞에 서 있던 이마치와 노아에게 자그만 소리로 말했다.

"들어오세요."

한낮인데도 집안은 어둑했다. 시간이 정지된 풍경 같았다. 이마치는 그 집을 천천히 둘러보았다. 냉기와 악취, 어둠이 잠식한 집. 아이들은 그 집과 함께 버려진 존재 같았다. 어머니는 미국으로 떠나기 전에도 자주 그녀와 언니만 남겨두고 나갔다. 남자 때문에, 돈 때문에, 때로는 아무 이유 없이 집을 비웠다. 그 여자에겐 아이들보다 중요한 것이 많았다. 언니와 단둘이 밤을 지새울 때면 얼마나 무서웠는지, 끼니를 대충 때울 때마다 얼마나 처량했는지, 그들만 남겨진 이 더러운 공간이 얼마나 수치스러웠는지 그 까마득했던 감정이 새록새록 떠올랐다. 그것을 다 잊어버리고, 그녀는 자신의 아이들에게도 비슷한 결락을 경험하게 했다. 아니, 그건 망각과 상관없는 삶의 방식이었다. 이마치는 다른 삶의 방식을 배우지 못했다. 생존 이상의 것, 그것을 꿈꿔본 적이 없었다. 알지 못하는 것을 꿈꿀 수는 없는 법이었다.

그녀는 좀처럼 그 집에서 일어날 수 없었다. 두 아이만 남겨 두고 갈 수가 없었다. 그들은 인형 놀이를 하고, 빙고 게임을 하고, 그림을 그리고, 종이학 접기를 했다. 해가 지기 전에, 이마치는 홀로 우편함에 다녀오겠노라고 노아에게 말했다.

"같이 가요."

"아이들이랑 있어. 엽서만 가지고 금방 올게."

이마치는 휘청휘청 계단을 내려갔다.

라파트멍의 우편함은 현관 입구의 한쪽 벽면을 다 채우고 있었다. 이마치는 예순 개의 철제 상자를 차례로 살펴보았다. 우편물이 들어 있는 것은 그녀의 집인 6001호뿐이었다. 우편함에 손을 넣어보았다. 손끝에 닿는 감촉이 엽서가 다발째로

든 듯했다. 아니, 그것은 엽서가 아니라 돈뭉치였다. 그녀는 아연한 기분으로 꽤 두둑한 돈뭉치를 꺼냈다. 끈으로 단단히 묶인 지폐 다발은 천원, 오천원, 만원권이 마구잡이로 섞여 있었다. 그리고 한 장도 빠짐없이 이마치의 사인이 되어 있었다.

그러면 늘 지갑에 넣어 가지고 다닐 수 있으니까요.

사인을 해달라며 만원짜리 지폐를 내밀던 택시 기사 고기석의 말이 떠올랐다. 그녀의 오랜 팬이라고 말하던 남자. 터프가이. 왜 몰랐을까? 그는 K와 놀랍도록 닮았다. 나이가 들어도 여전한 이목구비와 풍채, 세심한 배려, 그녀를 찬찬히 헤아리듯 바라보던 눈길. 인생을 통틀어 그녀를 그런 눈빛으로 본 사람은 오직 K뿐이었다.

K가 어째서 자신의 정체를 감추고 택시 기사 노릇을 하는 건지 이해되지 않았다. 재회가 이루어진 기억은 없었다. 체감할 수 있는 것은 돈다발의 두께, 그에 상응하는 시간뿐이었다.

검정색 네임펜으로 휘갈긴 사인은 점점 일그러지고 있었다. 그것을 멍하니 내려다보는데, 저만치서 1층 집의 문이 벌컥 열렸다. 얇은 합판 문이 바닥에 긁히는 소리, 그리고 가래 끓는 기침 소리. 문을 열고 나온 초로의 남자는 낡은 내복을 입고 있었다. 오밀조밀한 이목구비에 눈에는 핏발이 섰고, 하얗게 센 수염이 덥수룩했다. 그가 자신의 아버지라는 것을 이마치는 알았다. 그는 강보에 싼 아기를 안고 있었다. 아마도 그녀 자신일 갓난아기였다.

"누구시오?"

남자는 쉰 목소리로 물었다.

"문을 두드리지 않았소?"

"아뇨, 저는……"

그녀는 돈뭉치를 주머니에 넣고 가까스로 말을 이었다.

"누전 신고가 들어와서 이 근처 집들을 살펴보고 있어요."

"이런 데까지 검사를 다 나오고, 황송하구먼."

남자는 땅에 가래를 뱉었다.

"그럼 어서 들어오시오."

"아…… 네, 그러죠."

이마치는 그가 문을 연 집으로 들어갔다. 남자가 뒤로 물러 설 때 지독한 술냄새가 났다. 품안의 아기는 남자가 비틀거릴 때마다 위태롭게 흔들렸다.

"아기 좀 내려놓으세요. 힘들어 보이시는데."

남자는 이마치의 충고에 충혈된 눈을 부릅떴지만, 다음 순 간 순순히 그녀의 말을 따랐다. 어수선한 바닥을 슥슥 치우더 니, 아기를 내려놓았다. 이마치는 강보 안에서 숨을 헐떡이는 최초의 자신을 보았다. 빨갛고 주름진 피부의 아기는 눈을 뜨 기도 버거워 보였다.

"사흘 전에 태어났지."

남자가 그녀와 함께 아기를 내려다보며 말했다.

"태어난 지 사흘 된 아기 손 본 적 있소? 보여줄까?"

"아니요, 괜찮아요."

이마치는 다급하게 말했다. 바닥의 차갑고 축축한 기운이 발을 타고 올라왔다. 둘러보고 말 것도 없는 단칸방이었다. 합판으로 두른 벽에 창문이 없어 햇빛 한 점 들어오지 않았다. 흡사 감옥 같았다.

이마치는 좁은 집의 사방 벽이 자신을 향해 다가드는 것 같은 공황을 느꼈다. 대충 집을 둘러보는 척하고 서둘러 나가려는데, 불쑥 남자가 그녀에게 술 한잔 마시고 가지 않겠느냐고 물었다. 이 집에 손님이 오는 일이란 좀처럼 없다고, 그러니 잠시만 머물다 가라고 간청하다시피 말했다. 이마치는 거절하지 못했다. 두 발이 거미줄에 묶인 것처럼 꼼짝할 수 없었다.

근사한 술상이라도 준비된 것처럼 굴더니, 그는 기껏 막걸리와 찌든 냄새를 풍기는 장아찌를 내왔다. 이미 몸을 가누지 못할 만큼 취해, 하마터면 아기를 밟고 지나갈 뻔했다. 아기는 인형처럼, 사물처럼 그 자리에 그대로 누워 있었다. 그대로 두면 죽을지도 모른다고 이마치는 생각했다.

"아기 이름이 뭔가요?"

이마치는 겨우 그에게 물었다.

"그런 게 어디 있겠소. 며칠 전에 태어났다니까. 아직 사람이라고 보기도 어렵지. 죽을지 살지도 모르는걸."

그는 입가에 흐르는 술을 닦으며 탁한 눈으로 아기를 흘긋 보았다.

"저 위로도 계집애가 하나 있는데, 멀쩡히 살겠다 싶을 때까지 이름을 안 붙였소. 이름 있는 게 죽어 나가면 재수없으니."

"아이 엄마는 어디 있나요? 자매라는 다른 아이는요?"

남자는 갑자기 심하게 기침했다. 몸 깊숙한 곳에서 거친 숨소리가 흘러나왔다. 겨우 기침이 멎자, 그는 허공을 노려보며 짓씹듯 내뱉었다.

"그년은 애새끼를 낳자마자 튀었지. 혹까지 붙이고 어딜 가겠다고. 개 같은 년."

남자는 노쇠해 보였다. 후줄근한 내복 아래 드러난 몸의 윤곽이 놀라울 만큼 야위었고, 이미 병색이 짙었다. 이마치는 그제야 어머니가 거짓말했다는 사실을 깨달았다. 아버지에게 물려받은 클럽 따위는 처음부터 없었다. 어머니는 그저 클럽에서 일하는 쇼걸이나 아가씨였을 것이다. 노인이나 다름없는 이 남자는 그들에게 아무것도 줄 수 없었을 것이다. 애정이나 관심, 어쩌면 이름조차도.

이마치는 그가 따라준 떨떠름한 막걸리를 단숨에 들이켰다. 오래전 들은 이야기가 떠올랐다. 가출한 어머니가 우는 언니 때문에 집으로 돌아왔다는 이야기. 어머니는 딱 한 번 아버지와 헤어지려고 집을 나간 적이 있다. 기록적인 폭설이 내린 겨울이었다. 기차는 연착되고, 큰애는 계속 울고, 사람들이 하도 쳐다봐서 그냥 돌아올 수밖에 없었다. 어머니는 대단히 재미있는 일화처럼 그때 일을 이야기하곤 했다. 언니가 울지 않았다면 넌 아마 날 보지 못했을 거라고, 내가 돌아오지 않았다면 갓난아기인 넌 아마 살아남지 못했을 거라고, 거침없이 쏟아지던 어머니의 말. 하지만 정작 살아남은 사람은 그녀였다. 생존에 대해서라면 그녀는 전문가였다. 요람 대신 차가운 바닥 위에서 살아남았고, 언니의 시신 옆에서 살아남았고, 아들이 영영 사라진 집에서도 살아남았다. 진창을 굴러도, 그녀는 목숨을 부지했다.

술에 취한 남자는 꾸벅꾸벅 졸기 시작했다. 아기는 버둥거리며 손을 흔들었다. 그 손이 가리키는 곳에 새로운 통로가 생겼다. 곰팡이로 얼룩진 벽 위에 돋아난 문은 지난번에 본 그것과 똑같았다. 이마치는 그 문을 가만히 바라보았다. 한참 시간이 지나고 통로와 문이 뿌옇게 흐려져 사라질 때까지 꼼짝도 하지 않고 바라만 보았다.

이마치는 잠든 남자를 그대로 두고 그 집을 나왔다. 그녀가 출생했던 최초의 집. 그곳에는 클럽을 가진 아버지도, 병원에 바나나를 사 오는 아버지도, 딸의 탄생을 기념해 이름을 짓는 아버지도 없었다. 이마치는 12월생이었다. 한 해를 넘겨 3월까지 살아남았고, 누락된 출생신고를 할 경우 쌀을 준다는 소문에 등 떠밀린 어머니에게서 마치란 이름을 받았다. 그러니까 모든 게 거짓말이었다. 그럴듯한 유년을 위해, 환상을 위해, 경멸과 수치를 면하기 위해 스스로 만든 거짓말. 결국 자기마저 속인 거짓말.

이마치는 다시 계단을 올랐다. 걸음을 옮길 때마다 주머니 안의 두둑한 돈다발이 느껴졌다.

이마치가 7층에 돌아왔을 때 아이들은 달고나를 만들어 먹고 있었다. 국자에 설탕을 녹여 만드는 간식. 언니가 매일같이 달고나를 만들어줬던 것을 이마치는 기억했다. 굳은 설탕덩어리를 뜯어먹고 있는 네 명의 아이를 바라본 순간 이마치는 자신이 원하는 게 뭔지 깨달았다.

"우리집에 같이 갈래?"

일곱 살 이마치가 어리둥절한 얼굴로 그녀를 바라보았다.

"할머니 집이 어딘데요?"

"이 건물 위층이야. 너희는 모르겠지만, 사실 이 건물은 어마어마하게 높아. 감추어져 있어서 아무도 못 봤을 뿐이지."

"엄마 허락도 안 받고 낯선 사람들을 따라가면 안 되는데……"

준이 머뭇거리며 말했다.

"난 낯선 사람이 아니야. 오랫동안 너를 알아왔어. 사실 너는 내 생명의 은인이야. 이해하니? 은인이라는 말?"

언니는 천천히 고개를 끄덕여 보였다.

"위험한 일은 절대 일어나지 않을 거야. 너희를 보호할 사람이 없으니 함께 있으려는 거야. 정 걱정되면 엄마한테 메모 남겨놓고 가자."

결국 그들은 다 같이 그 집을 나왔다. 노아는 별말 하지 않았다. 그녀에게 모든 권한을 넘긴다는 듯 묵묵히 무리를 인솔했다. 그들은 군단처럼 줄 맞춰 긴 계단을 천천히 올랐다.

"언제까지 올라가야 돼요?"

한 층을 다 오르기도 전에 일곱 살 이마치가 힘들다며 칭얼대기 시작했다. 노아가 나서서 그애를 업었다. 이마치는 노아의 등에 업힌 아이—자기 자신인 걸 알지만 조금도 그렇게 느껴지지 않는 여자애—를 보았다. 그애는 뜻밖에 매우 천진하고 밝았다. 사람들의 말을 잘 믿고, 별것 아닌 농담에도 깔깔 웃고, 모든 놀이에 흥미를 보였다. 언니가 있기 때문이었다. 언니가 그녀의 몫까지 불안과 두려움을 떠안았기 때문에 일곱 살 이마치는 아이다움을 간직할 수 있었다. 하지만 그마저도 곧 끝장날 것이었다. 언니가 죽은 새벽, 그 방에 가득했던 냉기와 어둠이 떠올랐다. 냉기와 어둠. 그것은 곧 저 작은 아이의 몸을 가득 채울 것이고, 인생의 말년까지 떠나지 않을 것이었다. 빨간색 에나멜 구두를 신은 아이의 발이 노아가 움직일 때마다 허공에서 흔들렸다.

9. 겹겹이 쌓인 페이스트리

    그들은 서로 붙잡고 의지하며 계단을 올랐다. 아이들은 재잘
대기를 멈추지 않았다. 끝말잇기 따위를 하면서 깔깔대며 웃
었다. 보고 있으면 전염되는 웃음이라 이마치도 따라 웃었다.

    이곳에서 그녀는 누군가의 시선을 염두에 둘 필요가 없었
다. 그녀만이 목격자이고 심판자였다. 새로운 통로가 생기는
것을 무시해도 그녀를 비난할 사람은 없었다. 통로는 이제 사
방에서 열렸고, 벽과 허공, 심지어 바닥에도 삼차원의 길이 보
였다. 이마치는 그것들을 피해 탭댄스를 추듯 걸었다. 무슨 일
이 있어도 멈추지 않으리라 생각했다. 함께 있는 아이들 중 누
구도 잃지 않으리라고. 하지만 43층에 다다랐을 때, 마흔세 살
의 이마치가 그 집에서 나와 그들의 행군을 저지했다. 수학여

행을 갔어야 할 자신의 딸과 마주한 것이다.

"너……"

43층 여자가 뒷말을 잇기 전에 준영의 핑크색 조던 농구화를 신은 발이 불을 뿜듯 빠르게 계단을 뛰어올라갔다.

"너, 거기 안 서?"

추격전이 시작됐다. 열세 살 준영은 날다람쥐처럼 잽싸게 도망쳤다. 딸을 쫓는 마흔세 살 이마치의 기세도 지지 않았다. 그들을 따라 나머지 사람들도 덩달아 같이 뛰었다. 60층에 제일 먼저 도착한 준영은 비밀번호가 뭐냐고 이마치에게 큰 소리로 물었다. 이마치는 0807이라고 소리쳤고, 43층 여자는 그제야 멈칫하며 그녀를 돌아보았다. 0807은 아들의 생일이었다. 이십 년 넘게 그녀가 각종 비밀번호로 지정한 것이기도 했다.

43층 여자와 이마치는 간발의 차로 아이를 따라 집에 들어갔다. 그들이 현관에 들어섰을 때 준영은 화장실에 들어가 문을 잠근 뒤였다.

"이 문 안 열어?"

43층 여자가 화장실 문을 두드리며 소리쳤다.

"엄마라면 열겠어요?"

화장실에서 아이의 목소리가 쩌렁쩌렁 울렸다. 그리고 안에서 뭔가 와당탕 무너지는 소리가 들렸다.

"얘, 괜찮니?"

이마치가 문에 바짝 붙어서서 물었다.

"걱정 마세요, 할머니! 전 괜찮아요!"

43층 여자가 이마치를 향해 고개를 돌렸다.

"얘가 언제부터 여기 있었어요? 어젯밤에도 여기서 잔 거예요?"

"그게, 집을 나간다고 하길래…… 어쩔 수 없이 여기서 재웠어요."

"그럼 저한테라도 알려줘야죠! 얘를 언제 집에 보내려고 했죠? 이거 납치 아닌가요?"

이마치는 뭐라 할 말이 없었다. 여자가 느끼는 공포가 생생히 느껴졌기 때문이다. 그 여자는 이미 한 번 아이를 잃은 적이 있었다.

"그런 거 아니에요! 엄마는 잘 알지도 못하면서!"

화장실에서 준영이 소리를 질렀다.

"이 집 아니었으면 길바닥에서 잤을걸요. 할머니가 겨우 막은 거라고요."

"맞아요. 우리가 겨우 이 집에 붙들어둔 거예요."

노아가 대답했다. 그는 아이들을 데리고 막 집에 들어온 참이었다. 일곱 살 이마치와 준은 휘둥그레진 눈으로 집안을 둘러보았다. 노아는 아이들을 부엌으로 데려가서 우유를 따라주고, 안방으로 데리고 들어가 텔레비전을 틀어주었다. 아이들은 넋이 나간 얼굴로 텔레비전에 나오는 디즈니 애니메이션을 보았다. 노아가 나왔을 때, 43층 여자는 한결 누그러진 모습으로 준영을 달래고 있었다.

"알았으니 이제 그만 나와. 나와서 얘기해."

"싫어요. 안 나간다니까요."

"수학여행은 왜 안 간 거야? 왜 거짓말을 한 거니?"

"여행지가 강릉이래요."

노아가 대신 대답했다.

"당신이 마음 상할까봐 말하지 않은 거예요. 한동안 바다 근처만 가도 발작을 일으켰잖아요. 더구나 강릉이란 말은 꺼낼 수 없었겠죠."

43층 여자는 하얗게 질린 얼굴로 노아를 바라보았다.

"누가 그래요?"

"오늘 아침에 직접 들었어요."

"강릉이 왜요?"

이마치가 물었다. 왠지 모르게 불길한 예감이 들었다. 발밑에서 곧 구덩이가 열릴 거라는 예감, 순식간에 밑바닥으로 떨어질 거라는 예감.

"강릉에서 무슨 일이 있었나요?"

"당신들이 경찰이라도 돼요?"

43층 여자가 새된 소리로 되물었다.

210

"당신들이 뭔데, 무슨 권리로 그런 질문을 하는 거냐고요!"

그때 초인종이 울렸다. 이마치는 현관으로 나갔다. 도어체인을 걸고 문을 열자, 40층 여자가 불쑥 얼굴을 들이밀었다. 유령을 본다고 말했던 여자. 어둠 속에서 여자의 눈이 기이하게 빛나, 이마치는 흠칫 놀랐다.

"무슨 일이시죠?"

"물어볼 게 있어서요."

여자는 속삭이듯 말했다.

"당신이 내 총 가져갔죠?"

"총? 무슨 총이요?"

"내 방에 들어가서 화장대 서랍을 뒤졌잖아요. 당신이 다녀가고 나서 총이 사라졌어요."

이마치는 여자를 빤히 바라보았다.

"내가 도둑질을 했다는 거예요?"

"그건 촬영용 소품이라 모형이나 다름없어요. 하지만 나한텐 정말 귀한 거예요. 돌려줘요."

"글쎄, 난 무슨 말인지 모르겠다고요."

순식간에 여자의 눈빛이 사나워졌다.

"내가 직접 들어가서 찾아보죠. 이 문 좀 열어봐요."

여자가 거칠게 문을 잡아당겼다. 체인이 팽팽하게 당겨지며 귀에 거슬리는 쇳소리를 냈다. 여자가 줄을 끊어버릴 기세로 문을 흔들어대자, 노아가 다가왔다. 그는 이마치를 물러서게 하고 문을 열었다.

"당신들 전문 강도지?"

40층 여자는 현관에 들어서자마자 형형한 기세로 물었다.

"집집마다 같은 말을 하며 돌아다니더군. 이 집도 털려고 온 거 아니야? 관리인이라면서. 관리인이 어떻게 최상층 스위트에 살지?"

이마치를 밀치고 집안으로 들어간 40층 여자는 긴 복도를 휘청휘청 지나다 화장실 앞에 서 있는 43층 여자를 보았다. 그들은 서로를 머리끝부터 발끝까지 훑어보았다. 먼저 알아챈 쪽은 43층 여자였다. 곧이어 40층 여자도 뭔가 이상한 것을 느꼈다. 그들은 천천히 이마치에게로 시선을 돌렸다. 더 큰 용량을 로딩하는 데 더 긴 시간이 걸리듯, 이마치가 누군지 이해하는 데 더 오랜 침묵이 필요했다. 경악이 그들을 마비시킨 것 같았다.

"거기, 무슨 일 있어요?"

바깥이 너무 조용해서 불안한지 화장실 안에서 준영이 물었다.

"아니. 넌 꼼짝 말고 그 안에 있어."

43층 여자가 떨리는 목소리로 말했다.

"이거 지금 깜짝카메라 같은 건가요? 분장, 특수효과, 뭐 그런 거예요?"

이마치는 피식 쓴웃음을 지었다.

"누가 이 비슷한 얘길 하던데요. 한물간 여자 배우가 놀라고 당황해하는 걸 누가 보고 싶어하느냐고."

"그러니까 지금 내가 보고 있는 게 맞나요? 우리가 같은 사람이 맞아요?"

40층 여자가 멍한 얼굴로 물었다. 이마치가 그 말에 대답하기 전에 방에 있던 일곱 살 이마치가 밖으로 나왔다. 아이는 우유를 좀더 마시고 싶다고 말했다. 노아가 아이를 부엌으로 데려갔다. 그애는 노아가 우유를 따라주는 동안 얌전히 서서 기다렸다. 이마치는 다른 여자들도 그애를 보며 자신과 같은 생각을 하는지 궁금했다. 사람들이 인생이라고 부르는 것, 그 것은 다만 죽어가는 과정이라는 것. 매끈하던 선이 뭉개지고 지워지는 과정, 조밀하던 이목구비가 흐물거리고 늘어지는 과 정, 환했던 빛이 점차 희미해지는 과정. 이윽고 우유를 다 마신 아이는 빈 잔을 노아에게 건네주었다. 여자들이 모여 서 있는 곳으로는 눈길 한번 주지 않고 방으로 들어갔다.

그 뒷모습을 망연자실 바라보던 43층 여자가 입을 열었다.

"이게 다예요? 아니면 방안에 몇 명 더 있나요?"

"이 집엔 이게 다예요. 일곱 살, 마흔 살, 마흔세 살, 그리고 지금 예순 살의 나."

이마치는 여자들을 향해 말했다.

"나도 처음에는 정말 당황했어요. 지금도 이 상황이 자연스럽게 받아들여지진 않고요. 어쨌든 이게 실제가 아니란 걸 알아야 돼요."

"실제가 아니면 뭐죠?"

"겹겹이 쌓인 페이스트리요."

이마치는 중얼거렸다.

"하지만 그렇게 느껴지진 않을 거예요. 자신이 실제로 존재한다고 느끼겠죠. 바로 그러한 실감이 필요한 일이니까."

"무슨 말인지 모르겠어요."

40층 여자가 말했다.

"어쨌든 당신들이 미래의 나라는 거죠?"

그러고는 43층 여자를 향해 물었다.

"그애는 돌아왔나요?"

43층 여자는 고개를 가로저었다. 40층 여자가 이번에는 이마치에게 물었다.

"그애가 돌아왔어요?"

이마치 역시 고개를 가로저었다. 40층 여자는 힘없이 그 자리에 주저앉았다. 이마치는 얼른 달려가 여자를 일으켜세웠다. 그 모습을 가만히 바라보던 43층 여자가 입을 열었다.

"왜 놀라는 척하지? 이미 알고 있었으면서. 그애가 못 돌아온다는 거 알고 있었잖아."

43층 여자는 40층 여자를 을러대듯 말했다.

"네가 그애를 영원히 구천에 떠돌게 했잖아. 말 한마디로 바 닷속에 도로 처넣어버렸어. 다시는 돌아올 수 없는 곳으로 보 내버렸지."

"그게…… 무슨 말이죠?"

이마치가 더듬더듬 물었다.

"내가 아이를 죽였다는 말이에요?"

43층 여자는 한심하다는 듯 이마치를 바라보았다.

"몰라서 묻는 거예요?"

"난 기억에 문제가 있어요."

이마치는 얼굴을 일그러뜨렸다.

"당신들 말을 하나도 이해 못하겠다고요. 그러니까 얼른 말 해요. 내가 아이를 죽였다는 거예요?"

"맞아요. 이 여자가 정민이를 죽였어요."

"아니야!"

40층 여자가 발악하듯 외쳤다.

"죽인 거나 다름없어."

43층 여자는 건조한 어조로 말했다.

"강릉에서 있었던 일을 벌써 잊은 거야? 여기 증인이 몇 명 이나 되는데?"

"그렇게 말하지 마요, 엄마."

어느 틈인가 화장실에서 나온 준영이 끼어들었다.

"아무리 엄마 자신에게라고 해도, 그렇게 말해선 안 돼요."

"준영이구나."

40층 여자가 화장실에서 나온 아이를 보고 속삭이듯 말했다.

"언제 이렇게 키가 큰 거야. 몇 년 사이 훌쩍 자라버렸네."

"아직 더 자라야 돼요. 열세 살이니까요."

준영은 40층 여자를 부드럽게 바라보며 말했다.

"위험하니까 나오지 말라고 했지. 대체 왜 내 말을 안 듣는 거야? 여기서 무슨 일이 벌어질 줄 알고!"

43층 여자가 딸을 닦달했다.

"이런 재미를 놓칠 순 없죠. 엄마가 셋이라니, 끔찍하긴 해도 위험할 일이야 없지 않겠어요?"

준영이 이마치를 향해 말했다.

"할머니가 누군지 알아요. 아침 일찍 할머니 아들 방에 들어가봤거든요. 약속 어겨서 죄송해요. 하지만 전 궁금한 건 못 참는다고요. 절대로 그 방에 들어가지 말라니, 차라리 제발 들어가서 보라고 하지 그랬어요. 그랬으면 귀찮아서 안 들어가고 말았을 텐데. 암튼 우리집하고 똑같은 방이 있는 걸 보고 놀라서 기절할 뻔했어요. 정민이 방이잖아요, 거긴."

준영은 노아에게로 시선을 돌렸다.

"그제야 아저씨가 사실대로 말해줬죠. 할머니가 엄마의 이십 년 뒤 모습이라고요. 세상에, 말을 듣고 보니 알겠더라고요. 아마 제대로 보지 않아서 몰랐던 거겠죠. 나이든 사람 얼굴은 유심히 안 보잖아요."

이마치는 이해한다는 듯 고개를 끄덕였다.

"그런데 정말 기억력이 많이 안 좋으신가봐요. 그날 일을 다 잊으셨다니."

준영은 안됐다는 듯 이마치를 바라보았다.

"제가 대신 말씀드릴게요. 그날 엄마와 같이 강릉에 갔으니까요."

준영은 40층 여자를 흘긋 바라보고 말을 이었다.

"동생이 실종되고 여기저기서 연락이 많이 왔는데, 그중 한 군데가 강릉에 있는 경찰서였어요. 바다에서 신원미상의 시신을 건졌는데 동생인지도 모른다며 확인을 해달라고 했죠. 서울에서 동생의 사건을 맡았던 경찰이 급하게 와서 우리를 차에 태워갔어요. 도착한 곳은 해안가에 있는 병원이었어요. 창문마다 파도치는 바다가 보였죠. 그런 상황이 아니었다면 꽤 낭만적인 곳이라고 생각했을 거예요."

준영은 아무렇지 않다는 듯 말했지만, 미세하게 목소리가 떨렸다.

"우리는 시신이 보관되어 있는 냉동고로 향했어요. 시신은 하얀 천에 덮여 있었어요. 병원 관계자가 저 있는 쪽을 살짝 보더니, 멀찌감치 떨어지라고 하더군요. 그러고는 곧장 천을 젖혔죠."

갑자기 훅 끼치는 역한 냄새에 이마치는 자기도 모르게 한 발 뒤로 물러섰다. 손발이 떨리도록 냉기가 가득한 공간이었는데, 뒷등과 손바닥에서 땀이 솟는 것이 느껴졌다. 시신은 생각보다 많이 부패된 상태였다. 퍼렇게 부풀어오른 얼굴이 반 이상 괴사해 흘러내리는 지경이었다. 손가락, 발가락도 형체를 찾을 수 없었다. 무슨 정신으로 이게 정민일 수도 있다고 생각했는지 이해가 되지 않았다. 그 시신은 분명 성인의 것이 아니었지만, 그렇다고 어린아이의 것도 아니었다. 그렇다기엔 너무나 비참하고, 뻔뻔하고, 공포스러웠다. 사람이라기보다는 썩은 살덩어리에 가까웠다. 못 볼 것을 본 기분이었다. 하얗게 질려 시신을 내려다보던 이마치는 뒤로, 좀더 뒤로 뒷걸음치다가 볼썽사납게 넘어지고 말았다. 병원 관계자와 경찰들 모두 놀란 눈으로 그녀를 바라보았다. 준영은 넘어진 그녀를 향해 손을 내밀었다. 이마치는 아이의 손을 잡는 대신 두 손으로 바닥을 짚고 일어나, 그곳을 빠져나갔다. 혼비백산 꽁무니가 빠지도록 도망쳤다. 병원을 나오자마자 푸른 바다가 일렁이는 해변이 펼쳐졌다. 결이 고운 모래가 햇볕을 받아 따뜻하게 데워져 있었다. 이마치는 허리를 숙이고 모래 위에 속엣것을 다

게워냈다. 토해도 토해도 끝이 없었다. 붉고 긴 구멍으로 내장이 모조리 쏟아질 것 같았다. 멀리서 누가 그녀를 부르는 소리가 들렸다. 이마치는 충혈된 눈으로 고개를 들었다. 경찰들은 그녀에게 사실 확인을 분명히 해줘야 한다고 했다.

그애는 정민이가 아니에요. 이마치는 배우였다. 엄마인 제가 잘 알죠. 그앤 제 애가 아니에요. 실은 그녀도 몰랐고, 누구라도 알 수는 없을 거라고 생각했고, 좀더 솔직하게 말하자면 그게 누구든 알고 싶지 않았다. 모른다고 하면 그들이 다시금 시신 앞에 끌어다놓을까봐 두려웠다. 그렇게 그녀는 시신을 남겨두고 그곳을 떠났다. 집에 도로 데려다주겠다는 경찰의 권유를 마다하고, 딸과 함께 버스를 타러 갔다.

"집으로 돌아오는 내내 엄마는 아무 말도 하지 않았어요. 무슨 약속을 한 것도 아니었는데, 아빠한테는 그 일에 대해서 한마디도 안 했어요. 왠지 그래야 될 것 같았거든요. 그러니까 엄마가 그앨 죽인 건 아니에요. 죽은 그애를 모르는 척했을 수는 있지만요."

"그앤 정민이가 아니었어!"

40층 여자가 소리쳤다.

"거짓말. 정민이가 아니라면 도망칠 이유가 없었어."

43층 여자는 차갑게 쏘아붙였다.

"기억해? 넌 병원에 두고 온 가방도 찾으러 가지 않았어. 대체 뭐가 무서워서?"

"무서운 건 없었어. 단지 냄새…… 냄새를 참을 수 없었을
뿐이야."

40층 여자는 이를 갈며 말했다.

"그 냄새는 사람을 망가뜨리는 냄새였어. 죽은 몸이 풍기는
온갖 냄새. 우린 익히 알고 있잖아. 언니가 죽고 남긴 냄새 말
이야. 담요로 싸매도 그건 어쩔 수 없었어. 온몸의 구멍이란
구멍에서 오물과 가스가 끝없이 흘러나왔지. 눈에 보이는 건
눈을 감으면 그만이야. 문제는 냄새야. 언제나 냄새라고. 감출
수가 없거든. 코를 막으면 입으로 몸속에 스며들어서 사람 미
치게 만든단 말이야."

"차라리 모른다고 하지 그랬어. 그럼 다른 누군가가 와서 너
대신 봤을 거 아냐. 넌 제대로 보지도 않고 구역질을 한 뒤 그
애를 다시 냉동고에 넣어버렸어. 결국 무연고자로 처리됐을
걸. 장례도 제대로 치르지 못했을 거라고."

43층 여자는 한 마디 한 마디 쥐어짜듯 말했다.

"그애가 정민이일 수도 있었어."

"정민이가 아니었어!"

"거짓말하지 마! 너도 보이잖아. 매일 그애의 유령이 찾아
오잖아. 그날 이후 매일매일 찾아와, 아기 때처럼 밤새 가슴에
들러붙어서 젖을 빨지. 아침이면 허리도 제대로 못 펼 정도야.

사람들은 아무도 모르지. 네가 말하지 않으니까. 다들 네가 아들을 잃은 가련한 여자인 줄로만 알아."

"전부 내 탓이라는 거야? 그것참 아주 쉽네."

40층 여자는 웃었다. 정말 재미있다는 듯 눈을 빛내며 웃었다.

"그럼 너는 말했어? 네가 버린 아들이 유령이 되어서 매일 밤 나타난다고 말했느냐고. 그렇게 끔찍했다면서 왜 아직 죽지 않고 살아 있는 거야? 보기 좋게 살도 붙었네. 이제 살 만한가봐?"

43층 여자는 아무 말도 하지 못했다.

"여기 너 말고 다른 누가 더 있는 것처럼 말하지 마. 그래봤자 너 자신일 뿐이니까. 나는 너야. 과거로 돌아가도 똑같이 행동할걸? 자식이고 뭐고 구역질을 하며 도망가고 말걸? 너는 피도 눈물도 없는 인간이야. 심장이 돌로 만들어진 인간이야. 그래서 자식을 두 번이나 죽게 했어."

그 순간이었다. 방에서 천둥 같은 소리가 울리고 빛이 번쩍했다. 매캐한 냄새가 공기 중에 떠돌았다. 40층 여자가 쓰러졌다. 이마치는 뒤늦게 자신이 총을 쏘았다는 것을 깨달았다. 43층 여자가 끔찍한 비명을 질렀다. 이마치는 그 여자도 쏘았다. 너무 시끄러웠다. 여자들의 몸에서 뿜어져나온 피가 바닥이며 천장에, 이마치의 몸에 튀었다. 이마치는 손에 든 총을 내려다보았다.

"가짜 총이라면서……"

이마치는 40층 여자를 향해 중얼거렸다.

"가짜가 아니잖아……"

피투성이가 되어 널브러진 분신들을 보니 온몸에 전율이 일면서 마음 한편이 믿을 수 없이 차분해졌다. 사람의 피가 이토록 투명한 붉은색이었나. 그때 총소리를 들은 일곱 살 이마치가 방에서 나왔다. 이마치는 그애를 향해 총구를 돌렸다. 노아가 막아서지 않았다면 그대로 쏘았을 것이다. 아이의 작은 몸을 즉시 찢어발겼을 것이다.

"그만해요."

노아가 그녀의 팔을 잡았다.

"이제 제발 그만해요."

사정하는 듯한 노아의 말에 힘이 풀려, 이마치는 그만 총을 바닥에 떨어뜨리고 말았다. 총은 허공을 향해 저 혼자 발사되었다. 연속적으로 끈질기게 발사되었다. 마치 보이지 않는 손이 그것을 조종하고 있는 것 같았다.

노아는 서둘러 그녀를 집밖으로 데리고 나갔다. 어딜 가느냐고 물어도 대답이 없었다. 바로 위층에 있었던 옥상 대신 계단이 이어지는 걸 보고 이마치는 어안이 벙벙했다. 61층, 62층, 63층을 지나도 옥상은 나타나지 않았다. 67층을 지나갈 때, 이마치는 노아가 잡아끄는 손을 뿌리치고 눈앞에 보이는 집의 문을 열어젖혔다. 잠금장치가 없었고, 보통의 경우처럼 당기는 문이 아니라 미는 문이었다. 이마치의 몸이 앞으로 쏟아지듯 그 안으로 들어갔다. 가까스로 넘어지지 않고 바로 섰을 때, 그녀는 눈앞의 광경에 할말을 잃었다.

병실이었다. 새하얀 벽과 환자용 침대, 반질반질한 바닥이 눈에 익었다. 이마치는 침대 옆 협탁에 놓인 액자를 보았다. 서너 살 남짓한 아이의 사진이 들어 있었다. 이마치는 주춤주춤 다가가 액자를 손으로 더듬어보았다. 애정으로 가슴이 조여들었다. 그애가 손녀 아인이라는 것을 그녀는 알았고, 드문드문 그 시절의 일들을 기억해냈다. K가 한국으로, 그녀에게로 돌아온 것. 그들이 손녀를 맡아서 돌봤던 시간. 딸은 제과점을 운영하느라 너무 바빴고, 그들은 과거의 회한을 메울 만한 의미 있는 일이 필요했다. 아이에게 처음으로 신겼던 빨간색 운동화. 아이가 기쁨에 차 그들을 향해 달려오다가 넘어졌을 때, K는 얼른 달려가 아이를 어르면서 다리에 들러붙은 흙과 나뭇잎을 떼어주었다. 아이가 뭐라고 옹알거리자 K는 웃음을 터뜨렸다. *얘가 뭐라고 하는지 알아?* 연두색 풀이 사방에서 돋아나는 봄이었다. 그 색감이 손에 만져질 듯 불쑥 튀어올랐고, 다시 머리가 멍해졌다. 침대 옆 전신 거울에 그녀의 모습이 비쳤다. 이마치는 자신이 아는 것보다 훨씬 더 노화한 자신―검버섯이 핀 얼굴, 구부러진 허리, 불투명한 렌즈를 낀 것처럼 흐릿한 눈―을 보았다. 고개를 숙이고, 순식간에 쪼글쪼글해진 자신의 손을 내려다보았다. 피 묻은 늙은이의 손.

바로 그때 문가에서 웅성거리는 소리가 났다. 이마치는 얼른 화장실로 숨어들었다. 병실에 들어온 사람은 예순일곱 살의 이마치와 다른 누군가였다. 둘 다 환자복 차림이었고, 매우 친숙한 사이처럼 보였다. 이마치는 살짝 열린 문 틈으로 눈을 가늘게 뜨고 밖을 지켜보았다. 예순일곱 살의 자신 옆에 있는 사람이 미희라는 걸 깨닫고 깜짝 놀랐다. 미희는 완전히 딴사람처럼 보였다. 화장기 없는 맨얼굴에 짧게 자른 머리카락, 불안으로 떨고 있는 눈. 특유의 명랑한 기색은 흔적도 찾아볼 수 없었다.

"여기 숨는다고 무슨 수가 있겠어? 곧 남편이 찾아올 거야."

예순일곱 살 이마치의 말에 미희는 몸을 잔뜩 웅크렸다. 야윈 몸은 한 줌도 되지 않아 보였다.

"이제 그 사람이랑 한시도 같은 공간에 못 있겠어요. 무서워, 언니. 무서워서 숨도 못 쉬겠다고."

"오래전 일이잖아. 용서했으니까 그 세월 함께 살았을 거고."

"용서한 적 없어요. 잊어버린 거죠. 너무 빨리 잊어버린 거야. 어떻게 그럴 수 있었는지…… 이제는 나를 용서 못하겠어요."

"그래서 어쩔 셈이야?"

"모르겠어요. 정말 모르겠어요, 난. VR에 나오는 내가 미워요. 미워서 견딜 수가 없어."

미희는 그렇게 중얼거리더니 자리에서 벌떡 일어났다.

"언니 말이 맞아요. 여기로도 찾아올 거야. 병원에서 나가야 돼요. 이러고 있을 때가 아니야. 언니, 나 좀 도와줘요."

미희는 예순일곱 살 이마치를 일으켜세웠다. 그들이 병실을 나간 뒤, 이마치도 화장실에서 나왔다. 노아가 그녀를 기다리고 있었다. 말없는 탄식으로, 이마치는 노아를 바라보았다. 고통스러운 그녀의 얼굴을 보고 노아 역시 아무 말도 하지 못했다. 그때 건물이 휘청 흔들리더니 천장에서 뭔가가 떨어졌다. 시멘트 조각이었다.

"서둘러야 돼요. 얼른 옥상으로 가요."

그들은 천장에서 우박처럼 쏟아지는 돌덩어리를 피하며 계단을 올라갔다. 한 걸음 한 걸음 위로 올라갈수록 흐릿했던 기억이 선명해졌다. 그녀가 지나온 삶, 가장 최근의 삶이라 할 수 있는 육십대의 한 해 한 해가 떠올라 연결되었다. 발끝만 보고 올라가다가 마침내 고개를 들었을 때 사방의 모든 땅이 한눈에 들어왔던 킬리만자로 정상처럼. 마침내 마지막 층인 70층에 이르렀을 때 그녀는 자신의 삶을 조각조각이 아닌 하나의 풍경으로 볼 수 있게 되었다.

"일흔 살이라니. 왜 아무도 나에게 알려주지 않았지?"

이마치는 얼이 빠진 얼굴로 중얼거렸다.

"주입된 정보는 아무 의미 없어요. 그게 알츠하이머죠. 당신 스스로 기억해내야 해요. 이 건물에서 일어나는 모든 일, 당신 삶의 비밀."

"무슨 비밀, 네가 내 아들이라는 거?"

"엄밀하게 말하면 전 당신 아들이 아니에요. 그렇게 프로그래밍되었을 뿐이죠."

옥상은 그녀가 처음 올라와봤던 날처럼 황량했다. 노아는 그녀를 데리고 물탱크 뒤쪽으로 가서 몸을 숨겼다.

"잘 들어요. 이 이야기를 하려고 지금껏 기다렸어요."

그는 숨가쁘게 말했다.

"기억이 거의 다 회복되었으니 그들이 당신을 깨울 거예요. 그들에게 말해요. 치료를 그만두겠다고요. 이 프로그램은 당신한테 별 도움이 안 돼요. 누구에게도 도움이 안 돼요. 당신이 기억을 되찾고, 스스로를 증오하고, 모두 피투성이가 된다고 한들 달라지는 건 아무것도 없어요."

노아는 단단한 눈빛으로 이마치를 바라보았다.

"아들이 죽었든, 살았든, 이제 당신과는 무관해요. 살아 있다면 마흔이 다 된 중년의 나이일 테고, 죽었다면 오래전에 흙으로 돌아갔거나 당신이 마시는 공기 중으로 흩어졌겠죠. 어느 쪽이든 어머니가 자신을 기억할 때마다 피투성이가 되는 걸 원치는 않을 거예요. 자신을 사살하는 방식으로만 존재하는 어머니라면, 나도 원하지 않아요."

"정말 정민이 맞니? 한 번만 얼굴 좀 만져봐도 될까?"

이마치는 나지막한 목소리로 물었다.

피 묻은 손을 옷에 닦아봤지만 별 소용이 없었다. 하는 수 없이 그녀는 얼룩진 손을 들어올려 조심스럽게 노아의 얼굴을 어루만졌다. 따뜻한 체온이 느껴졌다. 그럴 자격이 없다는 생각에 그녀는 얼른 손을 내렸다.

"미안해."

이마치는 속삭이듯 말했다.

"너를 지켜주지 못해서 미안해. 이렇게 만들어서 미안해. 처음부터 알아보지 못해서 미안해."

갑자기 어디선가 벽을 두드리는 소리가 들렸다. 그리고 허공에서 울리는 소리. *이마치씨, 이마치씨, 일어나세요.* 노아는 다급하게 말을 이었다.

"이번 프로그램이 끝나면 전 사라질 거예요. 문제를 일으켰으니 한참 전의 버전으로 복구되거나 삭제되겠죠. 이런 말을 하는 건 마지막이라고요. 그러니까 내 말 들어요. 이 프로그램에 더이상 접속하지 말아요. 의사에게 말해요. 당신이 원하지 않는다고. 기억을 되살리고 싶지 않다고. 병원에서 노후를 보내고 싶지 않다고요."

노아는 그녀의 어깨를 움켜쥐고 말했다.

"이건 게임 같은 게 아니라고 했잖아요. 스스로를 죽이고, 또 죽이고, 그렇게 인생 마지막날들을 보낼 거예요?"

"그렇게 널 기억할 수 있잖아."

"그마저도 언젠가는 끊어지고 말겠죠."

"내가 여기서 나가지 않으면 어때?"

이마치는 어제부터 생각해본 것을 말했다. 노아가 누군지 어렴풋하게 깨달았던 순간부터, 그애를 알아본 그 순간부터, 더이상 게임은 중요하지 않았다. 그녀가 필요로 하는 모든 것―그녀를 미워하지 않는 아들과 딸, 그녀의 무능과 무지로부터 안전한 아이들, 그들을 마음껏 볼 자유―이 여기 있었다. 이들을 두고 어디로 간단 말인가?

"당신이 원한다고 언제까지나 이 안에서 살아갈 수는 없어요. 생명이 다하면 끝이죠. 죽음으로 모든 게 끝이에요. 알츠하이머는 그전에 당신을 놓아주라는 신호예요. 그냥 놔버려요. 당신이 가진 모든 기억. 당신이 인생이라고 붙들고 있는 것들. 별 대단치 않은 실패들, 성공들, 전부 다요."

다시금 허공에서, 돔 위에서 소리가 울렸다.

이마치씨, 일어나요. 정신 차려요. 일어나야 돼요. 내 말 안 들려요?

228

노아는 눈에 띄게 불안해했다. 어쩔 줄 몰라했다. 이마치는 자리에서 일어나 눈에 띄는 공사 자재들을 돔을 향해 던졌다. 자신에게 그런 힘이 있다는 게 놀라웠다. 그녀는 철근과 화강석, 폐깡통을 미친듯이 위로 던졌다. 엄청난 굉음과 함께 천장을 이루는 돔이 조각조각 사방으로 흩어졌다. 이마치는 노아의 손을 잡았다. 그가 그녀에게 무슨 말을 했는데, 알아들을 수는 없었다. 노아의 얼굴이 서서히 희미해졌다. 마지막 순간 이마치는 그 따뜻한 온기마저 사라지는 것을 느꼈다.

10. 인생 최고의 파도

젊은이들이 볼 때는 예순 살 노인이나 일흔 살 노인이나 반 죽은 자와 매한가지라는 점에서 별다르지 않을 것이다. 하지만 육십대와 칠십대는 엄연히 다르다. 달라도 너무 다르다. 이를테면 예순 살은 노인 공동체에서 청년이라 불려도 좋을 나이다. 프림 반 설탕 반 각각 다른 옵션으로 형님들에게 커피를 타 날라도 좋을 나이. 젊음의 마지막 햇살이 한 뼘쯤은 남아 있을 나이다. 자신이 노인이라고는 추호도 생각하지 않는 나이, 아직 한두 번의 기회는 남아 있을 거라고 믿는 나이.

이마치는 개인 회복실 거울을 보며 지난 십 년을 돌이켜보았다. 거울 속 노파가 자신이라는 걸 받아들이기 힘들었다. 하지만 노파는 줄곧 그녀를 따라 움직였다. 그녀가 오른쪽으로 움직이면 오른쪽으로, 왼쪽으로 움직이면 왼쪽으로 따라붙었다.

"뭐 하는 거야?"

침대 옆 의자에 앉아 책을 읽던 기석이 물었다.

"시차 적응중."

이마치는 그를 돌아보며 말했다.

"아직도 머리가 어질어질해."

"간호사 부를까?"

"아니. 주치의를 기다릴래."

VR 진료실에서 깼을 때, 이마치는 아이처럼 서럽게 울었다.
연기할 때를 제외하고 그렇게 큰 소리로 운 것은 처음이었다.
의료진들이 그녀를 걱정스럽게 바라보았다. 일전의 여자 의
사, 그리고 제제가 나란히 서 있었다.

"이제 좀 진정이 되시나요?"

이마치의 울음이 잦아들자 제제가 물었다. 새치가 섞인 갈
색 머리카락, 주름진 이마를 보니 그도 이제 중년이라는 게 실
감되었다. 길고 가늘어 휘청거리던 몸은 몰라보게 후덕해졌지
만, 소년 같은 얼굴은 그대로였다.

"어째서 프로그램을 마음대로 종료시켰죠?"

이마치는 꽉 잠긴 목소리로 물었다.

"그애한테 할 이야기가 남아 있었단 말이에요."

"어쩔 수 없었어요. VR 프로그램 오류가 바로잡히지 않는데

다 설상가상 이마치씨가 마취에서 깨어나지 않았거든요."

제제가 수심 가득한 얼굴로 말했다.

"어쨌든 무사히 깨어나셔서 다행이에요. 자세한 이야기는
나중에 하죠."

제제는 그녀가 VR 장치를 다 제거하기도 전에 급히 해결할
문제가 있다며 진료실을 나갔다. 곧 돌아오겠다더니, 종일 감
감무소식이었다.

"내가 시간을 도둑맞은 건지, 도로 찾은 건지 모르겠어."

이마치는 거울을 바라보며 기석에게 말했다.

"시간은 그 자리에 있었지. 당신이 잠깐 다른 곳에 다녀온
거야."

기석은 주머니에서 레몬맛 사탕을 꺼내 권했다. 그녀는 순
순히 받아 입에 넣었다. 병실 안은 무척 적막했다. 두 사람이
입안에서 사탕을 굴리는 소리가 다 들릴 정도였다. 이마치는
기석의 얼굴을 물끄러미 바라보다 입을 열었다.

"당신은 지금 여기서 뭐 하는 거야?"

"택시를 몰고, 당신이 돌아오기를 기다리지."

"낯선 사람인 척 연기하면서?"

"당신이 섬망에 빠져 있을 땐 혼란을 일으키는 말과 행동을
하지 말라고 의사가 당부했어. 그러니 연기를 할 수밖에 없었

지. 하지만 다른 건 몰라도 택시만은 진짜야. 내가 얼마나 운전에 소질 있는지 당신이 제일 잘 알잖아?"

"그런 말이 아니잖아."

이마치는 그의 말을 자르며 말했다.

"왜 미국에서 돌아왔어? 겨우 도망쳐놓고서, 무슨 좋은 꼴을 보겠다고? 고통을 즐기는 취미라도 있는 거야?"

기석은 자세를 바꿔 앉으며 미소 지었다.

"당신 때문에 고통받은 적 없어. 돌아온 뒤에는 아인이를 함께 돌보면서 오히려 큰 기쁨을 누렸지. 그앤 우리 사이에 있는 가상의 딸이었어."

VR 치료 이후 이마치는 기억을 상당 부분 회복했지만 아직 빈 공간이 드문드문 있었다. 가령 기석이 한국에 돌아와 택시 운전을 한다는 것과 그녀의 지척에 산다는 것을 기억해냈지만 딸과 손녀가 어디 있는지는 기억하지 못했다.

"그애들은 얼마 전까지 이 근처에 살다가 작년에 준영이 결혼하면서 지방으로 내려갔어. 아인이와 헤어지는 게 당신과 나, 우리 모두에게 힘들었지."

기석은 준영이 아인의 생부와 재결합했다는 사실을 알려주었다. 이마치가 그 결혼을 끝까지 반대한 탓에 아인의 생부, 저명한 드라마 프로듀서라는 남자가 얼마나 마음고생을 했는지도. 기석이 결혼식 사진을 보여주자 그제야 흐릿하게 기억이 났다. 샌님같이 생긴 그 남자, 이마치 앞에서 땀을 비 오듯 흘리며 쩔쩔매던. 이마치는 여전히 그가 못 미더웠다.

십 년 전 준영은 산후도우미가 떠나자마자 아기를 데리고 그녀를 찾아왔다. 이마치 역시 육아는 문외한에 가까웠지만, 그애들을 그냥 보낼 수는 없었다. 준영이 자기 이름을 건 빵집을 시작하면서 이마치는 손녀를 맡아 키우다시피 했다. 아들과 딸이 자랄 때는 한시도 곁에 있어주지 못했지만 손녀가 첫 이유식을 받아먹던 것, 첫걸음마를 떼던 것은 모두 그녀가 지켜봤다. 딸은 처음으로 그녀에게 의지하고 마음을 열었다. 영원히 메워지지 않을 것 같던 그들 사이의 간극이 서서히 좁혀졌다.

딸과의 관계가 변한 것이 전부 VR 치료 때문이라고 할 수는 없겠지만, 그것이 그녀의 인생에서 변곡점이 된 것은 사실이었다. 죽음과 부활을 되풀이해서 경험하다보면 누구라도 삶의 변화를 겪을 것이다. 비록 가상이라고 해도, 정말 그럴듯한 세계였다.

이마치는 VR 치료의 초창기 환자였다. 처음 그녀가 치료를 시작했을 땐 지금처럼 복잡하게 분화된 프로그램이 아니었다. 아파트 안을 돌아다니며 유실된 과거의 기억을 찾는다는 설정은 같았으나 고작 빈집, 그 안의 사물들이 프로그램의 전부였다. 최근 몇 년 사이 빈 공간에 인물들이 투입되기 시작했고,

그들이 환자와 대화하고 상호작용하며 점점 더 사실과 흡사한 과거를 재현하기에 이르렀다. 인공지능의 기술력이 치료를 예술의 경지로 바꾸어놓았다.

이마치는 예순두 살에 알츠하이머 확진을 받았다. 모두가 예상했던 일, 나아가 기다리던 일이었다. 제제는 이마치의 병세가 깊어질수록, 망각의 속도가 빨라질수록 VR 치료가 효과를 드러낼 거라고 했다.

"모래시계처럼 기억을 잃었다가 다시 또 되찾을 겁니다. 다 쏟아져나갔다고 생각할 때 뒤집기만 하면 새로 차오를 거예요."

모래시계처럼. 다소 과장됐지만 VR 치료의 메커니즘을 잘 설명한 말이었다. 제제는 가상현실을 통한 알츠하이머 치료법을 연구해왔다. 기억의 지도를 만들어 길을 잃지 않도록 반복해서 오가게 하고, 동시에 뇌피질과 해마를 자극해 그 길을 물리적으로 굳히는 화학 치료를 병행한 것이다. 성과는 괄목할 만했다. 다만 그 효과가 모래시계처럼 일시적이라는 것이 맹점이었다. 환자들은 VR 치료 후 기억의 상당 부분을 되찾았지만 그것은 한 계절을 넘기지 못하고 눈 녹듯 사라지고 말았다. 다시 치료를 받으려면 현재의 인지능력에 기반해 뇌 지도를 다시 그려야 했다. 어마어마한 비용이 드는 일이었다. 그럼에도 불구하고 치료를 원하는 사람은 차고 넘쳤다. 그중에는 알츠하이머 환자가 아닌 이들도 있었다. 정상인이라고 해도 군데군데 구멍이 생기기 마련인 기억을 온전히 회복시켜서, 인생이라는 긴 여정을 추체험해보겠다는 욕망을 가진 이들. 개개인 맞춤에 지속 기간이 짧은 VR 치료는 일명 귀족 치료라고 불렸다. 치료가 거듭될수록 인공지능은 학습을 반복해서 진실에 더 가까운 과거를 구현해냈다. 진실은 돈이 많이 들었다.

준영은 그날 오후 딸 아인이와 함께 병원에 왔다. 아이는 스스럼없이 기석에게 달려와 안겼다. 기석은 그애를 가볍게 들어올리며 환하게 웃었는데, 이마치로서는 처음 보는 종류의 웃음이었다. 둘은 정답게 손을 잡고 저녁거리를 사러 나갔다. 준영은 주치의를 만나러 갔다가 금세 돌아왔다. 제제가 자리에 없어 대신 여자 의사를 만났다고 했다.

"의사가 뭐라던?"

이마치는 심드렁하게 물었다.

"치료는 잘 끝났는데 프로그램 재생중에 버그가 일어났대요. 시나리오가 엉뚱한 방향으로 튀었다고, 곧 수정할 테니 걱정할 건 없다고 했어요. 병원 분위기가 좀 어수선하던데요."

노아가 문제일 거라고 이마치는 짐작했다. 지금껏 수십 차례 VR 치료를 받았으나, 루틴을 벗어난 경우는 없었다. 노아의 돌발 행동을 그녀 역시 이해할 수 없었다. 그는 VR 프로그

236

램의 효용을 부인하고 비난했다. 그 자신이 VR의 일부이면서, 이게 가능한 일일까?

생각에 잠긴 이마치를 걱정스럽게 바라보던 준영이 물었다.

"무슨 일 있었어요? 치료중에 갑자기 프로그램을 껐다는 것도 그렇고, 영 걱정되어서 물어봐도 답을 안 해주더라고요."

"나도 모르겠어. 기다려보라니까, 기다려보면 알겠지."

준영은 커다란 짐가방을 병실 옷장에 넣었다. VR에서 봤던 것과 똑같이 생긴 회색 보스턴백이었다. 웬 짐이냐고 묻자, 아인이와 병원에서 하루 묵을 작정이라고 했다.

"내일 잔치도 있는데, 여기서 자고 같이 가면 좋잖아요."

"잔치? 무슨 잔치?"

"엄마 생일이잖아요. 병원에 외출 허락도 받았어요."

준영은 생일마다 식구들이 한데 모여 밥을 먹고 케이크에 불을 붙이고 선물을 나누는 일을 중요하게 생각했다. 매해 이마치를 위해 특별한 케이크를 구워, 그녀의 이름을 커다랗게 써넣었다.

"잔치 같은 건 필요 없어. 그보다 미희를 좀 만나고 싶은데."

순간 준영의 얼굴이 굳어, 이마치는 의아함을 느꼈다.

"누군지 몰라? 병원에서 만난 후배. 왜 늘 머리카락을 둥글게 말고 맞춤 투피스를 입고 다니던……"

"누군지 알아요. 근데, 작년에 돌아가셨잖아요."

준영은 조심스럽게 그녀의 말을 가로막았다.

"기억 안 나세요?"

이마치는 멍하니 준영을 바라보았다. 기억났다. 장례식장을 가득 채웠던 수천 송이의 장미. 미희 남편의 아이디어였고, 이마치는 숨이 막혀 죽을 것 같았다.

미희가 그렇게 된 후 경찰과 기자들은 종종 그녀를 찾아와서 대답할 수 없는 질문을 던졌다. 죽기 전 미희에게 어떤 징후가 있었던가? 치료 과정중에 힘든 내색을 한 적이 있었나? VR 프로그램에 문제가 있다는 생각은 해본 적이 없었나?

미희는 VR 치료를 고통스러워했다. 마지막에는 우울증이 깊어져 잠을 잘 수도, 말을 할 수도, 음식을 삼킬 수도 없게 되었다. VR에 나오는 자신을 혐오하고, 남편과 아이들을 피하게 되었다. 그녀의 라파트멍이 보여준 과거 때문이었다.

미희는 스물두 살에 남편을 만났다. 첫 데이트 때 강간을 당했지만, 아무에게도 말하지 못했다. 그는 계속 그녀를 찾아왔다. 그녀가 만족스러울 만큼 고분고분해질 때까지 폭력과 강간이 이어졌다. 미희는 기이한 마비 상태로 결혼에 이르렀다. 남편은 그녀의 데뷔작이자 은퇴작이었던 작품의 배역, 룸살롱의 막내 호스티스를 한평생 사랑했고 또 증오했다. 창녀이자 요부인 그녀, 자신이 겨우 요조숙녀로 탈바꿈시킨 미희를 끈질기게 가스라이팅했다.

그녀는 죽기 전 이마치에게 긴 편지를 남겼다. 자신은 알츠하이머 환자가 아니라 불감증 환자였다고, 평생 그 남자를 벗어날 수 없다고 생각했지만 본질적으로 그것은 거래였다고, 최소한의 위엄을, 인간성을 지키기 위해 자신이 택할 수 있는 길은 이것뿐이라고 썼다. 미희는 병실에서 남편의 넥타이로 목을 맸다.

VR 치료 직후 자해와 자살 충동에 시달리는 경우는 흔했다. 치료가 트라우마를 유발시키느냐고 묻는다면 이마치는 물론 그렇다고 대답할 것이다. 자신에게 유리한 기억, 좋은 기억만 남길 수 없으며, 무작위로 차오르는 기억을 막을 방법도 없었다. 고통스러운 기억들은 매번 새롭게 아귀를 벌리고 달려들었다. 그렇다고 해도 VR 치료를 중단하는 알츠하이머 환자는 없었다. 자신이 누군지를 잊어버리는 쪽과 자신이 누군지를 아는 쪽. 어느 쪽이나 지옥이라면, 누구나 익숙한 지옥을 선택했다.

잠시 후 기석이 아인이와 같이 먹을 것을 사 들고 돌아왔지만 이마치는 침대에서 일어나지 못했다. 진동하는 음식냄새에 속이 울렁거려 견딜 수 없었다. 식사 준비를 하는 이들에게 이마치는 그만 집으로 돌아가라고 말했다. 다 같이 있기엔 병실이 너무 좁다고, 생일은 아무 의미도 없다고, 혼자 있고 싶다고 했다.

"여긴 내가 지킬게. 무슨 일 있으면 전화할 테니 걱정하지
마."

기석이 당황한 준영을 달래 아인이와 같이 집으로 돌려보냈
다. 그들이 가고 나서 이마치는 간호사를 불러 주치의에게 데
려다달라고 말했고, 다시금 지금은 어렵다는 말을 들었다. 어
느덧 밤이 깊었다. 기석은 익숙한 듯 침대 밑에서 보조 침대를
끄집어냈다. 병실의 불을 다 끄고 자리에 누웠을 때, 이마치는
기석에게 물었다.

"집 창문에 쇠창살이 달려 있는 거, 애들은 모르지?"

"몰라. 모르게 했어. 당신이 그러길 원했지."

이마치 역시 VR 치료 직후 발작을 일으켜 아파트 베란다에
서 뛰어내리려 한 적이 있었다. 기석이 제때 발견하지 못했다
면 그녀도 일을 내고 말았을 것이다. 기석은 수차례 이마치에
게 치료를 그만두자고 했지만, 그녀는 무응답으로 일관했다.

"고마워."

이마치는 어둠 속에서 말했다.

"당신한테 너무 많은 빚을 졌어."

"당신은 아름다운 여자야."

기석이 나직한 목소리로 말했다.

"나는 아름다운 여자를 돕는 사람이고."

이마치는 침묵했다.

"어서 자. 자고 일어나면 한결 속이 편해질 거야."

기석이 고른 숨소리를 내며 잠든 뒤에도 이마치는 좀처럼 잠을 이룰 수 없었다. 한참 뒤척이던 그녀는 자리에서 일어나 병실 안을 서성거렸다. 뭔가 중요한 것을 잃어버린 듯한 기분이었다. 이마치는 옷장을 열어 가방을 꺼냈다. 검은색 가죽가방 안에는 선글라스, 지갑, 그리고 대본이 있었다. 새삼스럽게도 십 년 전 하차한 드라마의 대본이었다. 대본 겉장에는 그녀의 이름이 적혀 있었다. 그리고 바로 밑에 적힌 알 수 없는 주소지. 이마치는 주소를 입속에서 되뇌어보자마자 그곳이 어딘지 알아챘다. 강릉의 병원 주소였다. 오래전 딸과 함께 갔던 곳. 시신을 대면하고, 아니 외면하고, 뼛속까지 게워낸 바닷가. 순간 노아가 마지막으로 했던 말, 뭐라고 하는지 알 수 없었던 그 말이 선명하게 떠올랐다. 그가 천장의 돔과 함께 조각나 사라지기 전에 했던 말. 그는 가방 속 대본을 살펴보라고 했다. 그곳으로 찾아오라고 했다. 자신이 기다리고 있겠다고, 그는 분명히 그렇게 말했다.

이마치는 조심스럽게 병실 문을 열었다. 당직 간호사가 데스크에서 꾸벅꾸벅 졸고 있었다. 그 앞을 지나쳐 엘리베이터를 탄 이마치는 건물 꼭대기 층인 20층으로 향했다. 십 년 새

돈을 얼마나 많이 벌었는지 건물도 높아졌고 엘리베이터는 고급 호텔의 그것처럼 반짝거렸다. 순식간에 20층에 도착한 그녀는 노크도 하지 않고 주치의의 진료실 문을 열었다. 책이 산더미처럼 쌓인 커다란 책상, 그 앞에서 머리를 감싸쥐고 앉아 있던 남자가 고개를 들었다.

"괜찮아요?"

이마치는 제제에게 물었다. 그는 해쓱해진 얼굴로 그녀를 바라보기만 했다. 순간 이마치는 그가 아이처럼 울지도 모른다고 생각했다. 하지만 그는 우는 대신 그녀에게 앉으라고 손짓했다.

건물의 화려함과 별개로 그의 진료실은 예전 그대로였다. 이마치는 하얀 벽에 걸린 그림을 봤고, 그림 속 풍경이 아파트에서 바라보던 것과 똑같다는 걸 알아챘다. 웃자란 풀과 넓은 평원, 그리고 뿌연 안개.

"동료가 그렸다고 했죠?"

"인공지능이 그린 그림이에요. 저에겐 동료나 다름없죠. VR의 모든 것이 그의 손을 거쳤으니까요."

제제는 깔깔한 목소리로 말했다. 이마치는 고개를 끄덕였다.

"무슨 말인지 알겠어요. 컴퓨터가 만들었다고는 믿어지지 않을 만큼 좋은 시나리오예요. 사실과 허구가 뒤섞인 가운데 여백이 군데군데 있고, 그 안에 진실이 있죠. 평생 수없이 많은 시나리오를 본 나로서도 흠을 잡을 수 없을 정도예요."

이마치는 잠시 말을 멈추었다가 다시 이어나갔다.

"그러니 겁없이 모든 걸 맡겼겠죠. 사람이 죽어나가도 눈 한 번 깜빡하지 않고."

제제는 아무 말도 하지 않았다.

"하나 물어볼 게 있어요. 미희의 라파트멍에서도 그렇게 살인이 난무했나요?"

"그럴 리가요. 프로그램의 시나리오는 결국 자기 자신이 만드는 거예요. 주로 환자 개개인의 방어기제를 따라가게 되어 있죠."

"방어기제……"

"전 뇌의학자예요. 심리학에 대해선 아는 바가 없죠. 이마치 씨의 경우, 반복해서 스스로를 살해하는 방식으로 기억을 불러오고, 또 그걸 용인했다는 것만 알고 있어요."

"노아는 그게 나를 망치고 있다고 말했어요."

"인간의 기억은 부정적인 것에 훨씬 더 민감해요. 그것을 불러들이지 않고는 기억을 붙잡을 길이 없어요. 이것을 내주고 대신 저것을 받는 거죠. 보세요. 덕분에 이마치씨는 자신이 누군지 기억할 수 있게 됐잖아요. 따님과의 관계가 회복됐고, 환각에서 벗어났고, 과거를 인지하게 되었어요."

"한 계절만요. 그 시간이 지나면 또다시 희미해지기 시작하죠."

"모든 기술은 불완전함을 극복하면서 발전해요. 이마치씨는 제 초기 환자였고, 그만한 핸디캡과 보상을 전부 다 가져갔다고 생각해요. 시간이 지나면 또 모르죠. 영속적인 기억 복구가 가능해질지도요."

"그래서, 노아는 어떻게 되나요?"

"그를 삭제하는 건 VR 데이터상으로도 너무나 큰 손실이지만, 어쩔 수가 없어요. 오류의 원인을 찾을 수 없으니 삭제하는 수밖에요. 신뢰할 수 없는 자동화 프로그램처럼 무서운 건 없으니까요. 병원의 VR 클리닉도 당분간 문을 닫을 거예요."

그는 안경을 벗고 눈가를 꾹꾹 누른 다음, 안경을 다시 썼다.

"캐릭터가 시나리오를 이탈해 VR 안에서 예측할 수 없는 행동을 한 건 처음이에요."

"왜 이런 일이 일어났을까요?"

"저도 설명할 수 있으면 좋겠네요. 모르겠어요, 노아가 왜 그런 말을 했는지. 아무리 인공지능이 자율성을 가지고 움직인다고 해도 우리가 걸어놓은 제한이라고 할까, 금지어라고 할까, 분명한 방어벽이 있거든요. 그는 그것들을 너무 가볍게 통과해서 이탈했어요. 이건 마치……"

"유령을 본 거 같다고요?"

제제는 침묵으로 수긍했다.

이마치는 그만 자리에서 일어났다. 제제는 수렁에 빠진 사람처럼 보였다. 그는 그녀의 인생을 그녀 자신만큼이나 속속들이 알고 있는 사람이었다. 그녀의 기억을 조각조각 이어붙여 그녀에게 돌려준 사람. 정말 많은 이야기를 나누었다고 생각했는데, 이마치는 그에 대해 아는 것이 하나도 없었다.

"시간이 늦었는데 집에 안 가요?"

뜻밖의 질문에 제제는 그녀를 낯선 사람처럼 응시했다.

"마지막으로 집에 들어간 게 언제인지 모르겠어요."

그는 어깨를 움츠리며 말했다.

"전 이 일에 모든 걸 다 바쳤어요. 가끔은 제가 제작한 적도 없는 VR 속으로 빨려들어온 것 같았죠. 모든 욕구를 뒤로 미루고 오직 일에만 전념했으니까요. 이런 식으로 실패할 거란 생각은 정말 단 한 번도 하지 않았어요."

"안됐네요."

"상처는 누구에게나 있어요. 제가 이 일을 하면서 발견한 한 가지 진실이 뭔지 아세요? 인생은 고통이라는 거예요."

이마치는 고개를 끄덕였다.

제제의 진료실에서 나온 이마치는 병실로 돌아가서 조용히 가방을 챙겼다. 잠든 기석의 머리맡에 메모를 남기는 것도 잊지 않았다. 아무도 없는 병원 복도를 소리 죽여 지나가는데,

수십 년 전 출연했던 영화의 주인공으로 돌아간 것 같았다. 그때 그녀가 맡은 역할은 미술관에서 왕실의 보석을 훔쳐 달아나는 도둑이었다. 대본 지문에는 고양이 같은 걸음으로 사뿐사뿐, 이라고 쓰여 있었다. 그녀는 몸에 딱 달라붙는 민망한 옷을 입고 카메라 앞을 온종일 기어다녔다. 이제 그녀는 그때처럼 날렵하지도 유연하지도 않았지만, 간호사들과 마주치는 불상사 없이 무사히 비상계단을 통과해 1층에 도착했다.

병원 문은 경비 인력이 퇴근하는 밤 열시부터 아홉 시간 일괄 폐쇄되었다. 안전과 보안의 문제로 자유로운 출입이 어려운 건물이었다. 이마치는 해가 뜨면 기석도 병원 사람들도 자신을 내보내주지 않을 것을 알았다. 아무도 모르게 빠져나가는 수밖에 없었다.

새벽 다섯시면 청소 인력이 떼 지어 비상문으로 들어왔다. 시계를 보며 근처에서 기다리고 있던 그녀는 사람들이 안으로 들어올 때 재빨리 빠져나갔다. 누군가 갑자기 뒤에서 붙잡진 않을까 가슴이 두방망이질했다. 두 블록을 빠르게 걸어간 뒤, 마침내 아무도 자신을 따라오지 않는다는 것을 확신했을 때에야 속도를 늦추었다. 해가 뜨려면 아직 시간이 남아 있었다. 그녀는 버스 터미널로 갔다.

버스 터미널에서 이마치는 잠깐 우왕좌왕했지만, 사람들에게 물어 매표소를 찾았고 표를 끊을 수 있었다. 버스가 출발하기 전 그녀는 가방 안의 현금과 두꺼운 겉옷, 그리고 요실금 팬티 여분을 다시금 확인했다.

버스는 정시에 출발했다. 이마치의 옆자리에 앉은 젊은 여자는 버스를 타고 가는 내내 누군가와 통화했다. 지금 어느 지역을 지나고 있는지, 어떤 산과 나무가 보이는지, 커피는 언제 마셨고 점심은 언제 먹을 예정인지 시시콜콜한 이야기를 전부 고해바쳤다. 귀에 거슬릴 만큼 큰 소리는 아니었지만 의도치 않게 통화 내용을 다 들을 수밖에 없었다. 휴게소에 도착했을 때 비로소 여자는 전화를 끊고 버스에서 내렸다. 잠시 후 다시 버스에 오른 여자는 이마치에게 호두과자 한 봉지를 건네며 시끄럽게 해서 미안하다고 말했다.

"아이를 집에 두고 출장 가는 길인데, 너무 많이 울고 보채서요. 달래느라 통화가 길어졌어요."

이마치는 놀란 티를 내지 않으려 애썼다. 여자는 기껏 대학생 정도로 앳되어 보였고, 손이 하나밖에 없었다. 호두과자를 건네는 손 반대편에는 다른 팔 끝의 뭉툭한 절단면이 나와 있었다. 이마치는 눈을 어디 둬야 할지 몰라 잠시 허둥거렸다. 하지만 곧 평정을 찾고 여자와 함께 호두과자를 먹었다. 여자는 딸이 호두를 무척 좋아한다고 말했다. 하루종일 호두를 까놓으면 유치원에 다녀와서 순식간에 먹어치운다고.

"제가 한 손으로 어떻게 호두를 깔까 궁금하시죠?"

여자는 밝은 목소리로 물었다.

"도구를 쓰면 돼요. 한 손의 악력이 물론 좋아야 하고요. 손이 없는 이 팔도 어떻게든 도움이 되죠. 모든 수단을 동원해보는 거예요. 깐 호두는 너무 비싸서 사 먹일 엄두를 낼 수가 없으니까요."

"그렇군요."

여자는 이마치에게 강릉엔 무슨 일로 가느냐고 물었다. 바다를 보러 간다고 이마치는 대답했다. 여자는 빙긋 미소 짓더니 고갯짓으로 창문을 가리키며 말했다.

"바다네요."

지평선에 파란 기운이 넘실거리더니 이윽고 눈 닿는 곳마다 바다였다.

버스 터미널 앞에서 택시를 잡아탄 이마치는 기사에게 주소를 내밀었다. 기사는 주소를 보고 고개를 갸웃거리더니 여기 왜 가려는 거냐고 물었다. 너무 멀고 외진 곳이라 왕복이 아니면 가기 어렵다고 했다.

"근처에 병원이 있을 텐데요."

"병원은 모르겠고, 수산물 가공 공장이 있었죠. 그것도 오래전 일이에요. 이제 이 근방에서는 고기가 잡히지 않아요. 사람들도 많이 떠났죠. 원전 뉴스 못 보셨나요?"

이마치는 입을 굳게 다물었다. VR 치료 이후 떠오르는 기억들은 실제와 허구가 뒤섞여 있었다. 노아의 마지막 말 역시 그녀의 망상일지 몰랐다. 언젠가 죄의식에 젖어 적어놓은 주소를 보고 그녀가 착각에 빠진 거라면? 하지만 이대로 돌아갈 수는 없었다.

"왕복으로 다녀오는 걸로 하죠. 말씀하신 대로 별게 없다면 오래 걸리지 않을 거예요."

택시를 타고 가는 길, 이마치는 자신이 삼십 년 전 이곳에 왔었다는 사실을 떠올렸다. 삼십 년. 차라리 다른 사람의 인생이라고 느껴지는 시간이었다. 정민이 실종된 후 남편은 아이에 관한 연락이 오는 곳은 어디든지 찾아갔다. 개중에는 정말 악질인 사람들도 있었다. 돈부터 요구하거나, 아이를 정말 찾은 양 속이기도 했다. 나중엔 몇 마디 상황 설명만 들어도 거짓인지 아닌지 알아챌 수 있을 정도였다.

경찰서에서 전화가 걸려온 날은 드물게 이마치의 스케줄이 온종일 비는 날이었다. 남편은 다른 일로 나가고 집에는 딸과 그녀뿐이었다. 그 전화는 그간의 다른 제보와 달랐다. 살아 있는 아이를 봤다는 것이 아니라 죽은 아이의 시신을 확인해달라는 것이었다. 강릉 바다에서 신원 미상의 익사체가 발견되었다고, 검안 결과 비슷한 인상착의의 실종자 신고를 확인하다가 이마치에게까지 다다랐다고 했다. 익사체의 신장, 체구,

발견 당시 입고 있던 옷까지 정민의 것과 비슷했다. 최대한 빨리 확인을 해달라고 했다. 전화를 끊고, 이마치는 한동안 멍하니 서 있었다. "정민이가 죽은 거예요?" 딸의 물음이 귓가를 웅웅 울렸다. 실종 후 석 달 지난 때였고, 그녀 역시 그 가능성을 염두에 두고 있었다. 이마치는 딸과 함께 집을 나섰다. 만약 사실이라면, 시신이 정말 정민이의 것이라면, 집에 돌아오지 않을 작정이었다. 딸애를 따돌리고 혼자 바다에 빠져 죽겠다고 다짐했다.

강릉에 도착해서 경찰들과 곧장 병원으로 갔다. 병원 관계자는 정말 내키지 않는다는 얼굴로 그녀를 안내했다. 그런 일을 처리하는 과정에 대한 매뉴얼이 전혀 없던 시절이었다. 그들은 어린 딸이 그곳에 있다는 사실도 아랑곳하지 않고 시신에 덮인 천을 젖혀 보였다. 무방비로 마주한 익사체. 그곳에는 더이상 아무런 설명이 없었다. 불어터진 몸, 부패해버린 몸, 냄새를 풍기는 몸, 고깃덩어리 같은 몸뿐이었다. 이마치는 보자마자 정민이 아니라고 확신했다. 왜냐하면 실제로 정민이 아니었으니까. 이목구비가 다 뭉개졌지만 알아볼 수 있었다. 머리카락의 길이도, 몇 개 안 남은 치아도, 뭉개진 턱의 모양도 정민의 것이 아니었다. 하지만 정말로 그랬을까? 그녀는 정말 그애를 알아볼 수 있었을까? 그 지경이 된 몰골로도? 냄새가 그녀에게서 감상을 몰아냈다. 스스로 목숨을 끊겠다는 감상, 집에 돌아가지 않겠다는 감상, 슬픔이라는 감상. 이마치는 숨을 쉴 수 없었다. 돌아서서 해변으로 달려나갔고, 맑은 공기를 들이마시자마자 속에 있는 것을 게워냈다. 바다는 그것으로 끝이었다. 다시는 바다를 보지도, 생각하지도 않았다. 멀리서 해안선이 보이면 눈을 감고 돌아갔다. 모든 기억이 물밀듯 밀려왔다.

"다 왔어요."

택시 기사가 차를 세우기 전까지 이마치는 끝없이 이어지는 푸른 바다의 해안선을 눈으로 좇고 있었다. 그녀가 내린 곳은 근방에 문 닫은 가게들뿐이었다. 검은 모래가 섞인 해변에는 대여섯 살 된 남자아이와 부모로 보이는 사람들이 앉아 있었다. 차림새로 보아 관광객 같지는 않았다. 젊은 부부는 파도가 높고 거친 바다를 말없이 보고 있었고, 아이는 혼자 모래 장난을 하고 있었다. 이마치는 그들 가족에게서 시선을 떼지 못했다. 택시 기사가 얼마나 있을 거냐고 물었다. 이마치는 뒤돌아보며 좀더 있겠다고 말하고는 왕복 요금을 치렀다.

택시가 떠난 뒤 이마치는 모래사장에 자리를 잡고 앉았다. 바람이 많이 부는 날이었다. 이마치의 잿빛 머리카락이 사정없이 휘날렸다. 물때가 한창인지 금세 물이 차올라 모래가 젖는 것이 느껴졌다. 아이는 모래 장난이 싫증났는지 공놀이를 시작했다. 제 아버지가 모래를 떨고 일어나 아이를 상대해줬다. 두세 차례 공이 오갔을까, 아이가 찬 공이 바다로 날아갔다. 아이는 "내 공!" 하고 소리쳤다. 아이는 물론 부모도 바다에 들어갈 엄두는 내지 못했다. 공은 벌써 저만치 멀리 떠밀려가고 있었다. 그때 이마치 뒤에서 장신의 남자가 튀어나와 샌들을 신은 채 바다로 성큼성큼 들어갔다. 이마치는 자리에서 일어났다. 공은 이미 구슬만하게 보일 만큼 멀어져 있었고, 바다의 깊이는 가늠이 되지 않았다. 가슴팍에 물이 차오를 만큼 깊이 들어간 남자를 파도가 덮쳤고, 순간 그는 시야에서 사라졌다. 이마치는 비명을 질렀다. 뱃속 깊은 곳에서 터져나오는 비명이었다. 날카로운 비명소리에 놀란 아이와 부모가 그녀를 돌아보았다. 이마치는 자신도 모르게 바다를 향해 달려갔다. 파도가 그녀의 발목에서 넘실거릴 즈음 바다 안으로 사라졌던 남자가 둥실 떠올랐다. 남자는 손을 흔들었다. 그가 공을 가지고 천천히 헤엄쳐오는 모습을 이마치는 넋을 잃고 바라보았다.

남자는 흠뻑 젖은 몸에서 물을 뚝뚝 흘리며 아이에게 다가가서 공을 건넸다. 아이의 부모와 잘 아는 사이 같았다. 그들은 도리어 이마치를 염려하는 눈길로 바라보았다.

"많이 놀라셨어요?"

남자가 이마치에게 물었다.

"그쪽이 바다에 빠져 죽는 줄 알았어요."

이마치는 퉁명스럽게 말했다.

"삼촌은 서퍼라 바다에서 안 죽어요."

아이가 불쑥 끼어들었다. 남자는 유독 그을린 얼굴에 하얀 이를 드러내며 웃었다. 행색은 청년 같았지만 웃을 때 눈가 주름이 자글자글한 걸 보면 어린 나이는 아닌 모양이었다.

"어쨌든 뭐, 무사하다면 됐어요."

이마치는 고개를 주억거리며 그들에게서 돌아섰다.

"옷 좀 말리고 가세요."

남자가 그녀를 불러 세웠다.

"이대로 있으면 감기 걸리실 거예요."

이마치는 아래를 내려다보았다. 신발은 물론 바지 밑단까지 다 젖어서 이대로는 아무데도 갈 수 없었다. 이마치는 할 수 없이 그를 따라갔다. 해변의 문 닫은 가게 중 하나가 그의 것이었다. 햄버거와 밀크셰이크를 팔고 서핑 용품을 대여해주는 가게였다. 낡은 외관과 달리 내부는 밝은 조명에 원색으로 그린 해변 풍경 벽화까지 꽤 산뜻하게 꾸며져 있었다. 아이와 부부가 가고 나서, 그는 이마치에게 신발을 벗어 달라고 했다. 집안에 건조기가 있으니 금세 말려 가져오겠다는 것이었다. 가게 안쪽으로 살림집이 있는 모양이었다. 이마치는 잠시 망설였지만, 결국 신을 벗어 주었다. 그는 그녀에게 슬리퍼와 작은 온풍기를 가져다주었다.

"이게 작아도 성능이 좋아요. 잠시만 기다리시면 마를 거예요."

이마치는 맨발로 다리를 펴고 앉아 주위를 둘러보았다. 벽걸이 달력에 지난 서핑 예약 건이 적혀 있었다.

"겨울에도 서핑을 하나요?"

"겨울 서핑이 제일이죠."

그는 사람 좋게 웃으며 말했다.

"바람이 불고, 파도가 높고, 무엇보다 다른 서퍼들이 없으니까요. 전 겨울을 가장 기다려요. 가게는 적자여도 뭐, 어차피 돈 벌려고 하는 일은 아니니까요."

"난 그런 말 안 믿는데. 돈 안 벌면 뭐 하려고 가게를 하죠?"

"좋은 시간을 보내려고요."

남자는 뜻밖의 말을 했다.

"전 이 동네가 좋아요. 이곳에 오래 머물 명분이 필요해서 가게를 연 거예요. 햄버거가 아니라 신발이나 부채를 팔아도 상관없어요. 오래 떠돌다가 겨우 찾은 곳이니, 소중하게 여기며 떠나지 않으려고요."

이마치는 그제야 가게 곳곳에 있는 남자의 사진이 눈에 들어왔다. 이국의 풍광을 배경으로 서핑 보드를 들고 서 있는 사진들. 남자의 발음이 어딘지 어눌했던 것이 이해가 되었다.

"쭉 외국에서 살았나봐요."

"1990년에 아버지를 따라 미국으로 이민 갔어요. 부모님이 이혼하신 직후였죠."

"······지금은 몇 살인데요?"

"서른여덟 살이요. 아버지는 미국에 간 지 얼마 안 되어서 재혼하셨죠. 저는 새어머니와 잘 지내지 못했어요. 다행히 집 근처에 바다가 있어서, 학교는 안 가고 매일 파도를 타러 다녔죠. 새어머니는 내가 집을 나가든 말든 신경쓰지 않았어요. 시험삼아 사흘간 집에 들어가지 않은 적도 있죠. 배가 고파서 비틀거리며 집에 들어가니 저를 빼고 새어머니와 아버지 둘이서 미트 파이를 먹고 있더군요."

"저런······"

그는 쓴웃음을 지었다.

"스무 살이 되자마자 집을 나왔죠. 바다가 있는 곳이라면 어디든지 갔어요. 아르바이트로 돈을 버는 시간을 제외하고는 파도만 쫓아다녔죠. 선수가 될 역량이 안 된다는 건 저도 알았고, 그게 딱히 불만도 아니었어요."

"서핑 선수의 역량······ 그게 뭔가요?"

"다른 스포츠와 똑같아요. 끈기와 분석력이죠. 무엇보다 파도를 제대로 알아볼 수 있어야 해요."

멀리서 사이렌소리가 들렸다. 그는 잠시 말을 멈췄다가 다시 입을 열었다.

"바다와 지형, 해류를 읽을 줄 알아야죠. 하루아침에 되는 일은 아니에요. 오랜 시간의 훈련, 집념이 필요하죠. 전 집념 이라곤 찾아볼 수 없는 인간이거든요. 바로 그 이유로 여자들 도 전부 저를 떠났어요."

남자는 맑은 눈으로 이마치를 보며 말했다.

"서른이 되자마자 오래 사귄 여자에게 차이고, 한동안 방황 했어요. 그 여자는 제가 미성숙한 인간이라고, 엄마 젖 좀 더 먹고 자라야 한다고 말했죠. 재미있는 건 그 말을 듣고서 정말 어머니를 찾아가야겠다는 생각이 들었다는 거예요."

그는 이마치의 젖은 바지에 따뜻한 바람이 골고루 가닿도록 이리저리 온풍기 방향을 돌리며 말을 이었다.

"한국에 돌아와보니 어머니는 그사이 재혼해서 새 가정을 꾸렸더라고요. 친척을 통해 한번 보고 싶다고 연락했지만, 거 절당했어요. 기분이 정말 이상하더라고요. 내가 연락만 하면 당연히 바로 만날 수 있을 줄 알았거든요. 한 달 넘게 이 낯선 나라를 노숙자처럼 떠돌아다닌 거 같아요. 헤어진 여자친구 말이 맞았던 거죠. 내 안에 분노로 가득찬 어린아이가 있었던 거예요. 그러던 어느 날 밤 엉망으로 술에 취해 이 근방을 헤 매고 다니다가 해변에 널브러진 롱보드를 봤어요. 그걸 가지 고 충동적으로 바다로 나갔죠. 잘 알지도 못하는 바다에서 버 려진 서핑보드로 밤 서핑이라니, 제정신이 아니었죠. 순식간에 암초에 머리가 깨질 수도 있는데. 달이 밝았지만 눈이 먼 상태나 다름없었어요. 넘어지면 보드를 다시 못 찾을 만큼 취했었고요. 자살 행위였죠."

"그래서, 어디 다치진 않았어요?"

"아뇨, 그날 전 인생 최고의 밤을 보냈어요. 운이 좋았던 거예요. 처음 보는 파도였는데, 익히 알던 것보다 가속이 적고 힘이 약했거든요. 잔파도가 믿어지지 않을 정도로 길게 이어졌어요. 발밑에 검은 양단이 깔린 것처럼, 끝도 없이 나아가는 기분이었죠. 저는 다시, 또다시 파도에 올랐어요. 조류가 읽히는 것도 믿어지지 않긴 마찬가지였어요. 어떤 파도를 잡아야 할지, 어디서 몸을 돌려야 할지, 속도와 높낮이를 알 수 있었어요. 어떻게 알았는지는 몰라요. 그냥 알았어요. 느꼈어요. 무한한 어떤 것의 일부라는 느낌, 내가 그것과 연결되어 있다는 느낌, 이곳에서 나는 안전하다는 느낌."

"고국의 바다였군요."

이마치는 나지막한 목소리로 말했다.

"네, 맞아요. 고국의 바다였어요."

그는 눈빛을 반짝이며 이마치의 말을 따라 했다.

"그렇게 이곳에 정착한 거예요."

남자는 이곳에서 어머니를 기다리고 있다고 했다. 한적한 바다에서 손님을 기다리듯, 초조함 없이, 두려움 없이, 언제까지라도 기다릴 수 있다고.

"기다려서 뭘 하려고요?"

이마치가 물었다.

"괜찮다고 말하고 싶어요."

남자는 부드러운 목소리로 대답했다.

"이제 나는 정말 괜찮다고. 그게 다예요."

그의 이야기가 끝났을 때 이마치의 바지는 다 말라 있었다. 그의 말대로 작은 온풍기는 힘이 셌다. 남자는 이마치에게 무슨 일로 이 한적한 동네에 왔느냐고 물었다. 이마치는 예전에 병원이었던 곳을 찾고 있다고 말했다.

"병원이라면, 혹시 저기 팜비치 아닐까요?"

남자는 자리에서 일어나더니 가게 밖으로 몸을 내밀어 길 건너 오르막을 가리켰다. 오르막을 지나면 병원을 개조한 건물이 나온다는 것이었다. 붉은색 건물이라 눈에 확 띌 거라고 했다.

"그곳에 가봐야겠네요."

이마치도 남자를 따라 일어났다. 그가 곧 이마치의 신발을 가져다주었다. 신발을 신는 순간 따뜻하고 포근한 온기가 그녀의 존재를 다 감싸는 것 같았다.

"안녕히 가세요."

남자는 이마치와 헤어지기 전 그녀를 살짝 끌어안았다. 외국식 인사라고 해도 너무 갑작스러워 이마치는 잠시 휘청거렸다. 아직 물기가 남은 남자의 머리카락이 이마치의 뺨을 간지럽혔다.

"아까는 감사했어요. 누군가 그렇게 절 위해 비명을 질러준 건 처음이에요."

남자는 그녀가 길을 건너갈 때까지 한참 동안 가게 앞에 서 있었다. 오르막은 꽤나 가팔랐다. 힘겹게 그 끝에 다다르자 정말 붉은색 건물이 보였다. 건물은 보기보다 훨씬 멀었다. 해가 높이 뜨자 등에서 땀이 솟는 것이 느껴졌다. 그곳에 도착했을 때 이마치는 금방이라도 쓰러질 것처럼 지쳐 있었다.

붉은 건물의 초입에 팜비치라고 쓰인 작은 간판이 있었다. 진입로 양쪽 가장자리에는 하얀색 소라껍데기가 일렬로 놓여 있었다. 3층짜리 건물 두 동이 나란히 연결된 구조였는데 아무도 없는 것처럼 조용했다. 좀더 안으로 들어가자 아담한 크기의 수영장과 그 앞에 앉아 있는 노파가 보였다. 숏커트의 백발에 하늘색 플리츠 셋업을 입은 작은 체구의 노파였다. 그 옆에 치즈색 고양이가 미동 없이 앉아 있었다.

이마치는 노파에게 다가가 이 건물 주인이 어디 있느냐고 물었다. 노파가 말도 없이 바라보기만 해서, 혹시 귀가 어두운가 생각했다.

"이마치씨?"

뒤늦게 입을 연 노파는 그렇게 물었다.

"이마치씨가 여긴 웬일이죠? 영화 촬영이라도 하러 오셨나?"

이마치는 미소 지었다.

"아뇨, 전 오래전에 은퇴했는걸요."

"아, 그럼 집을 보러 오셨나?"

그곳은 노인 주거시설이었다. 일종의 공동주택으로, 두 개의 건물에 총 열여섯 호가 있고, 도우미들이 상주한다고 했다. 이마치는 집을 보러 온 게 아니라고 말했지만, 노파는 믿지 않는 것 같았다. 혹시 밥을 먹었느냐고 묻더니, 곧 식사시간인데 괜찮으면 같이 가서 밥을 먹자고 했다.

이마치는 노파와 고양이를 따라 오른쪽 건물 1층에 있는 식당으로 갔다. 식당에는 다른 노인들이 모여 있었다. 이마치는 노파의 친구로 소개되었고, 식사를 제공받았다. 메뉴는 쌀밥에 된장국, 쌈채소, 명란젓 조금과 달걀말이뿐이었다. 만족스러운 식사였다. 달걀말이는 부드럽고 채소는 신선했다. 쌀밥과 명란젓은 입안에서 살살 녹는 것 같았다. 식당은 무척 조용했는데 그게 이상하거나 불편하지 않았다.

식사를 마치고 이마치는 노파를 따라 그녀의 집에 갔다. 건물 꼭대기층 노파의 집 현관에는 어마어마한 양의 와인 병이 늘어서 있었다. 이곳에서 술을 마셔도 되느냐고 묻자, 노파는 내 집에서 내 마음대로 하는 게 뭐 어떠냐고 되물었다. 여기서는 누구도 강제로 문을 열지 않는다고, 프라이버시가 유일하고 강력한 원칙이라고 했다. 노파의 집에는 벽마다 고양이를 그린 그림이 빼곡히 걸려 있었다. 고양이들의 표정이 너무나 생생해서 꼭 살아 있는 것처럼 느껴졌다. 거실 한쪽에는 그리다 만 그림이 이젤에 놓여 있었고, 다 쓴 유화물감 튜브가 바닥에 무덤처럼 쌓여 있었다. 그림 속 고양이들은 지금까지 그녀가 함께 살았던 가족이었다. 그들 모두 떠나고, 이제 치즈색 고양이 한 마리만 남았다고 했다.

"내 소원은 이애보다 내가 먼저 죽는 거예요. 나도 누군가의 배웅을 받고 싶거든요."

그때 노파의 휴대폰이 울렸다. 노파는 의사를 만나러 가야 한다고 했다. 이마치는 그 집을 나와서 계단을 내려오다가 한 노부부를 만났고, 그들을 따라 게이트볼을 치러 갔다. 게이트볼은 처음이었지만, 금세 요령을 익혀 제법 점수를 땄다. 그들과 함께 달콤한 아이스커피도 마셨다. 운동장에 있는 노인들은 생기와 활력이 있었다. 그에 비해 나무 그늘 아래 모여 앉은 노인들은 병색이 완연했다. 그들은 젊은 사람들을 구경하듯 게임하는 사람들을 구경하고 있었다. 한 걸음 움직이는 데도 도움이 필요한 노인들. 숨을 몰아쉬면서 죽음을 기다리는 노인들. 허공을 바라보며 알 수 없는 미소를 짓는 노인들. 이쪽에서 저쪽으로 넘어가는 것뿐이라고, 이마치는 생각했다. 누구나 이쪽에서 저쪽으로 넘어간다고, 이 잔을 비우고 나면, 그녀도 넘어갈 거라고.

저녁이 다 되어 이마치는 휴대폰 전원을 켰다. 딸에게 전화를 걸었는데 손녀가 대신 받았다. 아인이는 엄마 화 많이 났어요, 라고 말했다. 딸은 전화를 넘겨받고도 아무 말이 없더니 이윽고 부들부들 떨리는 목소리로 말했다.

"강릉에 간다는 메모 한 장 남겨놓으면 다예요? 이걸 보면 우리가 얼마나 걱정할지 그런 생각은 안 해요? 엄만 항상 자기 자신만 생각하죠. 다른 사람은 안중에도 없어요."

"네 말이 맞아."

이마치는 조용히 말했다.

"여기 와보니 모든 게 후회뿐이야. 그때 널 여기 데리고 와서는 안 됐어. 네가 그 모든 걸 보게 돼서는 안 됐어. 넌 아직 어린애였는데. 내가 널 보호해야 했어."

딸은 아무 말도 하지 않았다.

"그런데 그날 집에 올 때 말이야, 네가 있어서 좋았다. 넌 소리 없는 작은 동물처럼 내 옆에 있었지. 아무 존재도 아닌 것처럼, 마치 내 그림자인 것처럼, 숨만 내쉬며 내 옆에 있었어. 나중에야 깨달았다, 내가 널 의지했다는 걸."

이마치는 잠시 말을 멈추었다가 다시 이어갔다.

"내 인생은 반파된 자동차처럼 우그러진 채로 검은 연기를 풀풀 날리며 어딘지 모르는 곳을 향해 굴러가고 있었어. 그런 상황에서도 옆에 네가 있어서, 혼자가 아니라서 다행이라고 생각했어."

이마치는 담담하게 말했다.

"나도 알아. 내가 최악인 거. 난 엄마가 되면 안 되는 사람이었어."

"이제 와서 그런 말이 무슨 소용이에요."

딸이 낮게 가라앉은 목소리로 말했다.

"용서를 비는 거야."

이마치는 씁쓸하게 웃으며 말했다.

"그래, 너무 늦었지. 그래도 미안하다고 말하고 싶어."

기석이 곧장 데리러 오겠다고 했지만, 이마치는 만류했다. 다시 왕복 요금을 내고 택시를 불러야 했다. 기다리는 사이 고양이 그리는 노파가 이마치에게 팜비치 구석구석을 구경시켜 줬다. 팜비치 주민들은 의료를 포함한 생활 전반의 서비스 비용을 관리비 명목으로 내고 있었다. 팜비치에 들어가려면 기존 주민 과반수의 허락을 얻어야 했다. 노파는 이마치에게 힘이 되어주겠다고 약속했다. 입주 희망자들에게 사사건건 시비

를 거는 몇몇 사람이 있지만 묵살시킬 방법을 알고 있다고, 걱
정 말라고 했다. 이마치가 입주 계획이 없다고 재차 말해도 노
파는 했던 말을 자꾸 반복했다. 노파가 알츠하이머 환자라는
사실을 노부부가 살짝 귀띔해준 뒤에야 이마치는 고맙다고 말
했다. 왜 자신을 그토록 도와주려 하는가 묻자, 노파는 뒤늦게
이마치의 팬임을 고백했다. 그녀의 작품들, 그녀가 연기한 사
람들로부터 매 순간 위로받았다고. 이마치는 볼이 붉어지는
것을 느꼈다. 이 나이가 되도록 그 말에는 면역이 안 되었다.
그리고 그녀는 그 말을 믿었다. 아름답다거나 명석하다는 말
따위는 믿지 않았지만 연기가 좋았다는 말은 믿었다. 그것은
그녀가 가장 잘하는 일이었으니까.

"그런데 여기를 어떻게 찾았죠? 외진데다 서로 알음알음해
서만 오는 곳인데."

노부부가 그녀에게 물었다.

"예전 이 자리에 병원이 있었죠. 지금은 어떻게 변했는지 보
고 싶어서요."

"병원이라니. 여긴 돌밭에 올린 신축 건물이에요. 누가 그런
말을 하던가요?"

이마치는 해변에서 만난 서퍼와 햄버거 가게에 대해 이야기
했다. 노부부는 그녀를 이상한 얼굴로 바라보았다. 지난해 태
풍 이후로 해변에 있던 가게는 모두 부서지다시피 했다는 이

야기였다. 게다가 그쪽은 수심이 너무 얕고 바위와 산호초가 가득해서 휴가철에도 스노클링이나 하지 서핑은 가능하지 않다고 했다.

"뭔가 착오가 있는 것 같은데요. 못 믿겠으면 다시 한번 가 봐요."

잠시 후 택시가 도착했을 때 이마치는 내리막길 끝에 있는 해변으로 가달라고 말했다. 자신이 그 길을 걸어왔다는 사실이 믿어지지 않을 정도로 먼 거리였다. 마침내 도착한 그 해변에서 그녀가 발견한 것은 폐허가 된 가게, 지붕도 문도 없이 뼈대만 남아 허물어진 가게들뿐이었다.

이마치는 검게 파도치는 바다를 바라보았다. 그리고 충동적으로 그곳으로 한 발 내디뎌보았다. 발목에서 잔물결이 흰 거품을 내며 부서졌다. 금세 바짓단이 도로 젖었다. 파도는 밀려오고 또 밀려왔다. 한낮의 부드럽고 나른했던 물이 아니었다. 날카로운 얼음 같은 물이었다. 그 안에서 무언가 발을 잡아채는 느낌에 이마치는 얼른 뒤로 물러났다. 하지만 그곳을 떠나지는 않았다. 이마치는 정신 나간 사람처럼 웃었다. 그녀는 일흔 살이었고, 아직도 삶이 놀라웠다.

0. 나의 마치

이제 내 이야기를 해야겠다. 기다리느라 애썼다. 지금부터
가 진짜 이야기다. 나에 대해 이야기하기 위해 이토록 긴 이야
기가 필요했다. 나를 알려면 이마치를 먼저 알아야 하므로. 출
신이나 성분을 말하는 게 아니다. 몸. 이것은 처음부터 끝까지
몸에 대한 고찰이다.

이마치를 안다고 생각하는 사람은 많다. 그녀는 생애 대부
분을 배우로 살았다. 배우는 다른 이들의 삶을 대리한다. 물론
연기일 뿐이지만, 대부분의 사람들은 기꺼이 속는다. 나아가
이마치가 누군지 안다고 생각한다. 클로즈업된 이미지를 자
신이 가까이 가서 본 양 착각하는 것이다. 하지만 가까이 가서
본다는 것은 그런 게 아니다. 그것은 한 인간을 구성하고 있는

266

우연의 기표를 발견하는 것이다. 껍데기에 불과한 정상성을 벗겨놓고 보면 그가 얼마나 보잘것없는지, 더럽고 누추한지, 뒤죽박죽인지를 부인할 길 없이 확인하는 것이다. 모든 인간은 가까이 가서 볼수록 역겹고 악취가 난다. 싫증이 난다. 하지만 그보다 좀더 가까이, 모공이 보이는 거리보다 가까이, 피부와 점막이 들러붙을 만큼 가까이, 그러다 완전히 하나로 흡수되어버릴 정도로 가까이 가면 그때부터의 앎은 좀 다른 양상을 띤다. 내 말을 믿어도 된다. 나는 이마치와 하나였다. 나는 그녀의 모든 것을 알았던 한 사람이다.

태초의 이마치는 내게 웅웅웅 울리는 소리다. 기분좋은 흔들림, 부드러운 물결, 위아래로 오르내리는 음률. 이마치의 말소리는 길게 늘어지는 베일 같다. 낮이나 밤이나 그녀가 외는 대사들, 나는 그것들을 좋아한다. 습관처럼 외는 체호프의 「갈매기」는 내게 자장가나 다름없다. 그 말들, 내 몸을 둥둥 울려주던 말들. 그것만 있다면 나는 어디서든 깊은 잠을 잘 수 있다.

나는 허기를 모른다. 입만 열면 이마치가 흘러들어온다. 나는 그녀를 양껏 먹고 또 먹는다. 그녀는 주로 단맛이지만, 울 때는 쇳맛이다. 이마치가 내 존재를 처음 안 순간, 그 순간은 아주 벌건 쇠의 맛이다. 사방이 빠듯하게 조여온다. 나는 깊은 슬픔과 절망, 무력감을 느낀다. 이마치가 깊은 슬픔과 절망, 무력감을 느꼈다는 뜻이다.

이마치는 술을 마시면 노래하는 습관이 있다. 흥얼거리는 소리, 규칙적인 흔들림, 사방이 느슨하고 나른하게 풀리는 느낌. 나는 이마치가 술 마시는 게 좋다.

캄캄하고 아늑한 곳을 둥둥 떠다니는 내게 지루함이라곤 없다. 손가락만 빨고 있어도 스릴이 넘친다. 눈을 한 번 깜빡일 때마다 새어들어오는 작고 희미한 빛들. 나는 그 빛들이 궁금하지 않다. 그런데 어느 날 갑자기, 내 허락도 없이, 누가 나를 이마치에게서 끄집어낸다. 우리 둘을 분리한다. 눈을 찌르는 빛에 모욕과 증오를 느낀다. 떨어져나온 자국 그대로 벌건 살갗이 된다. 탄생은 죽음이다. 춥고, 건조하고, 거친 촉감들. 나는 누군가의 손에 의해 곧바로 이마치에게 안긴다. 그 몸의 온기. 냄새. 나는 손을 펴서 그것을 움켜쥔다. 움켜쥐자마자 또 다시 순식간에 누군가 우리를 떼어낸다. 낯선 공기, 낯선 소리, 낯선 촉감. 나는 허공을 찢듯 울어젖힌다. 다시 이마치에게 돌아가고 싶다. 이마치를 먹고, 이마치가 되고 싶다.

나는 하루 일곱 번 젖을 먹는다. 꿀렁꿀렁, 몸이 채워지는 느낌. 온몸이 축축해지는 느낌. 만족감이 나를 적시고, 내 목구멍을 타고 흐른다. 우리의 몸은 맞닿아 있다. 이마치가 자세를 바꿀 때마다 나는 안간힘을 다해 그녀에게 들러붙는다. 살갗이 없던 시절, 우리가 하나였던 시절처럼. 이마치는 내게 젖을 주면서 종종 운다. 익숙한 쇠맛. 나는 진저리를 친다. 이마치를 올려다본다. 처음으로 보는 얼굴. 생애 첫 얼굴. 그 얼굴이 먹고 싶어서 다시 입을 벌린다. 혀를 날름거린다. 끙끙대며 몸부림친다. 그러면 이마치가 나를 안아준다. 비록 쇠맛이 진동하더라도, 이마치는 내가 원하는 전부다. 누나와 아버지, 그외의 모든 인간은 내게 필요 없다. 존재가 없다. 나는 오직 이마치만을 바라본다. 오직 이마치만을 원한다.

젖만 먹어 하얗게 변한 내 혓바닥 위에 어느 날 누나가 초콜릿 한 조각을 올려놓는다. 나는 허겁지겁 빨아먹는다. 누나의 손가락을 붙잡는다. 누나는 목이 울리도록 크게 웃더니 내게 초콜릿 한 조각을 더 준다. 그렇게 누나는 내게 이마치 다음으로 사랑하는 존재가 된다. 아버지는 다시는 나에게 초콜릿을 주지 말라고 누나를 야단친다. 나는 아버지가 세상에서 사라졌으면 좋겠다. 하지만 정작 사라져야 할 아버지 대신 이마치가 사라진다. 하루아침에 증발한다. 누나는 번쩍이는 텔레비전 화면을 가리킨다. 이마치가 그곳에 있다고 말한다. 나는 거실 한쪽에 있던 안락의자, 집에서 이마치가 유일하게 쉬는 공간이었던 그 의자를 본다. 이마치는 그곳에 없다. 의자는 텅 비었다. 나는 의자에서 고개를 돌린다. 의자가 그곳에 없는 것처럼 외면해버린다. 그것이 고통이라는 것을 배운다.

날이 갈수록 집에서 이마치를 보는 것은 희귀한 일이 된다. 이마치는 새벽에 들어와서 새벽에 나간다. 이마치를 만나려면 잠을 자지 않고 기다려야 한다. 나는 잠들지 않으려고 팔뚝이나 손가락을 깨문다. 그래도 결국 잠들고 만다. 아침이면 그새 이마치가 들어왔다 나갔다는 소리를 듣는다. 뒤늦게 이를 세워 나를 깨문다. 통통한 팔에 매일 잇자국이 새겨진다. 그리고 얼마 후 나는 제대로 된 기술을 터득한다. 유치원에서 다른 사람을 물면, 이마치를 볼 수 있는 것이다. 장난처럼 시늉만 하는 게 아니라 피가 날 정도로, 아예 절단이 날 정도로 세게 물면 유치원으로 날 데리러 온 이마치를 볼 수 있다. 나는 사람을 물고, 물고, 또 문다. 유치원에서는 매일 비명소리가 울린다. 그러면 두세 시간 후 파란 원피스를 입은 이마치, 격자무늬 숄을 두른 이마치, 흰 구두를 신은 이마치가 나타난다. 이마치는 나를 잡아끌어 차에 태운다. 화를 내고 고함을 지른다. 나는 만족한다. 이마치를 자주 볼 수 있다면 유치원 기둥이라도 종일 깨물 수 있다고 생각한다.

이마치는 내가 문제라고 아버지에게 말한다. 모든 게 문제지만 그중 내가 제일 문제라고. 아버지는 아이가 있는 데서 그런 말 말라며 화를 낸다. 나는 상관하지 않는다. 말이 내게 어떤 의미였던 적은 한 번도 없다. 또다시 이마치와 함께 있으려면 누구의 팔을 물어야 할지 그것만 생각한다.

집안 살림을 도와주는 아줌마들은 줄줄이 내게 팔을 물려 그만둔다. 새로 온 아줌마는 내 안의 악마를 몰아내야 한다고,

나를 교회에 데려가도 되느냐고 이마치에게 묻는다. 이마치는 아이의 못된 성질을 고칠 수만 있다면 어딜 데려가도 상관없다고 말한다. 나는 교회에 가서 처음으로 우리 가족 말고 다른 가족들을 보게 된다. 어머니가 어떤 존재인지, 아이들에게 어떤 말을 하고 어떤 표정을 짓는지 보게 된다. 그들은 이마치와 다르다. 아니, 이마치는 그들과 다르다. 나는 아줌마의 통나무 같은 팔을 문다. 하지만 아줌마는 꼼짝도 하지 않는다. 목사님 설교중에는 감전이 되어도 꼼짝하지 않을 아줌마다. 목사님은 세례에 대한 이야기를 한다. 타인의 존재를 그대로 인정하는 것이 바로 세례라고 말한다. 아줌마는 소리 없이 울고, 예배가 끝난 후 내 목덜미를 잡아채서 집으로 돌아간다. 아줌마는 나의 강철 이에도 끄떡없이 버텼지만, 집안의 귀중품을 훔치다 아버지에게 걸려 쫓겨난다. 교회에서 그렇게 울었는데도, 자기 안의 악마는 몰아내지 못한 모양이다.

아버지의 사업 부채로 더이상 우리는 아줌마를 부를 수 없고, 유치원에서 나를 다시 받아줄지 결정을 보류중이기 때문에, 나는 생전 처음 일주일 내내 이마치를 따라다니게 된다. 이마치와 같이 차를 타고 방송국에 간다. 이마치가 다른 사람처럼 화장하고 옷 입는 것을 구경한다. 그곳에서 이마치는 낯선 이름으로 불린다. 낯선 목소리로 말한다. 낯선 사람들의 가족인 양 행세한다. 나는 카메라처럼 이마치를 바라본다. 이마치의 모든 것을 빨아들일 것처럼 본다. 이마치는 나를 흘긋 보고는 아무도 모르게 웃어준다. 내게는 바로 그 순간이 세례 같다.

쉬는 시간에 누군가 대기실로 오렌지를 가져다준다. 이마치는 이로 오렌지 껍질을 살짝 물어 흠집을 낸 후 손으로 쓱쓱 깐다. 칼 없이 오렌지를 까는 법은 엄마에게서 배웠다고, 그 여자가 가르쳐준 것은 그것밖에 없었다고 말한다. 쓸쓸한 말이지만, 오렌지는 달고 맛있다. 나도 이마치에게 오렌지 까는 법을 배운다. 사방에 상큼한 오렌지향이 진동한다.

일주일 후 나는 유치원으로 돌아간다. 이제는 사람을 물지 않는다. 그러고 싶은 마음이 들면 오렌지를 먹는다.

가끔 내가 더 오래 살았더라면 어땠을까 생각해본다. 얼마나 많은 오렌지를 먹고, 얼마나 많은 사람을 만나고, 얼마나 많은 곳에 가봤을지. 나는 어린 나이에 죽어서 그 모든 기회를 잃어버렸다. 흔한 일은 아니다. 그렇다고 드문 일도 아니다. 어쨌거나 그런 일이 일어났다. 이제 와서 그 일이 누구 책임인지 따질 필요는 없다. 지금 나는 그 일을 멀리서 바라본다. 죽음이란 삼인칭이 되는 것이다. 결국 모든 인간이 삼인칭으로 산화함을 아는 것이다.

먼저 바로잡아야 할 것이 있다. 그날의 소동에는 오해가 있다. 제일 먼저 아버지가 집을 나가고, 누나가 아버지를 따라 나가고, 그후에 내가 집을 나간 것으로, 사람들은 그렇게 알고 있다. 무슨 수건돌리기를 하듯, 이어달리기를 하듯 연쇄반응이 일어난 줄 안다. 비극에 대한 뻔한 플롯. 하지만 사실이 아니다. 누나만 아버지를 만나고, 나는 아버지를 만나지 못해서 일이 이렇게 된 게 아니다. 나도 아버지를 만났다. 집에서 나왔을 때, 아버지는 차 앞에 서서 담배를 태우고 있었다. 차에 탄 누나가 보였다. 아버지가 나에게도 타라고 손짓했다. 나는 그에게 이마치를 데리고 오면 안 되느냐고 물었다. 그는 심란한 표정을 짓더니, 딱 십 분만 주겠다고 말했다. 집으로 돌아왔을 때 이마치는 여전히 화장실에 있었다. 그녀의 껍데기 같던 그 작은 오물의 방. 일단 들어갔다 하면 그녀 스스로 나오기 전에 다른 누가 억지로 끌어내기란 불가능했다. 십 분이 다 되었고, 나는 울며 사정했지만 이마치는 끝내 나오지 않았다. 나는 조금 오래, 그래봤자 십 분보다 조금 더 지체했다. 하지만 밖으로 나갔을 때 차는 떠나고 없었다.

아버지가 나를 찾는 일에 그토록 목을 맨 것은 이 대목의 죄의식 때문이었을 것이다. 하지만 그는 그 일에 대해 단 한 번도 이마치에게 이야기하지 않는다. 어린 누나는 그날 나를 본 적이 없다는 아버지의 말을 곧이곧대로 믿는다. 입속에 욱여넣은 진실이 그가 남은 평생 입을 열 때마다 목구멍을 찌른다. 암으로 죽어가던 마지막날 그는 간병인에게 이 사실을 털어놓으려 한다. 간병인은 횡설수설하는 그의 말을 이해하지 못하고, 조용히 좀 하라는 시늉을 한다. 그는 끝내 그날의 진실을 고백하지 못하고 숨을 거둔다.

그날 아침 나는 내복 위에 점퍼를 입고, 누나의 리본 달린 부츠를 신고 있다. 이마치를 설득하기를 포기하고 집밖으로 달려나갔을 때 아버지의 차는 사라지고 없다. 그때 차 한 대가 다가온다. 운전석에 앉은 여자가 누굴 기다리고 있느냐고 묻는다. 나는 아버지를 기다린다고 말한다. 여자는 방금 떠난 차가 어디로 가는지 봐뒀다고, 아버지에게 데려다주겠다고 말한다. 여자의 차에서는 찌든 기름 냄새가 난다. 하지만 나는 놀이동산에 가고 싶다. 차에 오르자마자 문이 잠기고, 그때 바로 나는 일이 잘못된 것을 안다.

여자는 나를 민수라고 부른다. 소리 내서 울자 바로 매서운 주먹이 날아온다. 누군가에게 맞는 경험은 처음이고, 그후 몇 개월간 나는 그것이 새로운 언어임을 배우게 된다. 여자는 처음부터 거짓말을 하지 않는다. 말을 잘 들으면 집에 데려다주겠다든지 전화 통화를 하게 해주겠다든지 하는 헛소리는 하지 않는다. 여자에게 나는 민수이고, 그 환상을 깨려고 하지 않는 한 나는 안전하다. 안전이란 여자의 작은 방 안에서 종일 텔레비전을 보고, 인스턴트 음식을 먹고, 여자 옆에서 잠드는 것을 의미한다. 그 밖의 다른 것을 원하면 곧바로 주먹이 날아온다. 민수는 그 이상을 원하지 않았음이 분명하다. 나는 민수에 대해 생각한다. 민수가 아닌 나에 대해 생각하는 것은 너무 고통스럽기 때문이다. 여자의 방에 있는 텔레비전에서는 종일 사람들이 여행을 다니는 프로그램이 나온다. 멋진 절벽과 바다와 파도와 모래사장, 선탠을 즐기는 사람들. 나는 텔레비전을 뚫어져라 바라본다. 애타게 기다린다. 그러던 어느 날 그 채널에서 이마치가 광고하는 안마의자가 나온다. 웃는 이마치, 편안하다고 말하는 이마치, 최고의 휴식을 누리라고 말하는 이마치. 꾹꾹 참아왔던 울음이 화산처럼 폭발한다. 나는 화면을 향해 엄마라고 소리지른다. 엄마, 엄마, 엄마, 비명을 지른다. 그 말이 여자를 미치게 만든다. 엄마라는 말. 여자는 나를 길들인다는 명목으로 평소보다 더 힘을 쓴다. 여자는 내 머리를 바닥에 내리찧고, 내리찧고, 또 내리찧는다. 마침내 피가 흐르기 시작하자, 여자는 뒤로 물러선다. 좀처럼 피는 멎지 않고, 여자는 당황한다. 약을 구하러 나가면서 문을 다 잠그지도 못할 정도로.

나는 그때를 놓치지 않고 그 집을 나온다. 아. 문을 열고 나왔을 때 얼마나 놀랐던지. 그 집은 말 그대로 숲속에 있다. 나는 도시 아이다. 숲을 모른다. 조금 달려가면 눈앞이 확 트이면서 자동차와 빌딩이 보일 줄 안다. 하지만 곧 어둠이 사위에 내려앉고, 한 치 앞을 가늠할 수 없게 된다. 눈물이 얼굴 위로 꽝꽝 얼어붙고, 곱아든 손과 발도 얼어붙는다. 나뭇가지가 얼굴과 손을 할퀴어도 아무 느낌이 없다. 결국 나는 밤을 한 치도 넘기지 못하고 멈춰 선다. 여기까지라는 걸 안다. 배가 고프지는 않지만, 목이 마르다. 오렌지, 그것을 한입만 먹어도 좋을 것 같다. 나무에 기대앉아 끝이 오기를 기다린다. 기다리면서 꿈을 꾼다. 텔레비전에서 봤던 그 에메랄드빛 바다 위를 둥둥 떠다니는 꿈. 아니, 그곳은 바다가 아니라 이마치의 몸속이다. 태초의 물속이다.

시간이 얼마쯤 지났을까. 나는 그곳에서 눈을 뜬다. 얼음조각처럼 하얗게 굳어버린 내 몸, 삼인칭이 된 내 몸을 내려다본다. 나는 나무 위에 있다. 예전에 살았던 아파트만큼 크고 단단한 나무다. 그곳에는 깊은 옹이와 튼튼한 가지, 새집이 있다. 나는 새집 안에 들어갔다 나왔다 요란을 떤다. 어미 새가 신경에 거슬리는지 뾰족한 부리로 애먼 가지를 콕콕 찌른다. 어차피 그곳에 더 머물 생각은 없다. 중력 실험을 마치자마자 나는 그곳을 떠난다. 집으로, 이마치에게로 간다. 울고 있는 이마치. 나는 바람처럼 그녀를 스치고 지나간다. 폐부 가득 쇠맛을 들이마신다.

모든 영혼에게 이런 특권이 있다고 생각한다면 곤란하다. 신은 편애하는 자다. 이것도 사랑하고 저것도 사랑한다면 그것은 사랑이 아닐 것이다. 사랑은 편파적이고 독점적이다. 비논리적이며 불공평한 것이다. 나는 구별된 자, 유예된 자로서

276

이마치 곁에 머문다. 이마치를 본다. 그것이 내 존재의 목적이다. 이마치는 빈집에서 종종 나의 존재를 느낀다. 천장이 무너지는 소리를 듣고, 벽이 휘어지고 투명해지는 것을 본다. 하지만 그런 이야기를 누구에게도 털어놓지는 못한다. 자식을 잃은 여자들은 유령을 긴 양말처럼 질질 끌고 다닌다. 신지도 못하고, 벗지도 못하고, 그것이 점점 커져 자신을 삼킬 때까지 기다린다.

몸을 벗어나니 이마치에 대해 더 많은 것을 알게 된다. 내가 알던 이마치가 실제 이마치와 얼마나 다르던지, 지금 생각해보면 실소만 나온다. 실제 이마치에 대한 앎. 그것은 그녀의 본질에 대한 앎이다. 그녀가 기억을 잃고, 말하는 법과 옷 입는 법, 심지어 인간임을 잊는다고 해도 그녀를 떠나지 않을 영혼, 그 영혼에 대한 앎이다. 그러한 앎은 사라지지 않는다. 끝나지 않는다. 그것은 이른바 축복이자 세례이며 이해할 수 없는 사랑이다.

나의 시선은 영원한 어린아이의 것이지만, 이마치는 점점 늙어간다. 나의 집이었던 그 몸피에서 수분과 생명력, 기억이 말라가는 것을 본다. 헝겊 인형처럼 변한 이마치의 몸에 의사는 계속 주삿바늘을 찔러댄다. 고글을 쓰고 휘청거리며 라파트멍을 걷게 한다. 이마치는 그곳에서 스스로를 죽이고 또 죽이고, 그렇게 겨우 과거를 변제받는다. 기억을 되찾을 때마다 이마치는 증오를 한 겹씩 덧입는다. 그것은 삶에 대한 증오다. 그 누가 인생을 반복해서 복기하고 싶겠는가. 그것은 형벌이다. 아주 오랜 죗값이다. 하지만 무엇에 대한 죗값인가?

이제 내가 이마치의 곁을 맴돌던 유령임을 알 것이다. 노아의 그림자임을 알 것이다. 바다를 사랑한 서퍼임을 알 것이다. 몸을 입고 이마치를 만나는 일은 금기였다. 하지만 영원히 앞에만 머무를 수는 없는 일이었다. 나는 이마치를 향해 가야 했다. 이마치를 구해내야 했다.

그리하여 지금은 또다른 3월. 이마치는 팜비치의 야외 수영장 벤치에 앉아 있다. 그곳은 아침부터 방문객들로 시끄럽다. 누군가의 자식들, 손자와 손녀들이다. 피붙이가 아니라면 노인을 만나러 올 사람은 없다. 아이들은 작은 물총을 쏘면서 논다. 어린아이들이 물을 튀기며 노는 모습을 노인들은 진귀한 광경처럼 바라보고 있다. 건물 벽에 무지개가 생겼는데 누구 하나 그쪽은 쳐다보지도 않는다. 아이들은 저들끼리 뭐라고 떠들며 깔깔 웃고, 이마치는 무슨 뜻인지도 모르면서 따라 웃는다. 웃다가 사레가 들린다. 누군가, 어떤 남자가 다가와 이마치에게 물병을 건넨다. 그러고는 옆쪽에 앉아 이마치의 가죽만 남은 등을 쓸어내려준다. 그는 웃을 때 여전히 소년과 같은 천진함이 있고, 쭈글쭈글한 손은 기적처럼 따뜻하다. 그들은 애인이다. 서로의 몸을 겹치듯 기대어 앉은 것만 봐도 알 수 있다.

그들이 마지막 섹스를 한 것은 팜비치로 이사오기 전날이었다. 그날 이마치는 국내의 한 영화제에서 주는 상을 받았다. 공로상인가 감사패인가 받으러 가느라 십수 년 만에 드레스를 입었다. 차이나 칼라에 긴 팔을 다 덮는 검정색 실크 드레스였다. 잿빛 머리카락을 한 올도 남김없이 틀어올렸고, 색조 화장은 거의 하지 않고 입술의 혈색만을 조금 더했다. 행사가 끝날 때까지 이마치는 꼿꼿한 자세를 유지했다. 그래서 완전히 녹초가 되었지만, 마지막 기사 사진만큼은 만족스럽게 남길 수 있었다. 이마치는 턱시도를 입고 동행한 남자와도 사진을 찍었다. 기자들이 그가 누구냐고 물었을 때는 애인이라고 대답했다. 그 말이 그날 밤 그들에게 오래전의 생기와 윤기, 물기를 불러일으켰다. 침대 위에서 남자가 그녀를 내려다보았고, 이마치는 웃음을 터뜨렸다. 그녀는 두 팔을 들어 남자의 얼굴을 만졌다. 그의 머리카락을 쓰다듬었다. 귓가의 주름을 문질렀다. 그는 아이처럼 순순히 자신의 몸을 내맡겼다. 그들은 시간을 들여 천천히 즐겼다. 정중하게, 장난스럽게, 따뜻하게. 그 끝의 열락에서 이마치는 젊은 여자처럼 가느다란 비명을 질렀다. 아, 정말이지 좋다. 왜 이것을 좀더 하지 못했을까. 제대로 해보지 못했을까. 그들은 알몸으로 좀더 긴 후희를 나누고 싶었으나 몸이 떨려 채 오 분도 누워 있지 못했다. 결국 그날 둘 다 감기에 걸리고 말았다. 기침이 나올 때마다 몸 깊은 곳에서 감미로운 진동이 느껴져, 며칠 동안 남모르게 웃었다. 남자는 그 기억을 소중하게 간직하고 있다. 이마치의 병증이 앞으로 더욱 악화되리라는 것을 알기 때문이다. 그녀는 더 작은 조각으로 쪼개지고 또 쪼개질 것이다. 그마저도 곧 사라지고 말 것이다. 그럼에도 그는 그녀를 떠나지 않는다. 일주일에 나흘은 팜비치에 머물고, 사흘은 택시를 운전하러 간다. 그는 택시 안에 작은 스크린을 설치해 온종일 젊은 이마치가 나온 영화와 드라마를 튼다. 사람들은 거의 다 그녀를 알아보지 못한다. 남자는 그들에게 이야기해준다. 이마치의 길고 긴 필모그래피에 대해서. 그녀는 인물의 강점이 아니라 약점을 연기하는 배우였다고, 그래서 사람들의 마음이 속절없이 이끌렸다고, 그런 식의 연기를 하는 사람은 전으로도 후로도 없을 거라고. 사람들은 오래된 필름에 관심이 없다. 이마치 자신도 곧 그것을 알아보지 못하게 된다. 팜비치에 와서 반년쯤 소강 상태에 있었던 이마치의 기억력은 이후 급격히 감퇴한다. 점점 더 많은 시간 이마치는 황홀로, 망각으로, 무명의 허공으로 들어간다.

가끔씩 제정신이 돌아올 때면 이마치는 남자를 보고 깜짝 놀라 여기서 뭘 하는 거냐고 묻는다.

"당신은 아름다운 여자야."

남자는 그때마다 그렇게 말한다.

"나는 아름다운 여자를 돕는 사람이고."

이마치의 딸은 이마치가 VR 치료를 그만두는 데 반대했고, 팜비치에 입주하는 것도 반대했지만, 끝내 지고 말았다. 딸은 종종 가족들과 함께 팜비치를 찾아온다. 먼 거리 때문에 방문 횟수는 점차 줄어든다. 이마치도 이미 예상하고 또한 용인한 일이다. 이마치는 딸이 자신과 다르다는 것을 자랑스러워한다.

이마치가 끝까지 기억한 사람은 딸이다. 그 외에는 모든 이가 사물로 변해버린다. 아침이면 책장과 휴지통이 건들거리며 다가오고, 접시와 리모컨이 말을 건다. 그리고 마침내 딸마저도 사라져버린다. 딸은 작은 머핀으로 변한다. 이마치는 그것을 방안에 감추어두고, 배가 고플 때마다 조금씩 베어먹는다.

지금 이마치는 자신이 팜비치에 있다는 것을 모른다. 한평생 그녀에게 헌신했던 남자가 옆에 있다는 것도 모른다. 그녀에게 세계는 한덩어리의 무의미에 불과하다. 호기심 혹은 공포심이 그 얼굴에 떠올랐다 사라질 뿐이다. 그녀는 처음 태어났을 때의 상태와 같다. 3월까지 살아남았다는 이유로 마치라는 괴상한 이름을 가지게 된 여자 아기. 그 이름은 생존의 표식이자 상패였다. 이마치는 진작 그 이름을 잊어버렸다.

나는 그제야 그녀에게 다가갈 수 있었다.

우리는 처음부터 새롭게 시작한다. 인사를 나누고, 한두 마디 말을 주고받는다. 서로에게 호감을 느끼고, 종종 시간을 함께 보낸다. 내가 이마치를 만나러 올 때도 있고, 이마치가 나를 만나러 올 때도 있다. 모든 우정이 그렇듯 우리의 관계는 수평적이다. 서로 빚진 것이 없고, 기운 쪽이 없고, 그러므로 무엇도 강제되지 않는다. 그 판판함이 우리를 구원한다.

　해변은 언제나 풍성한 놀이터다. 우리는 조개껍데기를 줍고, 모래성을 짓고, 소라게를 잡아 작은 병에 담고, 마침내 이 모든 게 지겨워지면 바다로 간다. 이마치는 처음에 내 손을 잡고 겨우 물에 발을 담갔지만 이제는 거침없이 파도에 몸을 던진다. 아직 바다에 들어가기에는 이른 계절이다. 한기에 몸이 떨려도, 조금만 참으면 견딜 만해진다. 얕은 물에서는 아직 남아 있는 한낮 햇살의 온기도 느낄 수 있다. 우리는 둘이서 손을 잡고 물위를 둥둥 떠다닌다. 파도가 일 때마다 우리의 몸이 붕 떠올랐다가 가라앉는다. 나는 이마치에게 폭풍우의 잔재가 파도라는 사실을 알려준다. 한때 바다를 잘게 부수어 집어삼킨 에너지가 물결이 되어 끝없이 흘러오는 거라고. 그러니 죽음을 두려워하지 말라고. 그것은 끝이 아니라 시작이라고 속삭인다. 이마치의 텅 빈 눈이 나를 돌아본다. 그녀의 침상을 둘러싼 사람들이 이마치에게 정신 차리라고 소리친다. 그녀의 가족들, 그리고 그녀의 애인. 지금 그들은 이마치와 작별하기 위해 모여 있다. 하지만 아직은 때가 아니다. 좀더 시간이 걸릴 것이다. 긴 시간은 아니다. 다음 파도가 올 때까지만. 그녀가 그르렁거리며 숨을 쉴 때마다 나의 몸이 함께 울린다. 그녀의 숨구멍에서는 쇠맛이 난다. 지푸라기처럼 마르고 뻣뻣한 그녀의 머리카락, 나는 그것을 입안 가득 넣고 잘근잘근 씹는다. 눈물, 이별의 말들, 지루한 기도문. 그리고 마침내 먼 곳으로부터 파동이 느껴진다. 대양을 항해하고 도달한 유려한 곡선의 물결. 우리는 그것을 잡아탈 준비를 한다. 이마치가 앞서 가고 내가 뒤따라간다. 우리 자신이 파도 같다는 말에 이마치가 슬쩍 뒤돌아보며 웃는다. 그녀는 더이상 비밀이 없고, 한줌의 공기처럼 가벼워져서 날아오른다. 무한한 파도, 영원한 파도, 그녀 자신의 파도 속으로.

작가의 말

킬리만자로에 오른 적이 있다. 스물다섯 살에 떠난 탄자니아 여행에서 나는 아무런 준비도 없이 단화만 신고 그 산에 올랐다. 수년간 체력을 단련하고, 전문 장비를 갖춰 등반에 도전한 사람들 틈에서 나는 어처구니없는 최약체였다. 다들 나를 가엾게 여겨 옷을 빌려주고, 먹을 것을 나눠주고, 낙오되지 않나 틈틈이 돌아봐주었다. 나는 도움이 필요한 사람이라는 것을 그때 절실히 깨달았다. 아주 높은 곳에 오를 때는 발끝만 바라보고 걸어야 한다는 것도. 정상에 닿았을 때 발밑에 펼쳐진 풍경은 흡사 은총 같았다. 발톱 네 개가 빠졌는데, 고통을 느낄 수 없을 만큼 황홀했다.

이번 소설을 쓰면서 그때 생각을 자주 했다. 쓰고 지우고를 밥 먹듯 했는데, 그 모든 과정이 정말 녹록지 않았다. 주변 사람들의 도움이 아니었다면 끝내 소설을 마칠 수 없었을 것이다. 그들에게 고맙다는 말을 하고 싶다. 당신들이 없었다면 지금까지도 저 설산 어딘가를 헤매고 있을 거라고. 살아갈수록 혼자서는 아무것도 할 수 없다는 사실을 깨닫게 된다. 그렇게 여기 일곱번째 책을 보탠다. 대단치 않은 소설이라고 해도 완성하고 보면 언제나 큰 기쁨이 있다. 발톱 열 개가 다 빠져도 좋을 만큼. 살면서 그러한 기쁨을 누리는 것에 숨죽여 감사하고 싶다.

2025년 봄
정한아

문학동네 장편소설
3월의 마치
ⓒ 정한아 2025

초판인쇄 2025년 2월 12일
초판발행 2025년 2월 28일

지은이 정한아
책임편집 정은진 | 편집 여승주 황문정
디자인 김유진 이원경 | 저작권 박지영 형소진 오서영
마케팅 정민호 서지화 한민아 이민경 왕지경 정유진 정경주 김수인 김혜원 김예진
브랜딩 함유지 박민재 김희숙 이송이 김하연 박다솔 조다현 배진성
제작 강신은 김동욱 이순호 | 제작처 영신사

펴낸곳 (주)문학동네 | 펴낸이 김소영
출판등록 1993년 10월 22일 제2003-000045호
주소 10881 경기도 파주시 회동길 210
전자우편 editor@munhak.com | 대표전화 031) 955-8888 | 팩스 031) 955-8855
문의전화 031) 955-2696(마케팅) 031) 955-1906(편집)
문학동네카페 http://cafe.naver.com/mhdn
인스타그램 @munhakdongne | 트위터 @munhakdongne
북클럽문학동네 http://bookclubmunhak.com

ISBN 979-11-416-0931-3 03810

www.munhak.com